三屋清左卫门残日录

藤泽周平

三屋清左卫门残日录

[日本] 藤泽周平
纪鑫 译

译林出版社

目录

丑女

一

自己归乡隐居[1]并由长子又四郎继承户主地位与家产，在外人看来就一丁点儿事。可从向藩里提交申请，到申请被批准、又四郎进城供职，实际要办的手续林林总总，很是烦琐，还要与各色人等见面商谈。

因此当一切圆满告终，最后请来亲戚，叫回嫁出去的女儿，在极小范围的亲族内部宣布又四郎继承家业，并庆贺一番后，三屋清左卫门总算松了口气。

又四郎年轻时曾隶属小姓组[2]，有多年进城任职经验，城内就职并非首次。对勘定方[3]候补这一职位也并无不满。清左卫门也是从御小纳户[4]候补开始任职城内，最终升到近侍的。幸运的是

1. 本书中“隐居”，取其日文词意，除与中文“隐居”相同的词意外，日文“隐居”一词还指从官职或户主之位上退下，颐养天年；也用以指称“隐居”之人。
2. 小姓组：近侍于将军，负责殿中警戒的部署。
3. 勘定方：金钱出纳官职名。
4. 御小纳户：职位名称，负责将军的理发、膳食等日常杂务。

又四郎身体强健，前几年已娶妻生子。

至此，三屋家可谓高枕无忧了。当清左卫门从所有琐事中解放出来，心安之余，强烈的寂寥感却随之袭来，这是他始料未及的。

清左卫门大约在一年又两个月前向藩主提出了从近侍职位上退下的隐居请求。那是在长期抱病的上代藩主故去，关于葬礼的一系列法事在采邑完结，众人返回江户官邸之后。

新藩主一直在考虑起用新的心腹侍从，因此清左卫门对近侍一职已毫无留恋。而且一旦决意从职务上抽身，突然就像没了容身之地般，也没了继续做下去的心情，于是便顺水推舟地提交了退职申请。新藩主接受了清左卫门的请求，不过很诚恳地要求清左卫门再在自己身边留一年左右，好清理善后事宜，也对后任做些指点。

清左卫门当然从命。但在江户官邸中继续尽着与此前别无二致的职责同时，清左卫门意识到自己职业生涯的鼎盛期已过、以后只得退隐采邑的不争事实。

清左卫门从家禄一百二十石的御小纳户役起步，之后连番晋升，最终高居近侍之位，多次的加官晋爵，每每也带来家禄提升，现在二百七十石另加五十石的职务薪酬，总计三百二十石，俸禄额度可与上士[1]比肩。一旦辞去近侍之职，职务薪酬取消自不必说，还必须腾出晋升为近侍时获赠的现居宅邸，接受稍显狭小的宅院移居过去。所谓失魂落魄，其中就包含了这类现实问题。

---

1. 上士：高门第的武士。

人哪……

清左卫门时时反思，贪恋地位者便是此种心态罢。

就在这样的心绪中，某日清左卫门被藩主叫住。藩主一脸平和的笑意，说已与众家老[1]商定，即便清左卫门归乡隐居也不必搬出现居宅邸，又道：

“如果需要隐居间[2]，尽管提出申请。通过家老令普请组[3]安排即可。”

藩主当时言及的正是清左卫门眼下使用的隐居间。在江户事务告一段落归乡之时，由普请组经手增建的整洁隐居间已落成。

藩主那时好意为何？时至今日清左卫门仍不时思索。开始单纯以为这是对自己长年忘我侍奉上代藩主的褒奖，其实却不尽然，尤其近期清左卫门忽地想到——是否与那事有关？

当今藩主被立为世子时，上代藩主曾经犹疑不定。上代藩主有两位公子，弟弟更聪慧。但当其向清左卫门问计时，清左卫门毫不犹豫地选择了哥哥，推举了现在的藩主。记得当时进言道：若是乱了长幼之序，难免引发藩内争端。

这已是陈年旧事，且上代藩主就此事征求意见的大臣不止清左卫门一人。

确切缘由仍不得而知，别于主屋另建起来的隐居间却毋庸置疑是拜藩主好意所赐。清左卫门很是享受这不期而至的舒适，然而不久之后，寂寥感也造访了这隐居间。

---

1. 家老：幕府时代诸侯的家臣之长。
2. 隐居间：退休老人单独居住的房间。
3. 普请组：负责建筑营造和修缮工程的部门。

江户官邸不仅位于町街之中，藩主在府[1]与不在府年份，官邸内的人数约有百名之差，平均起来常驻三百五十人上下；热闹的町街上的嘈杂之音、人群的嘁喳之声，直到深更半夜仍不绝于耳。长期生活在这种环境中的清左卫门，在除自己外只有小两口及还是个婴孩的孙儿的家里，就算再加上男仆与婢女，也感到过于安静了。

事实上，故乡的夜晚在宵五时[2]（晚上八点）就已静如深夜，院墙外行人的脚步声、话语声骤然消失，剩下的就只有偶尔从远处传来的几声犬吠。

可能这也算理由之一吧，当夜深人静独处隐居间时，清左卫门突然感到揪心的孤独阵阵袭来，两度三度不止。那时的自己仿佛变成了黑暗旷野中仅存的一株枯树，形单影只。

清左卫门深感意外。他暗中开始打算隐居事宜是在三年前妻子喜和病故之后。妻子去世时清左卫门才四十九岁，却受职责所累，已是疲惫不堪。当上代藩主亡故时，隐居之心已不可动摇。

因此，对于隐居采邑、远离公事、将家业交付给儿子，清左卫门原本丝毫没有留恋或无谓的感伤，而是打心眼里期待隐居后悠然自得的晚年生活。

清左卫门心里描画的悠然自得的生活，比如尽情信步于城下[3]周边的土地，散步之余，偶尔踱进矮山捕捕鸟，涉足小河钓

---

1. 在府：江户时代，诸侯与其家臣从地方上到江户府内任职。
2. 本书中“时”是日本江户时代的计时法。
3. 城下：城下及后文“城下町”，均为以诸侯的居城为中心发展起来的城邑。

钓鱼，诸如此类。每每回想起仅存记忆之中已经许久没机会得见的开满白色野蔷薇的河边小径，清左卫门便不禁怦然心动。

然而，向隐居的清左卫门袭来的却是与这开放感截然相反的、与世隔绝般的自闭感。而且这种奇异的精神萎靡在历经数日自动消退后，清左卫门甚至多少能够理解这种情感从何而来了。

清左卫门曾简单地以为隐居不过是从世间撤出一步。而实际上，隐居是将他此前的生活方式、浅显地说是将他的生活环境与习惯，做了一个彻底颠覆。

身居要职时，清早醒来已在计划如何处理一日事务，还要为理顺上下关系而大伤脑筋；隐居之后呢，早晨睡醒卧于榻中，却要首先盘算这一天干点什么才好。侍奉主公近旁、大权在握的清左卫门，忙碌于办公房时也好，小憩在役宅时也罢，或公或私访客络绎不绝，而如今却终日不见一人来访。

清左卫门本还打算仍与世间平等交往，只是相比从前有所节制，不成想世间却好似突然将清左卫门拒于千里之外。在职时忙碌劳累的日日夜夜，前些日子还置身其中的那个地方，不知不觉间，已俨然成为远在天边的另一个世界。

清左卫门想通了，这异样的空白感一定就是奇异心境的成因。同时也明白，如果无法回到从前，这空白感就只得用别的什么东西，也可以说用新的生活与习惯来填补。清左卫门意识到，单靠无所事事地散散步打发时光是行不通的。

好像恰好估摸到清左卫门已平静下来似的，某日昼八时（下午两点）多点，儿媳里江来到隐居间。

“前些日子庆贺隐居继业的花费到今天一点儿不剩都付清

了……”里江说着，翻开手中一本薄薄的账册样的东西，像是要对花费明细做个报告。

“不必详说啦！”清左卫门道。反正连同家业，钱袋子也一并交了出去。多数家臣都将领受的禄米委托给常来常往的商户，需要时就以钱币的形式领取一些。三屋家也不例外。

收存三屋家禄米的是城下一家字号叫越后屋的稻米批发商，因清左卫门供职江户，以前喜和与越后屋交涉，喜和死后又四郎接班，所以现在也并没有再次把钱袋子交出去的感觉。

“你们俩办妥就好。”

“可又四郎吩咐要大致报告给父亲大人。”

里江说完，快速报告了开销项目，酒两樽、鱿鱼干五十片、白砂糖一斤[1]等。酒菜都很简单，没多少花费，耗资最大的是作为礼品赠送给当晚来宾的丝绸，每人一匹[2]。

“总计五两一分六百三十文。”

“嗯，收拾妥当再好不过。”清左卫门道。

里江合上账本，若无其事地环顾屋内。一双眼睛先是盯着摊在桌上的日记，旋即又移回清左卫门身上。

“怎样？您多少安稳下来了？”

“嗯，安稳下来了。”

“那太好啦！”里江说着眼光又去瞟桌上的日记，“您写日记啊？”

“嗯，老是稀里糊涂地待着也不成，就琢磨着写写日记。”

“不过，“残日录”这名字妥吗？”里江像是远远地看清了桌

---

1. 一斤：一日斤等于六百克。
2. 一匹：当时的布匹计量单位，长五丈二尺，幅宽二尺四寸。

上日记里的字迹，似乎要哄公公开心似的，眼里漾出笑意，“是不是该取个喜庆点的名字？”

清左卫门恍然大悟：儿媳这是借报告花销明细之机打探起老头子我的动态来了？接连几日闷闷不乐，难免外现于形。

“哪里话！不必担心！”清左卫门道，“这是‘虽惜迟暮，距日没尚远’之意，并非要数着剩下的日子苟延残喘。”

“是——吗？”

“要做的事情桩桩件件，为父也将大忙特忙起来哩！”

因父亲骤亡，清左卫门年轻时早早就接手家业。受此影响，学业撂下且不说，连曾经一度被评价为大有前途的无外流剑术修行也半途而废，清左卫门一直对此耿耿于怀。

“所幸有了空闲，”清左卫门道，“准备掸去灰尘重读经书，昔日道场那边也打算去瞧瞧。”

“这把年纪混在年轻人里对练是不方便了，求个教头学学架势还行得通。”

“肯定行！”里江说完，屋里陷入沉默。过了一会儿，里江像是要把心里话和盘托出似的继续道，“娘家爹爹刚隐居那阵子，一下子没了精神，不久就病倒了，那以前爹爹可是连感冒都没有一次的人。”

里江是曾任郡奉行[1]的服部弥右卫门的幺女。话里提到的弥右卫门年过七十却依然健壮矍铄，清左卫门被这番话勾起了兴趣。

---

1. 奉行：武士时代的官职名，依据政务分管担当执行公务的人。

“哦？怎么回事？”

“劝爹爹去钓鱼，准备好家什，硬把他拽去海边，到那里就来了精神，至今还钓！”里江偷偷一笑道，“哎呀，净跟您聊啦！”说罢折起膝上的账本站起身来。

见里江出了房间，清左卫门暗自苦笑。不知是里江自己心明眼亮还是受又四郎所托，总之特别来看看无精打采的老公公是确凿无疑的。

只不过里江对此并不直截了当地说出口，也不“是啊是啊”地一味顺情说好话，而只是很干脆地来告知，小两口对刚刚开始隐居的父亲的情绪波动已明察秋毫。

清左卫门不禁感叹，真是个聪明媳妇啊，老头子我没看走眼。清左卫门听说服部的小闺女心性纯良容貌姣好，借口有事特意跑去相看。当时里江出来见礼，小姑娘给人的印象清新可人。清左卫门正回想往事，刚出门的儿媳又急匆匆返回。

“町奉行佐伯先生驾到。”里江道。

这是清左卫门隐居后上门的第一位访客。

二

“呀呀呀！”

刚被里江领进屋，佐伯熊太就重重地一屁股坐下，好像这就算打了招呼，接着就问隐居感受如何。

“好啊！清静！”

因为里江还在场，清左卫门只得说些无碍大体的场面话，佐伯却使劲点着头道：

“是——嘛！哎呀，羡慕！真羡慕！”

“……”

“我也该赶紧辞掉这整天瞎忙的活计，把家业扔给小儿……哟……”佐伯眼睛一亮，目光停在廊外庭院中，“院子不错啊！找人建的？”

“嗯，没想到藩里会赏个隐居间，就顺便让家里小子建了庭院。”

“花了不少钱？”

“什么不少钱！值钱的就是点石子儿，剩下的都托给了村里的熟人，没花多少。”

两人讨论庭院的当儿，里江端来茶点又退了下去。等到听不到脚步声了，清左卫门道：“不要着急隐居为好！”

“嗯？”佐伯停下端向嘴边的茶碗，满脸诧异。佐伯熊太元服[1]前就是与清左卫门一同求艺于无外流中根道场的玩伴，且是极少数可与之畅所欲言的友人之一。佐伯压低了声音问，“有什么麻烦？”

“唉，倒不是麻烦……”清左卫门苦笑道，“只不过这隐居

1. 元服：古时男子成年开始戴冠的仪式。

并非想象的那样。”

“哦？”

“本以为会舒舒服服自自在在，倒也真是舒舒服服自自在在，不过无事可做真也奇怪，竟不知如何是好了。”

“噢……”

“过犹不及啊！无所事事搞得人精神不振，不可思议！可能这刚好证明自己本来才量就浅吧，反正恢复到平常心可花了不短时间。”

“有这等事？”町奉行道。慈眉善目，不倒翁似的长着一张圆脸的佐伯脑筋却转得飞快，与其外貌大为不同。脸上旋即现出理解清左卫门所言的表情，“就连你堂堂的三屋都这样？真大意不得啊！”

“大意不得！”

“会以为自己成了苟活于世的无用之人。”

“嗯，差不多是这个意思。所以嘛，抱怨太忙之时方为最妙。你可要踏踏实实管好町务！话说回来，今日到此有何贵干？”

“噢！那桩事儿。”佐伯熊太说着，像喝酒似的咕嘟一声将茶水喝干，“说实话，来此是想借你一臂之力。闲得不知干点什么好的话，那找你正好！”

“现在可不是闲得不知干什么好啦！”清左卫门瞪着町奉行道，“刚才说了，稀里糊涂混日子可不成，已经决定了要干的事，正打算明天就开始哩！”

“打算干些什么？”

“先到纸漉町的道场看看，让身子一点点适应，想去练练架势什么的。”

“老家伙不自量力！”

“还有别的。保科穆山先生的私塾现在由其子笙一郎先生接掌，听说这位可是不逊于其父的学者啊！打算去拜会拜会，重读经书。”

“那也不急。”

“还要去河边钓鱼，进山里捕鸟。”

“知道啦，知道啦！”佐伯道，“务必请你出面！一隐居就丢了精神确实不行，不过眼下你要先帮我！”

“什么活计？”

“这……”佐伯突然打了个响亮的喷嚏，赶忙掏出擤鼻涕纸擦擦脸道，“这可事关一条人命哪！”

“……”

“还记得以前服侍内宫的一个叫阿梅的？”

佐伯的说法甚是微妙，这让清左卫门大体猜到了他说的是怎样一个女子。感觉这名字模模糊糊有印象，但无法确切回想起来。

“阿梅？”清左卫门歪歪头略有所思，“依我所见，可是上代藩主宠幸过的女子？我说，到底是什么人？”

“此女虽与上代藩主有过肌肤之亲，可若说这肌肤之亲仅有一次的话，还想不起来？”

“呀，想起来啦！”清左卫门道。

阿梅是城下小鹿町点心铺鸣户家的姑娘。因铺子早年就有向城中供纳大栗、小栗等小豆点心的关系，阿梅曾进城里内宫做佣工学习举止礼仪。有一年，归乡的上代藩主不知怎的心血来潮，吩咐阿梅陪侍一夜。

人们奇怪他不知怎的心血来潮，是因为阿梅是个公认的丑女，不过清左卫门并未亲眼得见此人。事后了解到，在经历了那一夜陪侍后，阿梅被遣回娘家，成了从藩里领受三人扶持[1]的身份。那时阿梅十六岁，现在想来已是十年前的事了。

“是鸣户家的闺女啊！这阿梅怎么啦？”

“好像有了身孕。”

“有孕了？那可是喜事啊！”

“何喜之有！”佐伯道，“听说肚里孩子的父亲是谁都不清楚。”

“……”

“麻烦的是，听到此事暴跳如雷的大有人在。有传言说为不损害先主威严，要暗地里将此女处理掉。”

“言语过激而已，说这话的是？”

“山根备中大人。”

“哈哈，组头[2]啊！那人倒是说得出这话。”清左卫门道。组头山根家乃藩中名门，据说家世渊源甚至比藩主家还要久远，可悲的是他们的名家意识遭人痛恶，近十代的血亲中仅有区区两位参政。现在这位当家人山根备中也是“万年组头”，丝毫不闻请其参政之声。

---

1. 三人扶持：俸禄的一种。
2. 组头：江户时代辅佐管理各村事务的官员。

一言以蔽之，山根家一干人等不受世人待见，皆因其陈腐到无可救药的权威主义作祟。当家的备中也不例外，全盘承袭了权威主义的家风——这一评价早就板上钉钉了。清左卫门意识到这位组头可不是嘴上说说，很可能真要除此女而后快。这种愚蠢的野蛮行径令人不能坐视不管。

“小心为妙！山根大人可不是光说不做的主儿。”

“知道。所以一听到风声，本奉行马上就在鸣户家周边布置了眼线。”

“做得对！只是不明白为何现在又吵吵起这桩事儿了？”清左卫门说着，试图回忆起侍奉于藩主身侧时的情景，“对这阿梅，先主仙逝后理应向藩里下发了还其自由之身的文书。撤销三人扶持，与此相应，她爱嫁到哪里自然都不成问题了。”

“什么?! 对啊，可不是嘛！”佐伯拍着膝头道，“不过嘛，这阿梅至今还从藩里领受着三人扶持哪！”

“咦？这就怪了！”清左卫门说话间盯着佐伯，总算把握住了事情全貌，“这么说，行事最为中规中矩的山根大人吵闹起来也就不算过分了。我说，是不是哪里出了差错？”

“怎样，这事也算在内，请你出马一并解决！再说了，最清楚这类事情的就是你啦，其实，要我来商量的是间岛家老大人。”

“……”

“因为此事不宜公开，正犯愁哪！帮个忙！山根大人那边我来应付，决不要他们插手。”

“可我已是隐居之身，帮公家做事要得到儿子的准许。”

“这不难。刚才在城里见着又四郎大人打了招呼。”佐伯已铺垫得面面俱到，“他说老爷子在家百无聊赖，有点事做倒也无妨。”

三

清左卫门只身一人去探访了鸣户家的点心铺。这方面，隐居的身份倒更方便，不需要多么郑重其事。

清左卫门旋即被引进鸣户家内室。所谓大栗小栗，其实就是仿照栗子的模样做成的大小不一的小豆点心，可算是当地有名的特产。城中不消说，甚至也被送进江户官邸内宫，另一方面，鸣户家也是少有的能专制南蛮点心[1]的老字号。听说铺子买卖兴隆，家境殷实。

虽说如此，比起在城下被称作富商的绸缎商山城屋、油商加贺屋，或周旋于各町间的稻米批发商，清左卫门被请进的店铺内室却狭小了一圈不止，而且朴实无华。清左卫门虽已隐居，然而毕竟直到前不久还是身居近侍要职的大人物，因此他的突然造访，似乎着实将鸣户一家人吓得够呛。又说想见见阿梅，没准更让全家人惊慌失措。

---

1. 南蛮点心：室町时代由葡萄牙人、西班牙人传到日本的点心。

清左卫门先被让进客厅，即便在此也分明觉察到屋外走廊上鸣户家的人蹑手蹑脚好一通忙乱。等候的时间里，烘焙点心的作坊里飘来的香味直钻清左卫门鼻孔。

本以为阿梅会被带来客厅，却并非如此。时候不大，有人来请清左卫门移步到一个离开主屋的独间，阿梅正等在这里。清左卫门说声要两人单独聊聊，端茶点上来的家仆即刻得体地应了一声退出房间。

清左卫门客套一番后，直起身打量着眼前的女子。女子已不太年轻，微胖，相貌平平，正静静地迎视着清左卫门。

“您精神开朗就最好。”清左卫门道。

阿梅连忙轻声道谢。声音虽不高，但神态自若，丝毫没有畏惧清左卫门的样子。固然时间不长，毕竟她也在宫中供过职。

清左卫门再次端详阿梅。小眼睛小鼻子塌鼻梁，再加上微胖的身材，传说中的丑女，确实与美人这一形容相距甚远。

不过阿梅皮肤极白，且一见之下便知其柔滑细腻。清左卫门暗忖藩主命其陪侍一夜时，这皮肤想必更为光泽娇嫩。而且身为与藩主有过关系的女人，终日深居闺中，肌肤之白有增无减自是必然。

“您一直住这间屋子？”

清左卫门环顾屋内，心里不由生出一丝悲悯。尽管梳妆台、衣柜等女性专属什物一应俱全，却毫无华美之感，整个屋子毋宁说素朴有加。阿梅固然是鸣户的幺女，因从城里领取俸禄，不得自由婚嫁，对家人来说不啻一件赘物。

——十年啦！

清左卫门感慨万千。敞开的拉门外庭院赫然在目，院中盛开的樱花正争相吐蕊，而房间内却如隐居间般老气横秋，狭窄逼仄。

联想到只因一次肌肤之亲，如花少女就不得不接受十年如一日被禁锢于这屋内的残酷命运，清左卫门甚至觉得先主也难逃罪责。完全无法理解其遣女归宅、赐予俸禄这无所用心之举，是意欲稍后再次召回身边？还是要找个哪儿的好人家把她嫁出去？

总之，为对抗这长年的幽禁生活，阿梅怀上孩子也是理所当然。不想责怪她，可清左卫门觉得这男方倒是个问题。面对清左卫门的问话，阿梅只是垂首低声应了一声。

“那就让在下说说今日来访之事。”清左卫门说着，装作不经意的样子仔细审视阿梅的体态，以男人的眼光还看不出肚子有隆起。

“在下贸然造访是因风闻阿梅小姐已身怀六甲，可是实情？”

“……”

“依据阿梅小姐所答，我等也好考虑对策，务请如实相告……”

阿梅依然低头不语。清左卫门的话让她面红耳赤，连脖梗都红了，接着红潮消退，变成近乎透明的苍白。怀孕属实。非同寻常的脸色及毫不否认便是证据。

“果真如此啊，”清左卫门喃喃自语，“这么说，传言属实喽？”

“……”

“那接下来，要打听一下男方的情况。这同样事关重大，是哪里的哪位人士，请不要隐瞒，仔细讲来。”

“请您谅解！”阿梅出其不意地开口道。声音依然细微，语气却非常坚决。“这事张扬出去，必会遭受宫里责难，不管何等惩罚，民女都心甘情愿。”

阿梅抬起头，语气斩钉截铁，毫不犹豫，像是早为今天准备下了应答之言。而且她的脸上浮现出一种刚才没有的光彩。清左卫门颇感兴趣地注视着她，阿梅这孕妇多半抱定了破釜沉舟的心思，态度之强硬，超出了一个男人的理解。

“无论什么责罚尽管来好了。但是他的名字，死都不会讲！”

“唉，不必如此剑拔弩张。”清左卫门苦笑道，“您像是误解了在下所言，在下并非为责怪您怀上身孕而来。”

“……”

“容在下直言，”清左卫门尽量留意着用坦然的口吻道，“先主故去时——说来约是一年前了，那时就如何安置阿梅小姐，当今主公其实已向藩里发出了文书。”

清左卫门解释道，那份文书会解除对阿梅的束缚，相应地也会撤销俸禄。

“不该将年轻女子禁锢住，这是当今主公的心意所在。为慎重起见，请问那份文书可已送达您的手上？”

“没有。”阿梅摇摇头，一脸茫然地望着清左卫门。

“果然如此啊！藩里果然出了差错，眼下正在查找，那文书可能滞留在了什么地方。”

“……”

“也就是说，如若没有这差错，您在一年前就该是可以如愿嫁夫生子的自由身了。藩内不断有人对此事说长道短，我等斟酌再三，力求稳妥解决，故此前来拜访。”

“一年前……”阿梅轻声自语。仿佛被虚度的光阴夺去了心神，清左卫门的话阿梅似乎连一半都没听进去。二十六岁女子无可奈何的表情，令清左卫门痛心不已。

“正是，一年前。只因这差错，领受三人扶持的身份至今有效也是事实。如若男方为人并不正派……”

“绝不是！”阿梅迎视着清左卫门，语气肯定，“绝非不正派之人！”

“是您家店里的伙计？”清左卫门试探道。最先想到的大致如此。必须问出男方的身份与姓名，否则难以圆满解决此事。

“无论如何都要说吗？”

“请务必告知实情！”清左卫门断然道，目光严厉地紧盯着阿梅。

“能请您答应不责罚他吗？”

“这不好说，总之要取决于那是个怎样的人。”清左卫门道。视男方情形，将阿梅悄悄带去堕胎婆那里打掉孩子的可能性并非没有，而如果此人品行恶劣，于街头巷尾到处张扬秘密处置一事的话，则必须对此人多少做些惩处。就清左卫门而言，心里倒是祈望阿梅找到一个寻常人家。

阿梅长长地叹了口气，看似认识到清左卫门不会让步，于是痛快地坦言道:“是近江屋的竹之助先生。”

“近江屋就是日雀町那家大绸缎庄？”

“是！”说着，阿梅再次双颊绯红，手足无措地垂头缩肩，一副心慌意乱的样子，而清左卫门还有话要问清楚。

“竹之助是什么人？”

“是近江屋的三公子，在店里帮忙。”

“年龄呢？”

“二十三岁。”说到这里，阿梅好容易才恢复本色的脸又红了起来。

男方倒不是什么不正派之人，清左卫门放下心长吁一口气，接着新的忧虑涌上心头。阿梅二十六岁，而且相貌如此，不会被这个比她年轻的竹之助玩弄了？假如两人的交往没有结果，仍会成为说服山根备中的障碍。

清左卫门假咳一声：“刨根问底实在不该，请问您与竹之助的交往并非逢场作戏吗？”

“绝不是！”阿梅的口气不容置疑，脸上再次现出光彩，语声清澈地道，“早已打算求得宫里许可，结为夫妇！”

“能将这位竹之助请到这里来吗？”

将信将疑的清左卫门打算会会此人，亲口问个清楚。

四

清左卫门离开鸣户家的点心铺时，町街上已是暮色深沉昏黑一片。昏暗中，一个男子轻手轻脚靠近清左卫门问：“都问完了？”此人是佐伯熊太手下的一名差役，叫横山半藏。

“问完了，这就回家。”

“路上请当心。”横山压低声音道，“就刚才，看见鸣户家后门附近有三个家伙在转悠，上前盘查，问出来一个人是马回组[1]的犬井彦之丞，另两人是山根大人府的家士。犬井可是山根大人的下属，花房町小泷道场的高徒。”

“哦？然后呢？”

小泷道场是指导一刀流剑术的道场。

“刚才责令他们离开时，犬井猛地冲过来对小人动粗，差点打起来。”

“沉不住气了？不可大意啊！”清左卫门道，“听奉行说过，对方可是顽固不化之人。如此执迷下去，难说会干出什么勾当！要严加戒备！”

“明白！也请隐居大人多加小心。”

“不会冲着老头子我来吧！不必担心。”清左卫门说完往回走了一会儿，想起横山叫自己“隐居大人”，不禁暗暗苦笑，这种称呼还是头一次听到。

说起来，费心费力为故去的藩主留下的女眷处理善后事宜，倒也真适合自己的隐居身份。年轻人肯定不愿跟这种成就不了功绩的不清不楚的事扯上关系。

町街被浓雾般的昏黑夜色笼罩着，过了小河上的一座桥，走到此处商人町已远在身后，前面的路上再也见不到一个人影。

---

1. 马回组：在主君所骑马匹旁边负责警戒的骑马武士。

左右连片的武家宅院寂静无声，町街像是就要随之陷入黑夜深处了。

走在夜路上的清左卫门很快就注意到，有一人在与自己同行。脚步声就在身后数米开外，若即若离地一路跟来。

莫非……？慎重起见，清左卫门边走边解开短刀绳扣，松开刀鞘。隐居后外出就只带短刀了。莫非山根备中从哪儿风闻到清左卫门有意插手鸣户女儿之事，特意派人来干扰不成？无法断言绝无可能。

山根是认死理的性子，所作所为常令人以为其理智尽失。正因了解他这种危险的性格，间岛弥兵卫家老才会指示佐伯尽早解决此事。

清左卫门停下脚步，转向身后。跟在后面的人也随之止步，原地站立，默默地盯视着这边。昏暗中勉强看清人形轮廓，却分辨不出来者何人。

“跟着老夫有何贵干？”清左卫门道，对方依然静默不动，“老夫乃三屋家的隐居，清左卫门。眼下正要归宅，尾随身后是何用意？”

“……”

“你小子可是犬井彦之丞？”

“……”

“是你的话，给山根大人带话回去，就说不出几日，三屋清左卫门将登门拜访，有事相商。”

说完这些，来人还是默不作声。清左卫门也不再多讲，直视着来人。稍顷见其转身离去，短外褂下摆处分明有刀鞘探出，可能就是犬井彦之丞。再次举步的清左卫门心中深感不快。

到家时佐伯已在座，正与又四郎聊天，当然是来找清左卫门的。往隐居间一让，马上跟了过来。

“不吃饭能行？”刚坐下佐伯就问。

“吃什么饭！肚子还不饿，先办完正事！”

“好吧，那我先说。那份通告文书找到啦！”佐伯郑重地从怀里取出一份包在奉书纸[1]里的文书。

清左卫门接过文书拜了一拜才展开细看，果然是阿梅的安置指令。不过指令内容不止这一件，还涉及城西北石墙及堤坝的修复，当然以此事为主。收信人是彼时当月值班的家老。

“难怪怎么找也找不到，原来混到普请组的文件里装订起来了，实在不该！”说着，佐伯又看看清左卫门，“鸣户那边怎样？”

“那边也弄清楚了。”清左卫门道，“我担心的是，如果男方是个难以称为良民的家伙该怎么办。原则上，阿梅还是从藩里领取特别俸禄的身份，这层特殊的含义，不消说藩里，城下都无人不知。”

“的确！”佐伯道。

“假如男方是个市井无赖，要说服山根大人就更加困难了。岂止如此，到头来就变成街谈巷议的话题了。”

“嗯，说得不错。”

“那时候就不得不劝你采取些稍稍强硬的手段了，比如打掉

1. 奉书纸：无皱、纯白、纹理精美的和纸，日本福井县今立町出产的品种最为有名。

阿梅的孩子或将男方逐出领外，好在这些担心都不存在了。”

“哦？男方何许人也？”

“日雀町绸缎庄的小子。”清左卫门微笑道。会过竹之助后，清左卫门最后的担忧也烟消云散。竹之助这年轻人看似极其老实耿直，被叫到跟前来时脸色煞白，但对清左卫门所问之事大胆应答，也言之凿凿绝非玩玩而已。

“竹之助好像经常带着布料样品去鸣户家，一来二去，发生了关系也不足为奇。”

“是啊，不必计较啦！”可能是放下了心，佐伯颇为豁达地继续道，“绸缎庄的小子二十三？说起二十三的时候，我还没忘。盼到天黑就悄悄跑出去寻快活，你也一样，可别说你不记得了！”

“那可不是什么正经事啊，熊太。”清左卫门忍俊不禁哧哧笑道，对町奉行用了许久以前的称呼，“竹之助是个美男子，相当英俊。就算没有这既不漂亮年龄又大的阿梅，要娶个媳妇也易如反掌，姻缘啊，真是妙不可言。”

“嘿嘿，”佐伯也笑了，“这种搭配，夫妇两人往往更情投意合哪！”

“一定要尽我所能把两人撮合到一起。”其实清左卫门已对两人许了诺，闻听此言的两人喜上眉梢。尤其是沉浸于幸福之中的阿梅，看起来甚至俊俏了几分，真不可捉摸。当然啦，没有比幸福满足的人看起来更漂亮的了。“欲罢不能啦！”

“要先把山根那边处理稳妥。”

“有这，就不怕了吧。”清左卫门将文书包回到奉书纸中，还给佐伯，“我去交涉也行，不过对方看我是隐居之身，说不定会潦草对待，同去如何？”

与清左卫门推测的一样，藩主署名的通告文书起了决定性作用。盛气凌人地对待两人的山根备中默读完递过来的通告文书后，当场哑口无言。

“藩里本该对阿梅有所补偿，毕竟害她荒废了一年多的好时光。”

“可这与放荡女子有何不同？”山根像是怒气未消，气呼呼地强词夺理，清左卫门装作没听见。

“总之，藩里要尽早完备手续还其自由，山根大人可有不同意见？”

“……”

“有言在先！”佐伯粗声粗气道，“暗中对良民动手脚之事，请您小心慎重三思而后行，本次事件因未发而终姑且不究，不过拙见以为，身为高居组头地位之人，您的行为实在令人不齿！”

两人从山根宅邸出来到了街上，大白天的，上士宅邸鳞次栉比的町街寂静无声不见人影，只有春光默默地照耀着大地。路上，不知从哪儿飘来花的芳香，两人无言地走了一阵子。

“总算了结啦！”清左卫门轻声感慨道。清左卫门本意是要祝福这个女子，祝福她总算摆脱了不近情理的束缚，终于能够像普通人那样赢得幸福了，而佐伯却有佐伯的打算。

“了结啦！就算是山根大人，也不许肆意妄为！”佐伯气势高昂。

清左卫门暗叹，隐居之人与意欲建功立业的町奉行，连感想都相差甚远了！

高札场

一

那天七时半（下午五点）前后，三屋家的隐居清左卫门恰巧路过的场町木门前广场。

最近，清左卫门对几十年后重新拾起的垂钓兴趣渐浓，只要天气晴好，隔三天就去一趟流经城西的小樽川。今天也是钓鱼归来，蓝色轻衫[1]、脚蹬草鞋、腰插短刀，挂着鱼篓缠着吃完便当空出来的包袱布，头顶草帽，肩扛鱼竿，一身轻装来到的场町。往回赶的时间比平常晚了一点，清左卫门对此略感不安。

拜入保科塾门下再读经书已不可企及，初夏时分起，清左卫门十天一次，虔诚地来往于纸漉町无外流道场，再就是钓钓鱼、下下宅院里的庄稼地，一心一意地活动起身体来。为应对日渐迫近的老境，头脑怎样且不说，采取了先锻炼腰腿的策略。实际上这么一活动手脚，清左卫门似乎再次意识到自己的确太久没活动身体了。

---

1. 蓝色轻衫：江户时代武士的旅装或木匠干活时的着装。

简单来说，就是三屋清左卫门的身体如同缺油的车子般锈住了。稍稍运动过度，身子骨即刻嘎嘎吱吱响个不停。时隔近三十年再访纸漉町道场，按道场主中根弥三郎的指示抡了抡木刀，结果手脚完全各行其是。这还不止，整个人马上就头晕眼花，洋相百出。

这样下去可不得了！自那以后，包括前往道场，清左卫门开始尽最大可能活动身体。这倒是行之有效，近来只是抡抡木刀的话，已不再头晕眼花，烈日下在河边钓小半天鱼也不觉得太累了。

另外，可能是三屋家的小夫妻深知刚隐居时的清左卫门有段时间闷闷不乐，对这些日子清左卫门的变化欣喜之至。

每逢去钓鱼的日子，儿媳里江就亲手为公公做便当，根本不许婢女插手；连少言寡语的又四郎有时也拽住准备停当正要出门的清左卫门喋喋不休，说没有比钓鱼对身体更有益的运动了，还说自古以来藩里就一直鼓励家臣去捕鸟和钓鱼云云。

这是被小两口认可的消遣活动，而且想想看，清左卫门外出期间儿媳也能从与公公身处同一屋檐下的拘束中解放出来，因此理直气壮地出门钓鱼并无不妥，但这也并非意味着可以我行我素。

——又四郎离城前……不赶回家里就不合适吧。清左卫门以为。

不知不觉中，像是对儿子两口子客气了起来，说心里不觉失落那是言不由衷，然而家里的秩序就该这样。清左卫门认为必须为身为一家之主的又四郎树立起权威。

从清左卫门对这秩序的感觉看，那天回家迟了约四半刻（三十分钟）。的场町木门直通二环正门，来到这里看见身着肩衣[1]的离城武士的身影后愈发心急，清左卫门正要快步穿过木门前，忽地驻足向广场深处看去。那里似乎聚集了许多人。

木门前的广场，据说在本藩从北陆[2]入部[3]之前是当地领主练习弓箭的地方，后来成了有突发状况需要全藩上阵时集结最后人员之地。不过，岁月流逝，人马列队摩肩接踵的场面一次也没出现过，眼下只不过是个行人较多的广场而已。

广场南边，有栋从三环凸出建成的老建筑，是乡间巡察宅院，北侧连绵成片的则是藩主家一族的府邸，一路之隔的东侧，便是的场町热闹的商人町。

众人聚集的广场一角，就在从商人町踏入广场后紧右侧的高札场[4]前。

藩里于距边境关卡最近的五个宿驿处及城下两个地方设置了高札场，其中城下两处分别位于的场町广场和几乎地处城下中央的雁金桥桥畔。两处都是城下行人最多的地方。团团围住高札场的是离城途中的武士，远远地又把武士围在当中的则是人数众多的町街居民。

——要发布新公告？

清左卫门起初这样以为，正琢磨一定是什么稀罕事，但马

1. 肩衣：省略掉袖子与胸带的上衣。起初仅下级武士穿着，室町末期上级武士也穿。
2. 北陆：北陆道之略，日本古代地方行政区划的五畿七道之一，位于中部地区靠近日本海一侧。
3. 入部：加入部署。
4. 高札场：竖立布告牌的场所。。

上意识到人群并非为此聚集。

站立着的人们都没在看布告，而且半圆形的人堆中，分明可见有些与城下武士着装不同的武士，以及穿着短褂的小伙计模样的男子正忙成一团，那些人看起来像是町奉行佐伯熊太的手下或大目付[1]的下属。

清左卫门心想肯定发生了什么案件，不过目睹到的仅此而已。透过树荫无力地斜射在高札场所在广场上的夕阳让清左卫门吃了一惊，他赶紧快步走过。

到了家，又四郎尚未从城里返回。清左卫门正嘀咕莫非他也混在高札场看热闹的人群里时，几乎跟在身后回来的又四郎脱下肩衣旋即进了隐居间。

“记得什么时候……”归宅见礼后又四郎道，“您说过在小樽川遇到过歇班的安富源太夫大人？”

“说过。”

“那时，您与安富大人聊了些什么？”

“没聊什么。”清左卫门摇摇头。跟安富源太夫这人虽非陌路，却也不是亲近到可以闲聊的关系。“只是点了点头。”

“噢！”

“安富怎么啦？”

“听说今天七时（下午四点）多，在正门前的高札场切腹了。”

---

1. 大目付：江户幕府官职，主要职务是监察诸官员的履职情况和品行。

二

町奉行佐伯熊太陪同大目付手下的徒目付[1]浅井作十郎突然来访清左卫门，是安富源太夫在高机场切腹五天后的夜晚。

“有点事来商量商量。”向清左卫门介绍了浅井后，佐伯道，“听说安富源太夫切腹了？”

“听说了。”清左卫门道，“听说没死彻底，苦痛难挨时被赶来的家人拖了回去，之后怎样了？”

“前天死了。”佐伯道。

“真可怜。”清左卫门道。安富跟清左卫门年龄相仿，年轻时曾短时间同在纸漉町道场求艺。

“家业继承办得顺利？”

“那倒无须担心。安富家在源太夫切腹当夜提交了病危报告，家业由儿子继承。不过里面有点问题，”佐伯瞟了一眼面皮浅黑高高瘦瘦的浅井作十郎，道，“就是切腹动机。”

“弄清了？”

“唉，不清楚。”佐伯摇摇头，“原因不清楚，这切腹地点太没道理。虽说在三环之外，但那儿直通正门，故此碰巧目睹安富切腹的人实在太多，听说安富冲着城里喊了些什么之后就跪在地上切了腹。”

“就是说，有人怀疑他在怨恨主公。”浅井张嘴说话了，话

1. 徒目付：在目付监督下进行警卫、侦探工作的人员。

音从瘦长的喉咙里发出，粗声粗气，“若怀疑属实，就算安富家乃藩中望族，也难逃灭门之灾，因此我等火速展开了查证。”

“结果呢？”清左卫门看了看浅井。

浅井微微低头继续道：“嫌疑基本消除。只有感恩而无积怨，已查明安富大人跟主公及主公一家有来有往，怨恨主公之事一丁点儿也没有过。”

“而且，有人说源太夫嚷嚷的是个女子的名字。”佐伯补充道。

“女子？哪里的女子？”

“那可不清楚！”佐伯道。

浅井接过话来：“正如奉行大人所言，现已查明，安富大人口中呼唤之人乃一女子，另外，向安富家人核实情况时得知，源太夫大人这一两年间被怀疑得了气闷之症，此事也由其任职处的御史番[1]证实，因此我等打消了先前的怀疑，调查终止。”

“总之，把死去的源太夫装扮成精神失常模样，家人倒可安然免遭撤职之灾，但说实话，案子远远没有解决，尚有疑点。”

“源太夫叫喊的那女子？”

“不错！据浅井他们查证，安富家里人似乎对源太夫所呼女子有所了解，但都讳莫如深，对吧？”

“正是！”浅井道。

清左卫门忽地想到什么：“莫非是在城里做工的女子？”

---

1. 御史番：江户幕府及诸藩的官职。古称使役，日本战国时代在战场上行使传令、监察、出使敌军等职责。

“查过了，没有叫那名字的女子。”

“就算现在没有，也可能是以前在城里干过活的。”

“那也查了，安富大人喊的人，以前现在都没有。”

“哎呀，这可奇怪了！”清左卫门大伤脑筋，“叫什么名字？”

“有人听到是‘玉世’，还有人听到叫‘友子’。”[1]

“玉世？”

清左卫门正绞尽脑汁回想，佐伯发话了：“三屋，你来查找这个女子吧！”

“我来？”清左卫门惊诧地望着两人，“我何苦要掺和这事？”

“说来是这么回事……”佐伯道。

大目付山内勘解由判明安富源太夫切腹并非因怀恨藩主家后，便停止了公开调查，转而加紧办理安富家的继承事宜。但因女子身份问题尚未解决，其后命浅井等人继续进行非公开查访。可就在昨天，安富本家却突然插进来横加干涉，抗议说，对本已判定无疑的案件仍要深挖是何用意?! 安富本家当家人忠兵卫直到五年前还是位居中老[2]的藩内实力派。恐怕是死去的源太夫的家人向忠兵卫暗中提出请求的结果。忠兵卫占理，山内倒不知如何是好了。

听到这里，清左卫门道：“安富方面也是不想被查出源太夫口中女子的底细了？”

“山内也是这看法。”佐伯道，“来找我商量到底该怎么办，我就推荐了你。”

---

1. 玉世、友子、友世，在日文中发音相近。
2. 中老：室町、江户时代各个诸侯的家老的次席。

“所以才问为何扯上我?!”

“不是听说源太夫和你都是纸漉町道场的嘛。”

“蠢话！不知你从哪儿听说的，我跟源太夫同在那里大概只有半年，都没正儿八经说过几句话，连同门都算不上！”

“瞎说！哪怕就一个月，同门也是同门！”佐伯道，“这且不算，听说你还跟人家结伴钓鱼！”

“结伴钓鱼……”清左卫门张口结舌地瞪着佐伯，“又是捕风捉影！确实在小樽川钓鱼场见过两三面，可跟源太夫连话都没说一句啊！”

“不管！具体怎样无所谓！”町奉行粗暴地打断清左卫门，“反正三屋家的隐居就切腹的源太夫的事四处打听的由头成立就行！两人原本是无外流同门，近期又成了钓友，这一来，就有了相当完美的借口。”

“岂有此理！”

“山内本人出面多有不便，因此由浅井代为来访。总之，山内说一定要求你出山。是我推荐了你这不二人选。”

“肯定还有别人。”

“没别人了。”佐伯道，“安排别的什么人出面，便成了公开事件。熟悉情况又能秘密探听出消息的人实在不多。”

“……”

“不愿干？”

“唉，确实不是个可以痛痛快快接手的活儿！”

“那我问你……”佐伯紧盯着清左卫门道，“你觉得源太夫发疯而死？”

清左卫门试着回想起一脸阴郁低头垂钓的安富源太夫，虽是心烦意乱愁眉不展，但表情与疯子并不相同。

非也，清左卫门摇头，“不对，源太夫切腹定有他由。”

“英雄所见略同！所以山内才说要查明真相。不想帮个忙？”

“……”

“不必担心安富本家。”佐伯见清左卫门有点动心，便趁热打铁道，“山内也说了，决不许他们对隐居的私事多嘴多舌，这一点会严格掌控好。”

“这……”

“不想知道源太夫口中的女子是何方神圣？我可一定要弄明白。”

清左卫门缓缓地看看佐伯瞧瞧浅井，最后目光又回到佐伯身上道：

“那该先见谁呢？”

三

小室甚八还是个二十五六岁的小伙子，他是安富源太夫切腹时在的场町木门值勤的步卒。

清左卫门很坚决地谢绝了像是小室母亲的女性不断请其

进屋的邀请，坐在横框[1]上问："听说源太夫是在离城人群到达广场时切的腹，那他本人来广场是在七时（下午四点）前后喽？"

"并非如此。"对这位现在虽是隐居之身，然而就在不久前还高居近侍之职的清左卫门只身来访组屋院[2]，小室吃惊不已，神情紧张地答道："安富先生到广场时，时辰还早。"

"哦？什么时辰？"

"比您说的约早半刻（一小时），应该在八时半（下午三点）左右。"

"原来如此。源太夫一直站在高札场那儿？"

"不是，一直在广场上走来走去，举动相当惹眼。"

"嗯，然后呢？"

"啊？"

"问你后来怎样了？"

"鉴于这种情况，小人一直远远望着安富先生。不多久，离城通告的鼓声响了，从城里出来的人们现身广场后，他就开始大叫起来。"

"不是说，是叫？"

"对，是叫。"

"是发了疯的声音？"

"呀，怎么说呢！反正就是大喊大叫。"

"知道了。听说当时安富是冲着宫城喊叫的，可是实情？"

---

1. 横框：日本传统民宅入口向上进入铺榻榻米房间处的地板框，比门口高出一截。
2. 组屋院：江户时代分配给下级武士居住的地方。

“冲着宫城？冲着把守御门的我等倒是实情，也就是背对着高札场。”

“慢着！哦，那时候安富已经站在高札场前了。”

“正是。”

“明白了。那么……”清左卫门为缓和这年轻步卒的紧张情绪，微笑着说：“尽可能把你当时听到的原原本本地说来听听。”

“遵命。”

甚八抹了一把脸上的汗，清左卫门也摇起自带的扇子。虽有微风不时拂来，距日落尚有一刻之遥，暑气仍如一团炽烈的热浪从院外涌向屋内。

“‘有话请诸位听一听’，安富先生起初这样喊。”甚八道。

安富源太夫双臂下垂，在高札场前站得笔直，接着大叫：

“安富源太夫……是个卑鄙小人！在诸位面前……坦诚相告，玉世小姐的不幸是因我源太夫……千真万确！请听仔细记清楚！玉世小姐……升天啦！”

源太夫的叫声含混不清时断时续，再加上有些地方意思不明或反反复复，听到的仅有只言片语，甚八听清楚的大体就是上面那些。

小室甚八情不自禁地侧耳倾听，虽有护卫城池正门的一种半无意识的警戒本能，但源太夫的叫声本身确也凄怆，引人侧耳。

稍顷，安富源太夫忽地静下来，与其开始大叫时同样突兀。甚八正纳闷，忽见其身影突然消失在人群后面，而站着观望源太夫的人也好，事不关己正横穿广场的人也罢，同时惊叫着跑向高札场。甚八赶紧对在岗哨里休息的同僚说声“帮忙照应一下”，也冲了过去。

“那时已切腹？”

“正是。他双手握住插入腹中的短刀，身上身下一大摊血。”

“当时在广场上的人里，好像有听到源太夫喊的女子是叫友子，你听到的可是玉世？”

“正是，确实是那个名字。”

“玉世小姐的不幸？”这话似有忏悔之意，清左卫门思索着冲甚八点点头，“好，都清楚了。难得休一天班，打扰你啦！”

道过谢，清左卫门离开博劳町的步卒组屋院到了街上。已过七月中旬，炽热的阳光丝毫没有减弱的迹象，从头顶直射下来。

安富源太夫去广场上大喊大叫，绝非偶然，肯定有某个沉重负担长年压在心头难以卸下，他似乎选择了城下的高札场作为忏悔之地，在众人面前袒露心声。清左卫门认为，大目付调查后得出的与宫城与藩主都无任何瓜葛的结论是正确的，事件的核心像是极为私人性质的。

——名叫玉世的女子也……

清左卫门也开始觉得不深究为妙，但必须通过切腹才能卸下的这心灵重负究竟为何物，对源太夫心存疑惑也是不争的事实。

感觉若将调查深入源太夫身边，谜团自然会迎刃而解。想起源太夫年轻时入赘安富家，清左卫门派信使到浅井作十郎那里，要请他查查源太夫的出身经历。

四

“这么说，源太夫……”清左卫门道，“在来这里的道场前，该是在染物町的市村道场学过？”

“正是！身手相当不错。”中根弥三郎道。纸漉町中根道场的当家人弥三郎比清左卫门年轻三岁，一张圆脸透着温厚，而此人因剑术过人，自少年时起就被冠以天才之名，被上代当家人寄予厚望并招为女婿继承了道场。听说从那以后就再没出现过能破解人们口中这位“空前绝后弥三郎”剑招的门人。

“转到这里是因为……”

“因为做了安富家的上门女婿。”中根苦笑道，“那家伙在这方面倒是机灵得很。”

“原来如此。”清左卫门点点头。

不清楚现在怎样了，清左卫门年轻时，染物町市村道场里多是没什么身份的人家的子弟，而纸漉町中根道场则多是百石以上的家门的少爷，这好像形成了不成文的规定。

请浅井调查得知，安富源太夫是在普请组领受三十五石俸禄的池田家的四子，二十岁时入赘安富家。安富家与藩内重职世家颇有渊源，家禄一百二十石。

源太夫的名字由以前的池田与之助变为安富与之助，后来继承家业时又改成安富源太夫，照中根的说法，源太夫像是在做了安富家上门女婿后马上转来中根道场的。跟源太夫在道场共处时间短，清左卫门本以为与自己继承家业不再来道场有关，其实也有源太夫来道场较晚的缘故。

——不过……

想必很是积极主动地转来道场，清左卫门暗忖。近年情况不得而知，年轻时的源太夫像是那种性格。

“道场里没有与源太夫交情特别深的人？”清左卫门问。

清左卫门本以为查清安富身边人际关系，名叫玉世的女子就会立刻浮出水面，可走访了安富父母家及左邻右舍两三天，令人吃惊的是本名也好别名也罢，根本就查无此人。

清左卫门于是改变策略，决定查查其在道场的交友关系，面对清左卫门的询问，中根弥三郎摇摇头。

“似乎没什么值得一提的朋友。当然，在这方面也并没特别留意。他在这里比较孤立，到底是因为中途转来的吧。”

“也是——！这还真麻烦。”

“您要找那时跟他有亲密来往的人，去市村瞧瞧如何？”

“不是没想过，可因这事根本摸不着头脑，有点发怵。”

“好说，我在市村道场那边也有一位密友，问问他安富先生年轻时跟谁亲近，应该不难说出个名字。”

中根的话给山穷水尽的清左卫门开辟了新的查访之路。经中根介绍，清左卫门当天就见到了当年在市村道场任代理教头的沟口，又在接下来的几天里分别约见了从沟口那里打听出来的三个男子。

而且第三个人，乡间巡察、名叫笠原重助的下士还记得玉世这个名字。

“那说的肯定是友世！”皮肤晒得黝黑，一张长脸上满是疲惫之色的笠原，说这话时黑透了的面庞上浮现出对往昔难以言表的眷恋微笑，“老早以前的事了，您不说都要把她忘了。”

“一定是与安富源太夫，也就是年轻时的池田与之助有关系的女子吧。”

“您说得没错。他们两人曾私下结为夫妻，不过知情的只有我等两三个伙伴。”

“叫友世的女子什么来历？”

“是御饵差头家的闺女。”

御饵差是捕捉小鸟给猎鹰做饵料的步卒，御饵差头就是指挥这些步卒的人，虽然只有二十石的微禄，身份却属于家臣。御饵差头和饵差步卒都住在位于鹰匠町北部的宽敞的御饵差组屋院，同在鹰匠头统领之下。

“普请组的四小子跟御饵差组的丫头怎会相识？有何机缘？”

“盂兰盆会舞。”笠原道，“我等下士之子结成小子组参加会舞。”

“友世就在来帮忙准备会舞的女孩中，跟与之助认识，两人相互看对了眼。当时与之助十八，友世十六。

“可惜过了大约两年，上士家臣安富家来向与之助提亲，他们俩过家家似的恋情便不了了之。与之助成了安富家的女婿，一年后身为独女的友世也招了婿。眼下任职御饵差头的横山权七郎就是其夫婿。”笠原道。

“可怜啊！招权七郎为婿不过两年友世就病死了。后来权七郎续弦重建了横山家，但与友世没有留下子嗣，横山家的血脉算是断了。”

“这么说……”清左卫门忽觉脑海里隐约响起了“安富源太夫是个卑鄙小人”的回声，“可以理解为源太夫背叛了友世喽？”

“从表面上看，的确是背叛，算是始乱终弃吧，不过……”笠原出人意料地用慎重的口吻道，“毕竟那时两人都太年轻，考虑问题很难严肃全面，他们之间到底有怎样的约定，详情实在不知。”

“后来没从源太夫那儿听说后悔抛弃友世？”

“没有。与之助即便心里是这么想，也不会将后悔说出口，他这人很要强。”

“但好像也不总是那样吧？”清左卫门道，“源太夫切腹之事可有耳闻？”

“有。当时小人在村里执勤，事后听说的，吃了一惊。”

“源太夫那天像是对广场上的看客承认，名叫友世的人遭遇不幸是自己的过错。”

“……”

“安富是个卑鄙小人——从这自责的话中只能理解为，他在责备自己背叛名叫友世的姑娘做了安富家的倒插门女婿，当众忏悔自己的丑行喽。”

“是吗？”笠原重助低下头，像是陷入了沉思，稍顷他的脸上慢慢布满感动之容，“这么说当年终归还是与之助抛弃了友世，因友世的早亡他心里留下了难以消弭的悔恨。这样想来，将悔恨隐藏了整整三十年的与之助也甚是可怜。”

“可一个人只因这就决意切腹？”

“这……”笠原说话瞬间，目光尖利地瞥了清左卫门一眼，

“拜托您不要外传，这话不是从他本人处听来，风闻与之助在安富家并不怎么受厚待。”

“什么原因？”

“从身份悬殊的人家出来做上门女婿的原因吧！常有的事。”

“嗯。”这话像是让清左卫门难以忍受，他轻轻叹口气，定住心神看着笠原道，“想必你也见过横山的女儿友世，是个怎样的女子？”

“皮肤白净个子不高，不怎么说话，很文静的姑娘。”

“不了解病死前后的情况？”

“那时因小人就任乡间巡察之职离开了城下，所以一概不知。”

“可有什么人知晓详情？”

五

“恐怕横山家那闺女……”清左卫门对派人叫来家里的佐伯熊太与浅井作十郎说道，“被源太夫抛弃后，虽说另招了双亲相中的夫婿，想是少言寡欢得了忧郁之症而死吧。这事给源太夫心里留下了重创。”

“……”

“但切腹的直接动机却不在此。听说源太夫在家里颇受冷遇，几十年来一直如此。”

“这从什么人处听得？”佐伯问。

清左卫门继续道：“因此源太夫身患气闷症多是实情，就算不至于发疯，可以想见其精神状态必然极不稳定。”

清左卫门又想起了面色阴郁一动不动地盯着河水的源太夫。

“对友世的心酸回忆成了诱因，八成。”

“……”

“年轻时不怎么挂在心上的事情，到了老年，有时会一味地苛责自己。源太夫心里也同样，不知从何时开始，眼瞅着对名叫友世的女子的悔恨之意急剧膨胀，直到那天终于爆发，将自己逼到了切腹自尽的绝境——这应该就是真相。”

“精彩的推论！如何？没别的说辞了？”佐伯说着看看浅井。

浅井也点点头道：“这样也明白了安富一族为何不愿被查。”

“是考虑到冷淡对待源太夫之事一旦外传，面子上不太好看吧。这是不被视为良婿而只被当作种马使唤的例证！”

“安富家多半也知道友世其人。”

“多半知道。”佐伯点点头看看清左卫门，“想是不愿被翻出以前的丑闻。我说，三屋太辛苦你啦！至此，事件彻底解决。山内肯定也会大喜过望！”

“真给您添麻烦了！大目付早晚也会前来致谢！”浅井作十郎也深鞠一躬。

隔了一天，三屋清左卫门探访了鹰匠町的御饵差组屋院。

清左卫门得到佐伯及浅井的赞赏，心情虽是大为畅快，却也感觉自己的调查中还存有一点疑问。

说是疑问也许有点小题大做，只是觉得欠缺了画龙点睛的那么一笔。清左卫门还没见到从笠原重助那儿得知的以前与友世极为亲密的女性友人，今天特来拜访这位女子。

早晨很少见地下了场雨，不过转瞬间就晴空万里，清左卫门到达鹰匠町时，日头像往常一样高悬头顶，酷热难当。清左卫门擦擦汗，进了院子。一打听笠原说的那户人家，一个四十四五岁的高个女子应声出来，正是要拜访的女子年江。年江出生在组屋院，嫁给了组屋院里的饵差步卒。

清左卫门刚一提安富源太夫事件，女子就滔滔不绝地讲起来，既说了清左卫门已从笠原重助那里听到的年轻时的源太夫与友世间的情感纠葛，也谈到了源太夫像是认定友世的早死责任在自己。

“听说友世那女子招婿后不过两年便郁郁而终，想是被源太夫遗弃后，虽有夫婿仍难解心头抑郁，最终恶疾缠身之故。听闻你对此事知之甚详，务请讲来听听。”

年江圆脸上浮出笑意，边听边不住点头，清左卫门刚说完，她便绽开笑容。

“您知道的可真不少，可事情跟您说的不太一样。”

“怎么不一样？”

“友世姐并没什么不痛快。不过确实，与之助突然变成了安富先生家的姑爷，让人大吃一惊。不过与之助本来就不是个有斤两的人，友世姐早就死了心啦。”

“……”

“况且招来的夫婿又很体面，友世姐迷恋得不得了，经常在小她几岁的民女面前不管不顾地跟丈夫嬉闹，羞得人家脸红到耳根子上，忙不迭地逃呀！”

“听说友世很文静。”

“只是个表面！她人活泼着哪！”

清左卫门目瞪口呆地盯着大大咧咧高谈阔论的年江。

“权七郎哥也很疼友世姐，死后五年都没续弦呢！”

“因身体虚弱而死？”

“不虚不弱，一直结实着哪！不知咋的那年冬天感冒拖久了，忽地人就没了。”

清左卫门出了御饵差组屋院。天气依旧炎热，可远方天空中飘浮着的已是秋天的云了。

——感觉像是个天大的误会。

清左卫门喟叹道。不光自己误会，那安富源太夫也因其自以为是的武断早早断送了性命。探查下去的自信心眼见消弭，清左卫门打定主意，从饵差步卒的婆娘年江这里听到的一切暂时不对任何人讲。这些事说给他人听的话，源太夫未免太可怜了。

落魄

一

三屋清左卫门出了鹤子町的保科塾，感觉有雨星儿滴落在脸上。慌忙抬头看天，空中灰云遍布，云层已压得很低。高空似乎起了风，云团自西向东匆匆涌去。落下雨的，好像就是这片云。

疾速奔走的云团间，还有七时（下午四点）前后的蓝天时隐时现，而西边天际已如日暮般黑了下来。

——看样子要下雨。

三屋家的隐居清左卫门心里嘀咕着，快步穿过鹤子町来到沿河路。由这条路向西，上雁金桥近前的一座小桥再往南，回家就相当近了。

只掉了几颗雨星儿，清左卫门到河边时雨就停了。但行走间眼瞅着天色渐渐变暗，树叶落光一半的町街好似骤然间笼罩上了一片荒凉的气氛。到底都怕下雨啊，擦肩而过的行人们小跑起来，身为武士的清左卫门可不能像町街居民那样失了方寸乱跑，他快步走向已进入视线的小桥。

结果还是没躲过。清左卫门刚踏上小桥，河川上游就响起雨声，敲打水面的噼啪声刹那间响彻清左卫门经过的桥面。清左卫门也好小桥也罢，转眼就被淋得精湿。

清左卫门也不禁拔腿就跑。跑过小桥，前面是排布着低俸武士居住的屋院的百人町。街道两侧连绵不断的是些连避雨的门檐都没有的屋宅，好歹看见左侧有扇简陋的草葺笠门，清左卫门急忙躲进门下。

掏出揣在怀里的白纸，先拭净腋下的包袱，又擦擦头发和衣服。包袱里是从保科笙一郎那儿借来的《老子》、《孟子》抄本及《唐诗正声》。

“现在塾里的弟子正读这些。”保科赞赏了一番清左卫门活到老学到老的精神，交给他这些书，问：“大体浏览一遍后再与弟子们一同听课如何？”

——此子……必成大器！

清左卫门看着稍稍减弱的雨势，回想起言谈举止沉稳庄重如威严长者的保科笙一郎。

其实保科才三十四岁，曾受藩命游学江户，就读幕府的昌平黉[1]，其后还在江户有名的学塾深造过。四年前刚回乡，藩里马上就任命学成归来的保科为藩校彰古馆助教。而即便经历相近的学者，供职藩校时通常也多从典学开始，这是超越身份的提拔，藩里对保科期待之深由此可见一斑。清左卫门也曾耳闻，事实上，以保科笙一郎之才早晚会晋升至高居藩校中枢的司业、学监之位。

---

1. 昌平黉：江户幕府学问所，又名昌平坂学问所。

幸亏鼓起勇气前去拜访，清左卫门暗喜。一想到能够怀抱经书师从保科塾，不仅有返老还童之感，甚至觉得供职宫中时想都不曾想的新天地在前方豁然开朗。清左卫门打定主意，一定要奉上束脩请保科将自己收为正式弟子。

清左卫门的思绪被再次响起的雨声打断。本以为是场短时阵雨，成不了什么大气候，没想到预想落空，这雨动了真格似的下个不停。感觉肩头发凉，原来门檐屋顶上有雨水滴落下来。

单扇的破旧院门一直开着，清左卫门为躲避漏雨退到门槛处。这时，听到身后有人搭话：

“这位先生……”

清左卫门应声回头，见房门敞开，玄关前站立一人。此人身着便装，没穿和服外褂，想必是这家的主人。

清左卫门赶紧施礼：“突降急雨，没打声招呼就借贵宅檐下避雨……”

“这雨像是还要下一阵子。”男子道，“借您把伞吧。”

“那太感谢了。”

清左卫门致谢，说要借伞的男子却没挪窝，默不作声地盯了清左卫门一会儿说：

“真没想到！不请自来的可是三屋清左卫门?!”

“确是三屋……”

现在轮到清左卫门仔细端详这男子，因周遭光线昏暗，加上距玄关还有段距离，对方面目只能依稀辨识，不过大体估摸出是与自己年龄相当之人。

“这么说来，您是哪位？”

男子没有马上作答，却突然发出抽噎般的笑声。这可算不上合乎礼节的待客之道。止住笑声，男子的口气依然随意轻慢：

“金井奥之助啊！好久不见！”

“奥之助？”

清左卫门竟无言以对，感觉像是撞了鬼。金井奥之助比清左卫门大两岁，年轻时两人关系非常亲密，于同一道场求艺，也都在城中御小纳户供职。但以某一时期为界，两人突然中断来往，清左卫门自那以后再没听到金井的消息，一晃近三十年。当然，事出有因。

“以为我死啦？”

虽然看不到脸上的表情，清左卫门仍感到说这话的金井在不出声地阴笑着。

“来，进屋吃杯茶如何？”

“啊，倒是无妨，不过还是不打扰吧……”

雨又渐弱。这金井奥之助可并非那种因偶然邂逅而惊喜异常，能相互拍着对方肩膀连道别来无恙的对象。其实长久以来清左卫门心里一直对此人避之不及，而这突如其来的相遇实在让人措手不及。

金井似乎看穿了清左卫门的犹豫，略有点不达目的誓不罢休地说道：

“大概三十年不见了吧！如你所见，破房一间，可过门不入未免有点不近人情吧！”

“那，只讨一杯茶。”清左卫门说着进门向玄关小跑过去。

金井奥之助仍站在那儿。瘦长的身形一如往昔，但脸上年轻时的模样已荡然无存。眼前这位，头发灰白，眼圈乌黑，皱纹深深刻入眉间，喉部松弛，双颊血色尽失、完全塌陷了下去；一双眼睛始终紧盯着清左卫门，眼中暗藏年轻时不曾有过的深重猜疑。

站在眼前的是一位老人！清左卫门惊愕不已。虽说自己也上了年纪，但比起奥之助来却还像身在壮年。

“你我都……”掩饰着震惊之色，清左卫门开了口，心中后悔当初应果断回绝直接离开，“老啦——！”

“哪里话，你还年轻着哪！”奥之助语气冰冷，“这是近侍大人与年俸二十五石的乡巡之差啊。且我大病在身，老伴早死。劳苦催人老啊！来，进屋！”

奥之助转过身，上了狭窄的式台[1]。

“尊夫人已故去？”

“嗯，死掉十年了。好在有儿媳，至少能招待杯茶水。”

说归说，家里一片昏暗，玄关处虽有客人语声，却迟迟不见儿媳的踪影。

二

“我怎么也弄不明白！”酩酊大醉的金井奥之助道。两人

---

1. 式台：日本房屋门口铺的地板。

正在三屋家的隐居间。“一起去纸漉町道场的时候，你家真是一百二十石？”

“真是。”

“过了三十年再看，那时一百五十石的我家落魄到了二十五石，你家却高升到二百七十石，到底差在哪儿，怎么差的哟?!”

“怎么差的，你自己不也很清楚嘛！”清左卫门道。

尽管每次都变换说法，奥之助最后总能唠叨到同一话题上。那就是感慨自身不幸，之后则牢骚不断。

清左卫门不胜其烦，感觉不知不觉间背上了一个沉重的包袱。

“当然清楚。”说着，奥之助抓起铫子，给自己斟起酒来。酒像是见底了，奥之助不停地晃着歪倒的铫子，清左卫门装作没看见。

头一次找上门来那天，奥之助突然对端茶上来初次见面的里江说，有酒的话想喝点酒。于是那之后每次来都上酒还附带一两道下酒菜，但清左卫门以为，从情理上讲，本来用不着这般款待奥之助。

——算啦……

清左卫门思忖，老朋友嘛，破费点酒水算不得什么。可令人深感不快的是，奥之助的态度中有借落魄强行要求吃喝招待的意思。

“当然清楚。”奥之助絮絮叨叨，啜干杯里最后一滴酒。虽然没喝多少，奥之助的脸却像猴子似的涨得通红，“政变的问题。你找对了靠山，我跟错了人。所以嘛，结果大不一样。”

“当然不单单因为这。”清左卫门平静地答道，“还因尊夫人。改换靠山，就违背了你与尊夫人的约定，确是这样吧？”

“这倒也是。”

“那就别满腹怨言啦。”清左卫门加重语气，“依我之见，你该至死追随你所笃信的人和事吧，这样才能瞑目。”

“可最要命的是与内人关系不睦啊！简直水火不相容。说实话，内人死时我真松了口气。”奥之助低声笑了起来，“清楚得很！可现在说这些都不管用啦！”

“……”

“只是不能理解，二百七十石对二十五石，十分之一。”奥之助蛇一般闪着暗光的眼睛盯着清左卫门，“人世真有趣，三十年过后再看，十分之一，哈哈，不说啦，蒙你款待！”

奥之助身体轻摇着，低头略欠欠身猛地站立起来。清左卫门当然没有挽留。

清左卫门送走奥之助返回隐居间拉开套廊门。相比驱散充斥屋内的酒气，要把金井奥之助留下的令人不快的余味彻底清除干净的心思更强烈。

屋外比预想的暖和。从墙头斜射进来的阳光染红了庭石。时间是刚过七时（下午四点），不一会儿日头就要落山了。

进屋来收拾酒具的里江叫了声“父亲大人”。

“这位金井先生……”里江手贴膝头仰脸对回过身来的清左卫门说道，“最近，经常来家里啊。”

“对不住呀，”清左卫门坐回榻榻米上，“净给你们添麻烦。”

“没事，这倒不成问题。就算花点酒钱，那位先生也喝不多，请您别放心上。只是……”

“嗯？”

“看起来父亲大人并不喜欢那位先生来访。”

“唉，是啊。只因是位老朋友，又不能不让来，确实不是让人欢喜的客人。”

“您以前还是年轻时欠过那位先生的情？”

“当然不欠什么……”清左卫门对儿媳家丑不外扬似的世俗想法苦笑连连，“硬要说的话，为父得到了应得的地位，俸禄也有所提升，奥之助的家禄却遭削减，唉，过的日子说不幸都不为过。这就算欠他？在他家里吃过一杯茶，唉，家里真寒碜。”

“哦。”

“本来地位等同，三十年不见竟有了如此差距。年轻时功名心强，因为还有机会，就算多少有些优劣之分也不至于马上定论，可上了年纪就不成啦。优劣上下早已无法改变，不光自己，别人什么斤两也一眼便知。”

清左卫门打算顺便跟儿媳聊聊这金井奥之助。

“奥之助落得现在这般田地事出有因。”

三

人们开始交头接耳风传即将发生几乎会使本藩一分为二的

政变时，清左卫门和金井奥之助都在御小纳户供职。两人都还年轻，清左卫门二十三岁，奥之助二十五岁。

身处传言中心的是山村喜兵卫家老与朝田弓之助组头。山村乃连续十年一直执掌藩政的实力派，山村荣登首席家老后的十年，领内算是比较平稳安定，这有口皆碑。

因此，不会有什么敌对派，往后几年以山村为中心的执政者们仍会将藩政执行下去——表面上看大体是这样，而事实并非如此。水面下，山村与朝田间激烈的权力争夺从未停息过。

朝田弓之助家世也在山村之上，被誉为头脑聪颖富有才干的组头。年轻有为，当时才三十过半。朝田暗中搜集山村弊政证据，不久后将以此逼迫山村交出政权的传言，在藩内散播得沸沸扬扬。也有消息称，具体时间是在藩主从江户归乡的来年春天前，朝田将会晤山村，商谈让出政权事宜，后者如不遵从，朝田就打算向藩主提交弹劾书云云。

既有人到处散播像是极为机密的朝田方面收集的山村弊政证据；也有人对其持否定态度，逢人就讲握有弊政证据纯属朝田方面虚张声势的威胁恐吓，山村喜兵卫并无失误，藩政还应委以现执政者。在双方混乱纠缠的气氛中，这里的宅邸，那儿的公馆，通宵达旦，聚会频繁。

既是政权之争，单凭各执一词当然无济于事，在藩里能争取到多少支持才是决定胜败的关键。私底下，两派都在呼吁家臣藩士支持己方，由此形成人数互争之势。而接受呼吁一方也动起了心眼，以政权争夺结束后获得奖赏为目的的投机钻营者层出不穷。

那时年轻的清左卫门和奥之助当然还没有这种老谋深算的投机头脑，起初一个时期有求必应，净在两派的聚会间来来去去进进出出。

后来，清左卫门总算看明白了这政治之争的前景，此时已是转过年来漫长的寒冬即将结束之际，距藩主归乡仅剩大约两个月时间。在这种情势下，一天，清左卫门对奥之助说：

“我已决定加入家老大人一方，你呢？”

“我支持组头。是啊，这一来你我也分成两派啦！”奥之助像是很开心地笑了，“到底谁看得准，有好戏看了，三屋。”

“……”

“不过，你不想重新考虑一下？各色人等的意见都听了听，看来弊政属实，山村家老肯定没有胜算！”

“就看今春啦！”清左卫门道，“可不知以后会怎样。”

“以后？”

“山村家老这次可能败下阵来，但据我所知，眼下把持藩政的其实并非众位家老，而是远藤治郎助中老大人。有人私下说，此前十年，藩里一直长治久安也不是山村家老的功绩，全因远藤大人指挥得法。”

“……”

“事实上，远藤大人与其他众执政似乎已对首席家老避之不及。听说远藤治郎助大人断言，组头指摘的弊政确有其事，山村根本抵挡不住今春朝田派的攻势。”

“……”

“另一方面，即便山村家老从藩政中退身出来，当然并不希望这样，其后远藤大人也会暗中密切关注事态发展。朝田弓之助组头大人的确头脑精明，但要掌管当前纷繁复杂的藩政还太年轻。也就是经验不足，看得出早晚会露出破绽。”

“哦？竟有这种见解。”

“就算首席家老本人稍有问题，总的来说，现执政者治下的藩政还一直平稳顺利。而朝田派一旦露出破绽，政权自然会回到现执政者手中。可以预见，到了那时，肯定会建立起以远藤大人为中心的新的执政阵营。”

“这也算一种说法。”

“我赌这边。怎样，轮到你该重新考虑了。想从朝田派脱身出来的话，投靠家老不如去见见远藤派里合适的人物。”

“但形势并非就这么定了啊！”

“当然，并非定势。”清左卫门道。

那天两人歇班，约好一起去道场。归途中，在纸漉町尽头的一座桥上说了这番话。

桥下不是小樽川，而是另一条从城下东面流入市内向北穿城而过的河水。夏天河里能够撑起小船，但现在水量较少，石墙下露出的泥土上，堆积着大约一个月前那场大雪留下的尚未融化的脏兮兮的残雪。望着早春无力的夕阳照耀在残雪上，清左卫门接着说道：

“结果如何还难见分晓。不过我已经人引见拜会过远藤中老，是个人物！佩服佩服。”

“经验不足？”

似乎明白了清左卫门想说什么，奥之助小声嘟囔着。大概是在心里掂量比较年轻气盛的组头与老练多谋的政治家远藤中老，尽管两者的年龄仅有十岁之差。

奥之助很快就转向清左卫门，脸上露出一丝微笑。

“你我都已深陷其中啦！可我现在也不能再改换门庭投入中老派了。”

“与多加小姐有约在先了？”清左卫门问。多加乃御小纳户组头的三女儿，是个性格活泼的漂亮姑娘。

御小纳户组头池内弥右卫门是个狂热的朝田派，一直高度评价年轻组头的过人才干。因为这层关系，当藩内两派开始明确对立后，清左卫门和奥之助也常被叫到池内府中。那时，两人都对出来接待的多加一见钟情，而奥之助的爱意更强烈。清左卫门听说，奥之助那以后也经常以派阀之争为借口出入池田府上。

可以说多加也是清左卫门渐渐减少去池内家的次数转而更亲近远藤中老一方的理由之一。虽无与奥之助争夺多加之意，可在一旁看着两人卿卿我我终归算不上一桩趣事。

“倒是还没订婚，不过私下里已定了终身。”奥之助道，尽管面色平静，话音里却透着兴奋，“今秋就能办喜事了。”

“这不是挺好嘛！”嘴上这么说着，清左卫门感觉自己的声音很是冰冷，“那一来，就不可能背叛组头支持远藤派了。”

当时说出这话就意味着两人已分道扬镳，清左卫门对儿媳里江道：

“其后的情势与远藤大人的预见完全一致。朝田弓之助大人执掌政权晋位家老，但仅仅三年就半途而废。随后任职首席家老的远藤治郎助大人接掌了大权。”

四

“意外的是，登上家老之位走到藩政前台的远藤大人，针对两派以往的纷争，进行了极其严格的赏罚。估计也有责惩朝田派虽然政权在手，却非但无益藩里还留下诸多祸患之意，即便如此，那处分也实在太严苛了。”

“……”

“为父接受增禄，也获加官职，而晋升为御纳户奉行的池内大人、与其联姻当上普请组小头目的奥之助却遭食禄减半处分。远藤大人对加入朝田派而加官增禄之众的处罚格外严苛，实属无奈。可就因这彻底的赏罚，以后连续十年远藤家老的政权坚如磐石也千真万确。”

“就算这样。”里江略微歪歪头，“感觉金井先生现在只有二十五石家禄也实在太少。”

“那是因为，”清左卫门再次起身走向套廊。日头像是落到了远处沙丘背后，点景石及白色山茶花上只披着一抹微光。到底还不算冷。“遭处罚四年后，奥之助提交文书申诉远藤家老处分不当。提交对象是藩主叔父御信浓守先生，据说文书陈述言语极其恶毒。因这件事，食禄又被削减到三分之一。”

“……”

“自那以来为父就没再见过奥之助。既有见了面难免尴尬的原因，也因身份变化没了见面机会。”

“可是父亲大人，”里江道，“不管怎样，听了您这番话，觉得您一点也没有必要对这位先生感到内疚，也没一点道理遭他怨恨。”

“遭他怨恨？”

清左卫门回身看看儿媳，恍然大悟。原来是怨恨啊！八成巨大的身份差距让奥之助超越羡慕这类情感生出了憎恶与怨恨之心。难道这就是那令人深感不快的强行要求吃喝的真正原因？欠他人情这想法未免太天真。

话虽如此，奥之助自己对此是否有所觉察尚未明了，想到这里，清左卫门问里江：

“有这种迹象？”

“您还是小心点的好，”里江道，“这样说可能有些失礼，反正不能不让人怀疑那位先生对父亲大人怀有什么怨恨才这么三番五次地登门来访。”

“他本来就那个样子。”

“不对，”里江很坚决地摇摇头，“并非如此。能看得出来，就像父亲大人并不喜欢接待那位先生，金井先生也并不喜欢到咱家里来。”

“这怎么说！”清左卫门惊道。虽然自己大体推测到了，可这些话从儿媳口中说出来还是令清左卫门吃惊非小。这又是什么意思？“今天奥之助约为父去海边钓鱼。”

“约在什么时候？”

“后天。要是这家伙暗怀此心，那可真不该稀里糊涂地跟他去海边。”

“请您不要去！”里江连忙阻拦，紧张得脸色煞白，“对那位先生，决不可放松警惕！”

不至于吧！里江出门后，清左卫门抱起双臂陷入沉思。只因奥之助痛恨这身份之差，就要宰了自己不成？

而且感觉如果不往深里接触，奥之助就不会袒露真心。拖拖拉拉维持现在这样的交往虽不痛快，可也很难想象奥之助会了结掉这不清不楚的关系。

——去钓钓鱼也无妨吧！清左卫门打定主意。

这样，看看奥之助要耍什么花招还是仍按兵不动，他心里到底在想什么，谜底自然揭晓。

五

在破船背面点起火堆的汉子们谈笑了一阵子离开后，海边只剩下波涛的声响。灰色的浑浊大海，不时掀起惊人的巨浪，拍在脚下的岩石上又退去。

清左卫门垂着钓线转头四下打量岸边岩石。只看到穿行在岩石间向这边走来的奥之助，并没见有其他人。天空晴朗令人精神舒畅，但风很凉。

见日头不多时就要落下，钓鱼人纷纷打道回府。其中多是家臣藩士，也有不少年轻人混杂其中，想必是歇班来海边玩耍的。

——该回去了……还是回去的好，清左卫门心里盘算。

身披蓑衣、脚蹬草鞋、戴着护手的清左卫门一身百姓打扮，即便这样也因躲避不及不断袭来的浪花，不知不觉身上衣服已湿淋淋一片。

“该回去了吧？”

清左卫门对向这边岩石攀来的奥之助招呼道，又恢复了戒心。在互换位置前，两人在同一块岩石上钓了一刻之久，什么也没发生。虽然觉得怀疑他心藏怨恨是不是有些多虑，但戒备还不能完全解除。

清左卫门从家里带来了荷绳[1]，是那种将布头捻进稻草搓成的又粗又结实的绳索。把这荷绳系到一块纹丝不动的岩石上，另一头缠在腰间。对奥之助的解释是好久没来海边钓鱼了，被大浪卷走可不得了，就算被他疑心也没什么。清左卫门招呼奥之助时又瞟了一眼，绳子明白无误地拴在礁岩上。

不过，要是奥之助真动了杀机，那这绳子也救不了自己的

1. 荷绳：捆扎货物或行李的绳子。

命。清左卫门心里明白只要推下海去割断绳子，一切都不在话下。

奥之助没回应清左卫门，不声不响地爬上岩石问:“钓到了？”

“三条小加吉鱼。”

“太少啦！”

“不少，足够带回家尝鲜啦。”

“……”

“鱼算不得什么，到底还是来海边心里痛快。好久没闻闻海上的潮气啦，轻松了不少哩！”

正说着，忽觉手里鱼竿震感明显，叫声“咬钩啦”，清左卫门站稳身体开始收线。一瞬间，注意力都集中到了鱼上。

这时，感觉身后好似有股劲风猛地袭来，清左卫门急忙向旁边一跳，趴在岩石上。抬眼一看，只见奥之助一脚踏空，站立不稳从岩石上跌了下去。奥之助没喊也没叫。

清左卫门爬起来向下望去，奥之助已完全落入礁岩间的波浪中，正挣扎着试图攀住清左卫门所在岩石底部。

“别慌！马上扔绳子下去！”

清左卫门叫着解下荷绳，又向下看去，奥之助还没攀上岩石，正被波浪冲得摇摇晃晃。

跌落处幸好是被礁岩围了一圈的壶状地形，倒是不必担心会被冲到外面，但每有大浪卷来，顷刻间礁岩便被波涛吞没。这真是千钧一发之际，一旦被卷带到礁岩外，那真就回天乏术了。

"听见了？抓紧绳子！"

清左卫门大吼着抛下荷绳。奥之助抓住了落在水面上的绳子，清左卫门还在喊"把它缠到身上"时，绳子却脱手了！海浪退去，奥之助的身体落到礁底。他挣扎着，手又伸向荷绳，这次身体被涌过来的浪头抬高，绳子离手更远了。

——这可不成！

手可能冻僵了，清左卫门暗暗叫苦。初冬的海水冰冷刺骨，这样下去，别说双手，身体很快也会冻僵。

"等着！这就帮你！"

清左卫门边喊边收荷绳，边用收回的绳子做出绳套边跑下岩石。下到岩石底部，聚目凝神小心选定没被海浪打湿的小块礁岩，抬腿踏上。绕着钓鱼时所在的大岩石，轻轻从这块岩石跳上另一块，不一会儿，找到了浮在水面上的奥之助。清左卫门脚下站稳，撒网般抛下荷绳，套住了奥之助。

半刻后，清左卫门将能烧的东西归拢起来回到火堆旁边时，奥之助已坐起身来，脸上恢复了血色。

"好些了？不再躺一会儿啦？"

"好些了，已经没事啦。"

"火还没灭，真帮了大忙。"清左卫门道。

从海里拉奥之助上来后，清左卫门先点起火堆，又把湿衣服脱下来给他揉搓身体，最后将自己的一件内衣和棉衣脱下给他穿上。

这期间奥之助双眼圆睁、身体颤抖，铁青的脸上没有一丝表情。清左卫门身上只裹着一件贴身衬衣，外面披着蓑衣御寒。

“要是没有火，你我都得冻死。”

清左卫门说着环顾四周。太阳落山，青白色的微光笼罩着海边，卷起黑色浪头的远处的海面上还残留着血色的晚霞。

“我说，等不到衣服完全干了，天黑了，肚子也饿了。”

“……”

“转过那座山有个村子。能走到那里？能走的话去借些衣物，赶紧回家。”

“我在这里再待一会儿。”奥之助哑着嗓子说道。

“哦，那我去村里寻点些吃的穿的来。”

“不必。”奥之助起身制止清左卫门道，“直接走吧，不必再回来。”

“你说什么？”

“唉，我清楚自己做了什么。”奥之助道。沉默片刻后，话声像是挤出来似的说，“我怨恨过你。当然也不是一直都这样。过了那么长时间又见面时，这怨恨就一下子涌上心来，按都按不住。”

“……”

“同为隐居，你家禄增加，又当上近侍，这样做的隐居！我从来没出人头地过，落魄了一辈子不得不隐居家中。家人不拿我当回事儿，也是自然。”

奥之助抬头瞥了清左卫门一眼。

“虽说怨恨过，可我并没想杀害你。请你相信。真是鬼迷心窍啦，干出这么见不得人的勾当。”

“……”

“不求你原谅，也不想谢你救了我的命。即便这样，你要是对我还有哪怕一丁点儿昔日老友的情分，就别管我赶紧回去。我也不会再见你。”

“哦！”清左卫门长叹一声，沉默良久道，“明白了。那就此告辞。”

穿过海滩，清左卫门向渔村所在的山背后走去。寒气开始刺痛肌肤，海浪之声渐渐远去。

——这样的话……

清左卫门清楚与金井奥之助的瓜葛彻底终结了。尽管满心期待这一结局，但清左卫门并没因此喜上心头，反而有种空虚落寞悄悄潜入胸间，大概是联想到步入晚年却处境悲惨的不止奥之助一人吧！

清左卫门强忍住没有回身看看，他一直向前走，“沙、沙、沙、沙”，在漆黑中踩出一个个沙坑。

白美人

一

进寺门时，清左卫门与一位女子擦肩而过。

地上还有积雪，没雪的地方也因一天的日照被融化的雪水浸透而泥泞不堪。清左卫门虽与那女子擦肩而过并相互致礼，却因注意力都在脚下而没能仔细端详对方的面容。

不过能看得出擦肩而过的是位头巾遮面的武士之女，而且挺年轻。这些不看面部只凭感觉也大体清楚。

走过去后，清左卫门慌忙回头张望。对这位理应不曾谋面的女子，突然感觉似乎在哪里见过。不过清左卫门回头时头巾女早已消失在了门前。

——认错人了？

清左卫门心里琢磨开了。如果那女子认识自己，擦肩而过点头致礼时理当寒暄几句才是。很难想象对方也没看清清左卫门的面目。

最终得出结论，的确认错人了。清左卫门穿过被高大的正殿遮挡而略显阴暗的庭院，缓步转向库里[1]那边。

寿岳寺是三屋家的普菩寺。寿岳寺发来远忌[2]通知，是在去年年底。通知说，来年二月有个百年忌故人的忌日，若有意祭奠，请安排法事。据说故人是一位戒名曰清光信女、俗名为加奈的女性。

清左卫门与现在的三屋家当家人儿子又四郎读着寺里来的通知面面相觑，根本不记得家里有过叫清光信女这个戒名和加奈这个俗名的人。

“您那里有什么头绪？”

“没有，完全摸不着头脑！”清左卫门答道。

清左卫门的父亲病故才十五年，祖父高寿活到七十岁，死后也不足三十年。相比之下，百年前的亡灵实在太遥远，她的存在销蚀在模糊的岁月中，在世时的音容也丝毫无法想象。

这且不说，还有一事令三屋家两代当家人不知如何是好。清光信女这个戒名很明显并非出自武士门第，而属百姓身份。这戒名为什么会记载于三屋家的过去账[3]里，着实让人大惑不解。又四郎问有什么头绪，应该也包含了这一疑问。

清左卫门的记忆中，也完全没有从生前的父母、祖父母那里听到的有关百年前故人的只言片语。虽说令人费解，但因是陈年往事，不便妄下定论。清左卫门道：

“去寺里核实核实，如果确实是三屋家的故人，那当然应该

1. 库里：住持僧及其家属的居室。
2. 远忌：超过三年的忌日。
3. 过去账：冥账，寺院里记录施主家或信徒死者的俗名、戒名、死亡年月日等的账册。

祭奠。”

这样应答时，清左卫门感觉这位不知究竟是不是自家先祖的名叫加奈的昔日亡灵，已在期待三屋家的后人们聚在一起设案焚香、寿岳寺住持诵经这一天的到来了。

昨天简单做完了这百年忌法事，清左卫门今日再访寿岳寺，除了来结清前一天做法事产生的各项费用，还要向寺院表示谢意。寺里也注意到三屋家对故人提出的疑问，于是老住持德元对传于寿岳寺的各类古旧文书重新做了详尽的查证。

查证的结果，虽然无法还原清光信女的本来面貌，但故人乃三屋家的家人或至少与三屋家有亲缘关系这一点得到证实。清左卫门携礼而来是为感谢德元和尚为此所费的辛苦。

虽是不知生前容姿的百年前死者的法事，做完后竟也顿感一身轻松。事后留下了这样的感触，感觉死者确凿无疑地领受了作为生者供奉慰藉的法事。清光信女，俗名加奈的女子，通过法事成为与清左卫门他们密切关联的亡灵。清左卫门对寿岳寺的努力再表谢意，也与事后的轻松感有极大关系。

在库里住持起居间的闲谈也主要围绕着清光信女。

“从戒名上看，像是位还很年轻的女士。”

德元说着给清左卫门敬上茶水。茶碗小得像能藏在手掌心里。茶又苦又香。

“于是做了各种假设。比如故人虽是三屋家的仆人，但因无依无靠，就当作三屋家的人葬下了，或者仆人倒是仆人，也可能被纳为妾？”

“妾？不会吧，住持大师。”清左卫门苦笑道，“在下家里所受俸禄可没多到妻妾成群那般地步。”

“非也。”德元摇摇头，“三屋家平安顺利、后继有人才会如此言说，那些不顺的人家，到现在也在偷偷纳妾哟，即使比三屋家俸禄低的人家也都那么做。”

读经之声庄重严肃的德元身材却矮小瘦削，六十岁过后，看起来身子像是又小了一圈。

这样的体型近来给原本就巨目秃顶的德元更增添了将要超凡脱俗的气质，不过寺里可是城下话题的聚集地，这位小个子的老住持倒是很出人意料地对世间俗事知之甚详。

清左卫门将茶碗放回托盘，手抚下巴。“是啊，照您这么说，先祖的事很难厘清啊。”

“或是从三屋家嫁到町家[1]，后因什么事端又回到家里亦未可知。”

“有可能是町家的媳妇？”

“庶出的话，讲得通。”

“原来如此。”

“不管怎么说，百年忌亡灵定会欢喜。至于是怎样的一位先祖，以后还要再查。”德元道。

提出告辞站起身，清左卫门突然想问问刚才在门内偶遇的女子，可能因为与老住持的闲谈始终围绕着女性。于是问方才出去的是哪家的女子？

“看来还很年轻……”

---

1. 町家：城镇的商家。

“米内町加濑先生的女儿。”德元道。

米内町的加濑？清左卫门大吃一惊：“加濑传八郎大人的千金？”

“正是。因今年是其母的七周年忌日，特来商量法事事宜。小姐名叫多美，这位小姐也是薄命，已跟藤川先生离婚，眼下……”

德元的话清左卫门一半也没听进去。是啊，那人已七周年忌了，刚才那女子是她女儿啊。这时才惊讶地注意到，擦肩而过时感觉似曾相识并非认错了人，而是自己对那人始终念念不忘！

二

清左卫门出使支藩松原藩，是在二十一岁那年的夏天。一年前就职御小纳户开始见习，因公出使当时还是头一次。

尽管出使任务只不过是拜会松原藩高官、收取文件带回这样的简单内容，清左卫门却紧张得如临大敌。那天凌晨离家，中午稍过到达松原城下，接到文件后也没歇口气就踏上归程。

八时（下午两点）前后来到藩境籾摺川处，坐在河边吃起自带的饭团。到湊町的鱼崎时已是七时半（下午五点）。回到这里，距城下只剩三里路，预计天黑前就能到家。

年轻的清左卫门心里这样盘算着，感觉确实太累了。鱼崎位于渔船商船都能驶入的凑町，街上还设有驿站，人群拥挤热闹非凡。清左卫门被这繁华的町街吸引，倍感亲切。走进一家席棚茶店，喝了杯凉麦茶后顿时又来了精神。虽说阳光仍旧炎热，走完余下三里路的气力已完全恢复。

出了茶店，清左卫门来到一个名为尾花町的商人町时被一个人叫住，叫住他的是一家字号为大阪屋的绸缎批发店主人。

主人如上所述自报家门后，接着道："这位先生看来要回城下，您是家臣？"

"正是。"

"那有件事恳请您帮忙。能否拜托您与一人结伴回城？"

那人是家臣家的一位女眷，有事携女仆来鱼崎，正要回城时女仆突然喊腹痛，不得已来熟识的绸缎庄求助。店里马上喊来大夫，所幸药见效了，疼痛缓解，但还没恢复到能走回去的状态。于是商议让女仆在店里寄宿到第二天……

"问题是这位小姐，说今天无论如何都要赶回宅邸。"

"那雇个轿子如何？"

得知托付给自己的是个女子，清左卫门有点为难。而且话里话外听似是个年轻女子，这更令他窘迫不堪。

"是啊，我等也这么说了……"店主更加不知所措了，"说是晕轿体质，坐不得轿子。想派个店里的伙计跟着，不巧的是人都出去了，入夜前一个也回不来。"

"……"

“小姐说要一个人回去，可照姑娘家的脚程，走到半路天就黑了。万一有个好歹就成了我等的过失，所以正在物色一位可以托付的先生，碰巧瞅见您了，真是失礼。”

听到这里，清左卫门也不好拒绝了。说了声:“那就同行吧！”只是从一开始店主的语气就让人心里有气，这女子到底是哪位大老爷家的千金?!

“是哪位家臣家的小姐？”

“山吹町杉浦先生家的。”

“……”

清左卫门一惊，差点叫出声来。山吹町杉浦兵太夫官任物头[1]，他家女儿名叫波津。据传是个大美人，年轻的家臣几乎无人不知无人不晓。

不过波津已名花有主，听说与御番头[2]加濑家的长子传八郎订了婚，这些传言清左卫门也是从往返道场的伙伴处听得，并没见过其本人。杉浦及加濑都是所谓上士，清左卫门家的门第与之相距甚远，因此也没机会谋面。

能与这位传说中的女子同行的偶然机会，让清左卫门激动不已。这激动之情似乎表现了出来，店主问：

“您认得波津小姐？”

“只闻其名。”

“太好啦！那就拜托您啦！失敬失敬，冒昧请教您高姓大名……”

---

1. 物头：武士时代，弓箭组、火枪组的步卒头目。
2. 御番头：统管将军身边护卫人员的长官。

如此这般，确定由清左卫门陪同杉浦的女儿波津返回城下，不过这一路始终伴随着难以言说的拘谨感。

清左卫门生来头一遭偕一位年轻姑娘行路，首先与这个年龄的女子该说些什么他就一无所知。另外，因为还有被人疑心的顾虑，清左卫门只得不断地留意着往来的行人。说老实话，清左卫门完全处于高度紧张状态下，这高度紧张令他筋疲力尽。

可也不能说与波津同行只是找了个大麻烦。尽管波津美得与传言丝毫不差，但在面对面见礼时马上就明白，她绝不是个炫耀自己美貌的女子。波津言谈举止极为谨慎内敛，她的美绝对是由内心深处自然流露出来的。见礼时，一番“给您添麻烦实在过意不去”的开场白就给清左卫门留下了美好印象。

虽说谨慎内敛，清左卫门每每搭话，波津却也都毫无矫揉造作地坦然应答，如果清左卫门是个老道开通之人，那与波津同行的归途肯定会更愉快。

然而清左卫门那时还是个不谙男女之事的毛头小伙，身后的鱼崎町街还没淡出视线，话题就聊到了尽头，其后就一直是令人难堪的沉默。即便如此，不一会儿返城行程就已过半。不出意外的话，两人将平安进城，清左卫门则会忘记途中的拘谨，进而怀着跟传说中的美女同道的喜悦以及多聊点该多好的心有不甘与波津分道扬镳了。

难以预料的事态发生在两人途经一个叫臼田的村落之时。虽已留意到晴空突然阴了下来，却没料想那阴云骤然变得又厚又重，凶相毕露，化身雷雨倾盆而下。

清左卫门回望刚刚经过的臼田村，已经走出很远。与其回头，到前方路边看似庚申堂的佛堂避雨应该更好。

“去那边！”

清左卫门接过波津手中的行李，大吼一声拔腿就跑。搭手护着一起奔跑的波津的姿态实属无奈。就算这样，到达佛堂时，两人还是被淋成了落汤鸡。

两人起初躲进狭窄的佛堂外廊避雨，渐渐地风雨交加，雨水从地面溅到了廊上，两人不得不推开格子门进入佛堂。里面的祭坛上供着的除了三不猿[1]的石雕像外别无他物。干燥的尘土气息笼罩着整个佛堂。关上门，透过格子窗能看到堂外疾风骤雨间天地白茫茫一片。一道闪电劈开这白色风景，轰隆隆的雷声在头顶上滚过。

“没办法，休息一会儿吧。”清左卫门说着背靠壁板坐下，波津也在稍远点的地方坐定。

可这风雨不但一点儿没有要停息的迹象，反而更加强劲。雷声也丝毫不减，从东滚向西，自西劈向东，有时甚至如同近在咫尺，震得佛堂哗哗直响。其间，就像在威吓什么人似的，闪电又接二连三地放出强光。堂里渐渐暗了下来，当然不只是风雨的原因，时间已接近傍晚。

这时清左卫门听到有什么咔嗒咔嗒作响。抬头隐约看见波津白皙的面庞，看不清表情怎样，像是在直直地盯着清左卫门。

“您怎么啦？”清左卫门问。发出声响的是波津。估摸是被雨淋湿，身体冻得打战。“您冷吗？”

---

1. 三不猿：分别用双手捂住眼睛、耳朵、嘴巴的三只猴子，意为不看、不听、不说。

“不是。”波津答道。仔细看去，波津好像正用双臂紧紧按住自己颤抖的身体。

“可能要黑下来了，不过，不用害怕。”清左卫门为她壮胆，“这是场雷阵雨，来得快停得也快。只要雨一停，到城下只剩一里[1]，无须担心。”

“……”

波津没吱声。猛地又一声巨响，雷声大得简直让人以为天空要被劈为两半。波津抖得更加厉害了。声响是靠在她身上的包袱里的物品触及地板发出的。波津白皙的面庞依然直冲着清左卫门。

清左卫门恍然大悟。

“您害怕打雷？”

“是。”

清左卫门站起来走到波津身边坐下，握住她的双手。波津的手极度惊恐般地颤抖着，但在被清左卫门握紧后颤抖一点点平息了下来。

又一声骇人的巨雷炸响，一瞬间，佛堂仿佛在这雷鸣声与炫目的电光中轻飘飘地浮了起来。波津“啊”地叫了一声，将脸埋进清左卫门肩头。旋即又难为情似的要抬起时，清左卫门的手已绕到波津背后。“这样就好，这样就好。”清左卫门低声安慰道。丝毫没有不洁的欲念，就像保护弱者免受外敌侵害的庇护者那样，他心中只有这一个念头。

---

1. 里：日本距离单位，不同于我国1里为500米，日本1里约等于3.93公里。

这个念想似乎被清晰地传达了过去，波津虽然一度板起身子，但马上又将脸伏在清左卫门肩上长长松了一口气，听来像是放了心。

正如清左卫门所言，雷阵雨不久突然停歇，俨然洗过的月亮升上天空宣告良宵的到来。两人平安回城，在雁金桥头分手。

“刚才……”道别后，清左卫门结结巴巴地补充道，“自鱼崎起与在下同道之事、中途避雨之事您但说无妨，其他事即便对您家人最好也不要透露一字一句。”

这是离开避雨地返回城下的路上，一直让清左卫门惴惴不安的大事。应该如何处理雷雨中抱在一起的问题，让他慌了手脚。

事情一旦张扬出去，就算端出打雷这一原因，也没人会相信男女抱在一起就不怕打雷这一说辞。用打雷做理由，反而更会招来误解。

走在明亮的月光下，事实已非常清楚，现在看来，刚才波津与自己，两人都彻底丧失了世俗分辨力。

那么，不如让一切都归于沉默，二十一岁的判断力终于得出这样的结论。波津似乎马上理解了清左卫门的话，像是一下子明白过来了似的盯着清左卫门，说声“知道了”。

“就照您说的办，非常感谢！三屋先生。”

“在下也不对任何人言说，不必挂念。”

起誓三十年后，在从寿岳寺返回的夜晚，三屋清左卫门伏案回想起此事。

没想到那天发生的一切，会成为一个与波津的秘密，而这秘密在波津成了加濑家的人、清左卫门也继承家业娶喜和为妻后仍始终留存记忆之中。那时候真不懂事——这淡淡的悔意也伴随其间，叠加在了记忆里。但三十年过去，记忆已渐渐褪色，几年前听说波津病故时，也并没受到太大的震动……

——似乎不可能忘记了。

清左卫门心里感慨着翻开日记提笔记下，“寿岳寺赠礼。寺中偶遇加濑之女。名曰多美。不知何故，莫非清光信女亡灵从中指引？”清左卫门写下这些字句时，感到体内年轻的血液似在复苏，久违了的感觉。

三

“因为家老大人喜欢荞麦面，就特意从信州购得荞麦面粉一斗敬献上去。”

“噢——”

“听似愚笨，可是千真万确，贿赂出新花样啦！”

町奉行佐伯熊太满脸愤慨，一口干了杯中酒。佐伯愤慨的对象是御纳户组头杉谷利兵卫，口中所言家老大人则指虽然新任却被公认早晚会稳居首席家老宝座的颇有才干的内藤寅之助。

“不过花费相当了得吧！”清左卫门为佐伯斟满酒。

佐伯时不时会把这世俗空气带进清左卫门的隐居间，常对清左卫门倾诉一番在外面不能畅所欲言之事，虽说总像是来倒为官不易的苦水，但端出酒来，两人轻斟慢饮，听听佐伯熊太这些牢骚话，清左卫门并不觉得厌烦。

从佐伯的话中，清左卫门能嗅得到就在不久前自己还在呼吸着的那个世界的味道。人物也好道理也罢都如观掌纹般清清楚楚，平日清左卫门都以一种怀旧的心情倾听佐伯闲聊，而今夜却不知为何对这话题的兴趣差了一点点。

心里最初的感受是：又唠叨些俗不可耐的勾当！这样就无法痛快地迎合佐伯的愤愤不平。或许是自己的隐居心理在作祟？清左卫门略感落寞。对世俗之事失去兴趣，只会令衰老加速显现吧！佐伯没留意到这一点，继续侃侃而谈。

“据说特意派人搞来，花费肯定相当了得。不过说不定杉谷以为这花费颇有价值呢，真是糊涂得不可救药。”

“杉谷家财大气粗，兴许不在乎多少花点儿钱。”

清左卫门给自己杯里也斟满酒。儿媳里江端酒上来后，主屋那边静悄悄的。时间已近五时半（晚上九点），火桶里的炭火烧得通红。

清左卫门抬起头：“杉谷所图为何？”

“倒是没问过他本人，听说像是瞄准了御史番或御奏者役[1]。”

“干御纳户大材小用了？”

“话虽如此，从俸额上说，御史番非能者之家难以胜任，问

1. 御奏者役：负责代购代销产品的武士。

题是杉谷的才量如何。”

“荞麦面起作用了？”

“这个嘛……”佐伯熊太说着哈哈大笑起来，“行贿对象是家老大人嘛，结果会怎样，大体有数。”

说到这里似乎已心满意足，佐伯话锋一转，问起了清左卫门的近况。

“家里出了位百年忌故人，刚做完法事。”

“这话又突然带上佛爷味儿啦！”佐伯兴致勃勃地听完清左卫门的讲述，对故人身份仍不明不白的结果笑个不停。“那可是亡灵啊！本町奉行也无能为力。”

“不说这啦。”清左卫门也笑了起来，“法事第二天，在寺里意外遇到一个人。”

“什么人？”

“还记得杉浦家的波津小姐？后来成了加濑传八郎大人夫人的那位。”

“当然忘不了！”佐伯不倒翁似的圆脸上浮现出顽童恶作剧般的坏笑，“不管怎么说，那可是位出了名的大美人啊，当时的年轻小伙子没听说过波津小姐芳名的几乎没有吧！特别另类的人另当别论啊，可惜呀！早早过世啦，她怎么啦？”

“碰到了她女儿。”

“名叫多美来着？”

“怎么？你知道？”清左卫门略感扫兴。

“噢，有次我只是偶尔瞥了一眼，跟她本人也没说过话，对了，我家婆娘是加濑的近亲嘛。听说过。”

“哦？有这样的渊源。”

“多美嫁给神乐町的藤川，后来离婚回了娘家，大概有一年了吧，苦命的姑娘啊！”

“这些听寿岳寺的和尚说了。因为什么离婚？”

“你没听说？也就是夫运不佳吧。”

接着，佐伯熊太说出下面一番话——

藤川金吾供职小姓组，按门第论，是早晚会晋升去骑马队的身份，却突遭解职，被勒令禁闭半年。因为查出此人不止两三次偷偷带酒气登城。

藤川是个酒鬼，见了酒不喝够就不消停的德性。藤川开始酗酒是在二十岁之后，但因家人及周围人等一直隐瞒真相，所以始终不为人知。

嫁过去不久，多美便发现了其病态，要是丈夫没有醉酒后打人骂人的恶行，虽说只得暗自垂泪，说不定也能将就。可藤川一喝醉，在家不管对谁都又打又骂，疯狂折磨妻子多美的行径更是令人发指。

“因为这，多美熬不下去便躲回娘家离了婚，奇怪的是，这藤川可能至今还对多美恋恋不舍，经常不请自来地闯进加濑家。”

“什么混账东西！”清左卫门气愤至极，陡然提高嗓门，一种错觉袭来，仿佛遭受虐待的是年轻时的波津，“对这无法无天之徒，以你佐伯的权限，也没法管？”

“道理上讲不太通。”佐伯面露悻悻之色，“这浑蛋闯进加濑家时醉得一塌糊涂，醒酒后当然又说记不得喝醉时发生了什么，很不好对付。”

“不像话！这号恶人在世上也能行得通?!”

“因此加濑家巴不得早一天把闺女嫁出去。只要她再婚，藤川再怎么浑，也该懂得什么叫死心吧！只是这再婚对象实在难找。”

“……”

“倒也不是没有想续弦的，可这坏事传千里啊！藤川那德性已是无人不知，所以，哪家都犹豫不定，婚事总也没着落。”

“可怜！”

“你没有合适人选？家里老婆子也催我找，应付不来啊！”

佐伯刺啦刺啦地挠着月代[1]，仰脖干了杯中酒。清左卫门眼前闪出一个人的面孔。

“加濑大人说过做填房也无妨？”

“啊，说是无妨。其实，只要人好，别的都不成问题。”

“不过对俸额有要求吧？可要考虑门当户对？”

“有人选了？”

“突然想到一位。”

“俸禄有多少？”

“百石。”

“很好！”町奉行道，“本以为门当户对的藤川却是那副德性啊！依我看，有百石之禄，没道理再有怨言。这样，若有不满，我去说服。以离异之身进娘家坟，既不是她本人的愿望，爹娘

---

1. 月代：平安时代，男子将前额发际剃成半月形的部分。

也不愿意接受。”

佐伯的话让清光信女这位故人的名字再次浮上清左卫门心头。“嫁到町家，后因什么事端又回到家里亦未可知。”寿岳寺住持的话声又在耳边回响。

——波津小姐的千金也陷入这样的境遇……

决不容许！清左卫门打定主意。波津小姐的女儿，一定是个心性温良美貌如花的姑娘。

“多美小姐……”清左卫门问，“长得漂亮？”

“嗯？在寿岳寺不是见过了？”

“只是擦肩而过，并未看清面目。”

“哦——”佐伯一歪脑袋，“我见她也是很早以前了，到婚龄后就没再见过。不过，既然是那位波津小姐的闺女，肯定也是个大美人啦！”

已步入老年的两人意味深长地相互瞅瞅，频频点头。

“是个白净美人。而且听说这女子性格直爽，总之用不着担心她会炫耀她家门第。”

清左卫门说着，脑中描画着年轻时的波津的容姿，感觉波津与其女多美丝毫不差地重合在一起，因此对自己说的话没有一丁点儿不安。这平松能让波津小姐的女儿过上好日子吧！

平松与五郎定定地注视着苦口婆心滔滔不绝地劝说自己的清左卫门，目光里充满微微的笑意。清左卫门很久以前就对平松这稳重的性格大为赞赏。

平松是清左卫门每月两次登门习艺的中根道场的高徒，在城里的御兵具方[1]任职，当差之余到道场指导后辈剑术，三年前因年轻妻子病故打了光棍，无子女。

“对啦对啦，听说多美这孩子二十一岁了，你现在什么岁数？”

“二十七岁。”

“嗯，流年像是也不坏。”

“三屋先生，”平松收住眼中的笑意坦然道，“对方乃三百五十石的上士，晚辈只是百石的身家。说老实话，您觉得这是桩门当户对的姻缘？”

“可多美小姐是离异之身啊！”

“在下也并非初婚。”

“而且加濑大人那边还有刚才说的藤川金吾的关系没清理干净，莫非你也还是因为藤川那档子事儿不满意？”

“非也，绝非如此！”平松挺起胸。那胸膛看似单薄，其实又宽又厚，“这家伙实在不讲理，虽事不关己，却也让人冒火！”

“你也觉得多美小姐很可怜吧。”

“确实可怜！”

“既有此意，就请一定听从老夫所言。”

两人说话的地方是花房町小料理屋里的小房间。不惧怕藤川的人就在眼前。清左卫门拿起铫子，准备再加把劲儿把事情搞定。

---

1. 御兵具方：负责管理兵器的部门。

四

平松与五郎跟多美的婚事圆满解决，圆满地超出预想，婚礼定于三月举行。意外顺利也与多美父亲加濑传八郎耳闻过平松的剑名，对此次结亲甚为欢喜并积极促成有关。

因双方都是再婚，婚礼像是只请了家里人出席。之所以说“像是”，是因为虽然给清左卫门也送来了请帖，但他坚辞不受，因此未知详情。清左卫门只想将自己牵线搭桥的使命贯彻到底，感觉这使命很符合对多美死去母亲的模糊的回忆，尽管不知为何这回忆还时时带来隐隐的悔意。媒人由佐伯夫妇担当。

平松婚礼的十天前，清左卫门散步到久违了的小樽川河边。逆流行至上游处，岸边褪色柳早早地竞相绽放，被太阳晒干的枯草间，婆婆纳花、笔头菜、蜂斗菜等时隐时现。

上游的村落及耸立在村后尚有残雪的群山半掩在雾霭中，享受着午后慵懒的阳光。清左卫门不忍辜负这大好时节的邀约，采摘了不少蜂斗菜用草纸包好。烹制法他固然一无所知，却最喜爱蜂斗菜味噌那独特的微苦味道。交给里江，应该就能做出那种口味的味噌。

清左卫门从河边尽兴而归，来到宅邸町时已是日落西山，分隔河岸与宅邸町的杂木林斜坡笼罩在乳汁般的薄霭中。清左卫门仰望着仅存空中的些许日光将这薄霭渐渐染成浅粉色，登上林中缓缓的坡道。林子尽头，坡顶小道现于眼前时，忽见坡上立着一个黑色人影。

站立之人是名武士，一见清左卫门，松开抱在胸前的双臂招呼道：

“是三屋清左卫门大人吗？您散步散得可好啊？”

“……”

清左卫门驻足打量来人，这时才看清面目，觉得此人站在那里，明显抱有敌意。

清左卫门默不作声地慢慢爬着坡，登上坡顶后彻底调匀了呼吸才说话：

“失礼啦！上了年纪爬不动坡了，请问您是哪位呀？”

“小人藤川，酒鬼藤川金吾。”

来人阴笑起来。听说藤川二十五岁，但一张双颊凸起的圆圆的娃娃脸让他看起来更显年轻，脖颈、双臂、腰腹都肉滚滚的。

清左卫门感到一阵恶心。这厮就是虐待多美小姐的当事人。清左卫门冷冷地问：

“找本隐居有何贵干？”

“确实有事而来。”藤川向前凑近了两三步说道，随之而来的是刺鼻的酒气，看来还是大白天的就喝上了。藤川的口气突然凶狠起来：“听闻你爱多管闲事，隐居老爷？”

“多管闲事？从何说起……”

“别装糊涂！多美的婚事！”藤川龇出白牙，收起笑容，面相大变，隐藏于圆脸之下的凶暴本性露了出来，“为把多美嫁给平松，听说隐居你费了老大的周折！”

“那又如何？”清左卫门反问道，心里一阵慌乱，“与你没什么关系吧！”

“岂有此理！多美还是老子的女人！”

“闭嘴！”

“老子的女人”这话粗俗至极，让清左卫门勃然大怒，他大喝一声全然忘记了对手的可怖，愤怒之声倾泻而出。

“多美小姐已与你正式离婚，你却依然三番五次闯进加濑家纠缠不休寻衅滋事。是酒鬼还是什么不得而知，廉耻二字你可知晓?!”

自觉这些话是在为波津而说，清左卫门嗓门更高了。

“说起藤川，也是家臣尽知的世家，在世上丢人现眼，不令先祖哀叹?!言行该检点些了！相比惦记多美小姐你倒该留心自己的下场！”

“都是这套说教！休要多管闲事！谁的命令老子也不听！”

藤川像是遭了突袭似的猛地沉腰，手扶腰间佩刀暴躁不安地向后退，忽又像要哭出来似的嚷嚷：

“不管是谁，都别想对老子指手画脚！”

就在藤川右手摸向刀柄的一瞬间，清左卫门飞步向前贴近藤川左腰，以手代刀一掌劈向其握住刀柄的手腕。

藤川松开刀柄，清左卫门迅速撤身一步再一步，带鞘从腰间拔出短刀，痛击藤川肩头。在这气势如虹的刀劈之下，藤川双膝软软地着地瘫倒不起，可能以为会被清左卫门砍死。

身法虽令人眼花缭乱，清左卫门不过稍稍有点喘息而已。看来道场求艺的效果已有所显现。忽地意识到，自己还中用！这一念头让清左卫门更加斗志昂扬。

清左卫门将短刀插回腰间，警告藤川金吾道：“今日之事，只限此地，下次决不轻饶！奉劝你别再纠缠平松为妙。你可记牢，平松乃无外流高手，绝不会像老夫这般手下留情！”

还有后话。婚礼几天后，平松与五郎携礼来到三屋家。说确如隐居老爷子所言，多美是位心性温良的好媳妇，平松谢过清左卫门撮合后，又以其一贯沉稳口气笑道：

“您说是位白净美人，却大错特错。”

“……”

“多美是位黑美人。”

“哦？”清左卫门一愣，旋即参透玄机似的继续道，“那是随她爹啦！”

御番头加濑传八郎是个面色黝黑的彪形大汉。说完，清左卫门突然笑意大发高声大笑起来。笑着笑着，感觉多美母亲年轻时那白皙的面容又浮上心头，萦绕脑海。

清左卫门道：“对黑美人可有不满？”

“非也非也，绝无不满！”这下，平松也大笑起来。

寿岳寺住持说要再查查清光信女的身世，至今还没任何消息。

梅雨绵绵

一

女儿奈津简短地招呼一声后走出了房间，三屋清左卫门双臂抱在胸前，眉间拧出了个大疙瘩。

——到底因为什么瘦成这样？

许久没见的女儿，两眼大得异样，身子单薄得出奇，骨瘦如柴的模样令清左卫门心中怏怏不乐。

清左卫门有两儿三女，其中一个女儿还在吃奶时就夭折了。好在剩下两个儿子两个女儿平平安安长大成人，除长子又四郎外，其他三人都成了别人家的人。奈津最小，十八岁时嫁给御藏方[1]杉村要助至今已三年，有一个孩子。

奈津瘦得脱相的样子清左卫门以前也见过一次，那是她怀着现已两岁的女儿时。可今日的奈津与那时不同，脸上毫无生气可言，而且以父亲的眼光看也不像又有了身孕。

——病了？

---

1. 御藏方：幕府时代管理仓库，掌管金钱、谷物、器材出纳之职。

清左卫门闷闷不乐地望着屋外的庭院。清晨起就雾一般弥漫天空的细雨似乎刚要停歇，一抹淡淡的阳光照射在院子里的树梢上。

清左卫门站起身，开始做外出准备。今天是去纸漉町道场练功的日子。尽管奈津的状态让人担心，可清左卫门心里也清楚，不去道场在家一直盯着她也于事无补。而且奈津的话少之又少，根本不是被父亲一问就能马上打开话匣子的那种孩子。感叹着自己的无能为力，清左卫门出了房间，腰间只插着一柄短刀。

清左卫门经过茶间[1]，站下拉开拉门，见两人正面对面坐着吃东西。吃的是昨晚清左卫门也尝过的甜甜的砂糖煮小豆。

“您要出门？”

慌忙站起身来的是儿媳里江，说着将清左卫门送到玄关，奈津却只在屋里说了声“您早去早回”。可能是心理作用，那话声听着也没精打采的。

隐居后清左卫门觉得不错的一件事就是不必插着两柄重刀出门了。只带一柄短刀行路，腰间轻快不说，走在町街上也不引人注意，半真半假地混杂在町街居民间，也落得悠闲自在。

走上城下热闹的大街，见很多人手中拿着雨伞。可能因为刚到入梅季节，这段时间雨水下下停停的日子接连不断。今天也是，清早天空就阴沉沉地下起毛毛雨，因此外出的人们都备好了雨伞。不过眼下日头高悬，街道上随处可见的水洼反射的阳光晃得人睁不开眼。天气真是说变就变。

清左卫门走在街上暗想没让儿媳细问奈津的状况也对。真

---

1. 茶间：家庭中邻近厨房的餐厅。

病了的话，婆家杉村自当寻医问药，不会坐视不管。这不是娘家人该多嘴的事。而且，见了她那副瘦骨嶙峋的模样，不用清左卫门说，儿媳自然也会问问是不是病啦或是有什么别的原因。

当然并非这么想想就能宽心，清左卫门心里也生出些由她去吧的念头。一切只能托付给亲家了，清左卫门安慰着自己在十字路口右转，拐进了道场所在地纸漉町的街道。

刚开始去道场时，长期不活动的身体哪儿都疼，只抡抡木刀摆摆架势就头晕气短，不过近来这种情况已全然不见。而且随着身体慢慢适应过来，不可思议的是，清左卫门感觉连自己年轻时被赞大有前途的竹刀运用也找回了灵感。

清左卫门最近除自己练功，还接受了道场主中根弥三郎教教刚入道场的少年们招势的请求。虽说这可能是中根为给隐居清左卫门鼓劲而策划的一出戏，但清左卫门对指点自己孙子辈的孩子这桩任务很是中意，乐此不疲。

不过今天，道场已近在眼前，清左卫门并没像平时那样热情高涨，到底还是对奈津放心不下。

二

“大概您也注意到了……”儿媳里江给从道场回来的清左卫

门端来茶后，边说边又重新跪坐下。奈津没在，像是回去了。“奈津妹妹瘦成这样可不是小事。”

“……”

“所以问了问她是不是有事。”

“病了？”

“没病。”里江摇摇头，“说有别的原因。在家操心太多，近来夜里睡得也不好。”

“跟婆婆拌嘴了？”

都说杉村家的婆婆是个不太好相处的人。说话间清左卫门心中泛起一股悔意，这就是在与杉村家谈妥婚事时，清左卫门唯一不放心的一点。不过里江对此又轻轻摇头，稍稍向前膝行，压低声音道：

“听说最近杉村先生在外面有了女人。”

“有了女人？”

清左卫门看了一眼表情严肃的儿媳，扑哧一声笑了出来。奈津的丈夫杉村要助不是能与这种事扯上关系的人。要长相没长相，要个性没个性，极不起眼。

“奈津这么说的？没弄错？”

“可像是真的哎……杉村先生今年开始夜夜晚归，而且回来时肯定带着满身酒气和脂粉香味儿。”

“所以就以为有了女人？”

“不是，这不只是奈津妹妹的猜测，说是有人也提醒她杉村先生频繁出入料理茶屋，要她多加留心。”

“谁？”

“加代小姐。”

“嗯——？”清左卫门摸了摸下巴，“嫁给勘定方布施的加代？要助的姐姐？”

“对。加代小姐还知道杉村先生常去的料理茶屋的字号，就是红梅町的播磨屋。”

“播磨屋可是藩里的大人物们常去的店啊！”清左卫门道。同时感到一丝隐忧浮上心头，而这隐忧刚刚浮起却又半途消失殆尽。清左卫门摇摇头问：“那可查到对方女子什么来头？”

“像是在店里做工的，具体嘛……”

“就这点儿事至于吃醋吃到瘦得皮包骨头？”

清左卫门沉下脸，心里涌上一股老大的不快。

“杉村职属御藏方，夜里陪商家在茶屋喝酒也算分内之责。就算频繁出入茶屋，也未见得一定与人有染。奈津清楚这些关系还满腹牢骚？”

“这些都明白。”

“……”

“不止如此，好像有了确凿证据才瘦成那样。”

“那也不值！”心中那老大的不快，渐渐便成了怒其不争的一腔愤懑。清左卫门语气严厉道：“就算杉村有错在先，醋意大发到瘦得人尽皆知，身为武士之妻也难成体统！我对老幺的管教到底是太宽，这时候就看出问题来了。”

“话虽这么说……”里江显然已看出清左卫门脸色上言语上都现出怒气，但并没要理会的意思，语气平静继续道，“要是吃点醋就不像话，难道要听之任之不成？奈津妹妹会憋出病来的。”

“……”

里江的话让清左卫门想起奈津还是个孩子时的一件事。

结束江户公务回到家里的年轻父亲清左卫门将孩子们召集到起居间，将从江户带回的礼物一一亲手赠给他们。送儿子们短刀、经书、武鉴[1]之类，女儿则是腰带、锦绘[2]、偶人娃娃等。只有小女儿奈津去了姥姥那里不在家，没能拿到礼物。

清左卫门当然也给奈津准备了偶人娃娃，打算等她回来再拿出来，就收拾在了起居间的搁架上。后来却忘到了脑后。等几天后奈津回来，知道哥哥姐姐们都有了江户礼物，当夜见父亲时没说自己也想要，不声不响地过了一宿后，第二天早晨发了高烧卧病不起。

回过味来的清左卫门慌忙拿出礼物，奈津的烧竟奇迹般地退了。清左卫门回忆起的就是这段经历。

“听之任之会憋出病来？”

“可能会。”

“这可真难办。”

“您跟又四郎商量商量怎样？另外从布施先生那里是不是也能打听出点儿什么？”

继承家业后的又四郎眼下结束实习正式就职勘定方了。虽说办公地点不在一处，但与杉村要助的姐夫布施做相同差事，私下里说说话应该方便。

---

1. 武鉴：将诸侯或旗本的姓名、出身、家徽、职务、俸额、家臣姓名等编纂成集的名鉴。
2. 锦绘：彩色“浮世绘”版画。

三

第五天的傍晚时分，三屋清左卫门来到红梅町。天空终日阴沉沉的，本以为入夜也不会有什么变化，没成想在清左卫门准备出门时下起了雨。不过照例是毛毛雨，撑着伞行路只是稍稍打湿了一点衣服下摆。

清左卫门并没怎么在意这雨，只是心情跟天气一样潮湿，一片阴郁，尽管现在正要去一个很热闹的地方。

——阿秀？

按又四郎打探来的消息，这位似乎就是杉村要助的女人，身份是播磨屋上桌陪酒的婢仆。虽说这次出门是为了会会这阿秀，可见面后该怎么办还没有头绪。

——被人知道的话……

肯定要骂自己是个糊涂老爹了，另外还有一个更深层的原因，让清左卫门心里沉甸甸的。做父母的不到咽气那天是不会从对儿女的牵挂中解脱出来的。清左卫门这感慨恰如今日的天气，沉重阴郁。

除了留下一个儿子继承家业，其他的一人不剩或出嫁或做上门女婿，自己隐居后本以为余下的日子就可以享享清福了，可事情偏偏不那么称心如意，尘世的烦恼一点儿也不客气地降到了身上。

可能因为下雨，町街上没几个人影。清左卫门穿过两三处亮着灯火人多嘈杂的店家，上了一条身前身后行人稀少的漆黑小道，直达红梅町。被直接叫作茶屋町的红梅町，刚到掌灯迎客的时辰。

播磨屋并不陌生，清左卫门在门口通告姓名后，故交老板娘跟总管马上出来恭迎。老板娘头前引路将清左卫门让进客席，并不断追忆着往事，清左卫门提出要阿秀来陪酒，老板娘也没特别觉得奇怪，满口答应下来。

这个阿秀圆脸微胖，看起来性情很温和，年龄大概有二十五六。阿秀跟清左卫门当然是头次见面，起初有点惴惴不安，一副不知为何点名要自己陪酒的模样。

当清左卫门一一道出自己几年前常来播磨屋时熟知的女子的名字时，阿秀旋即打开了话匣子，这些姊妹们有的还在后厨帮工啦，有的现在已离开播磨屋自己开起小料理屋啦，如数家珍般说个不停。阿秀很健谈，虽谈不上有多少姿色，但她这喋喋不休地言说却给人性格开朗的印象，清左卫门甚至觉得，说不定杉村要助中意此女的就是这一点。

奈津话少得让人感觉太沉闷。虽说武士之妻话少点就少点吧，可三百六十五天天天如此，杉村免不了偶尔也会想听听阿秀这类女人的闲扯吧。

“听上去还是城里人来得多。”

“是呀，承蒙众位抬爱，真是太谢谢啦！”

“现在有哪些大人物常来？”只是若无其事地随口一问，刚才还滔滔不绝的阿秀一下子闭紧了嘴巴。清左卫门将酒盅推到阿秀面前问，“怎么啦？”

“店里不许乱说客人的事。”

“哪个店都这么规定，可这得看是谁问吧。”清左卫门说着，心中隐隐泛起一丝疑问。莫非播磨屋是出于什么原因才要封住这些陪酒女的嘴？“可能你也听老板娘说了，老夫已是隐居之人，跟城里诸位没有任何瓜葛，听到什么都不会走漏半点风声。”

“是吗？”

“当然！说什么都无妨。”

“那就跟您讲讲。说起大人物，常来的有安藤先生、山根先生，还有冈安先生。”

“哦——”

安藤与山根想必是指组头安藤市兵卫及山根备中。

“冈安是那位郡奉行还是番头冈安茂太夫大人？”

“是番头先生。”尽管阿秀有问必答，可能还是有点担心，不由得压低了声音。

“你也来一杯。”清左卫门将酒杯递给阿秀。

“另外，安富先生也常大驾光临。”

阿秀将杯中酒喝干，在洗杯器里洗净酒杯递还给清左卫门。

“可是安富忠兵卫大人？”

“正是。安富先生大都跟朝田家老先生一起来。”

“哦？”

清左卫门略感震惊。此前近三十年间，左右藩政的一直是远藤、朝田两派。上代朝田弓之助藩政经营不善走进死胡同被迫放弃政权后，远藤治郎助就任首席家老，据说自那时起两派就开始处于对抗状态；然而从过程上看，远藤派以压倒性优势取胜。

第一代远藤治郎助十年来将藩内治理得四平八稳，之后让渡政权于前家老山村喜兵卫的嫡子万之丞。不过针对这一人事安排，藩内风传山村万之丞乃治郎助操纵的傀儡，前者只不过是第二代远藤治郎助就任家老前的过渡政权罢了。事实上，山村万之丞在首席家老的位子上只坐了四年，就于第二代远藤治郎助参与执政后的第二年将其地位让给了年轻的治郎助。

第一代远藤治郎助十年，山村万之丞四年，接下来的第二代治郎助八年。直到六年前遭受朝田派猛烈反扑交出政权，藩内风传的见解正确的话，应该说二十年来其实是远藤派一直独揽藩之大权。

而安富忠兵卫辅佐第一代名家老远藤治郎助左右，即便在治郎助交出藩政后仍为远藤派持有政权大展身手，由此被誉为第三号实力派人物。清左卫门心里觉得别扭的是，应该尊为远藤派长老的这位大人物与处于敌对立场的朝田家老勾勾搭搭，这着实出人意料。

——莫非……

清左卫门猛地心生疑虑，莫非安富忠兵卫近期转念投靠了朝田派不成？

另外，阿秀认得城中身居要职人物的模样，叫得出他们的名字这一点也让人吃惊非小。据说播磨屋要求陪酒女们必须记牢来店客人的姓名，哪怕只来过一次。当然这也是出于避免对重要客人招待不周的考虑，由此看来，阿秀倒是很适合做播磨屋的婢仆。

虽说感觉还能问出其他杂七杂八的消息来，不过清左卫门就此结束了有关大人物动向的话题。一个隐居四处打探城中事务这样的举动还是谨慎些为好，另外来此见阿秀也并非为了解这些情况。

“还有一事……”清左卫门干咳一声改变了话题，“杉村要助常来店里？”

“是啊，常来。”阿秀露出笑脸，“您认得杉村先生？”

“一个老熟人家的小子。”清左卫门用准备好的谎话搪塞道，“老爷子说今年开始杉村突然往茶屋跑得勤了，都到了酒气不断的地步，可是实情？”

“怎么说呢，”阿秀一偏脑袋，脸上恢复了认真的表情，但看起来没有因清左卫门的话显露出不自然，“确是常来，可要说每晚都来这儿……”

“嗯？”

“因为大都跟城下米店、种子店的老板和掌柜这些先生们一起来，就是边谈公事边喝酒，所以应该不会喝过量……”

“喝酒时叫艺伎来吗？”

“是啊，艺伎们又唱又跳。”

“是不是也有一个人来的时候？”

“有啊。”

“这么看来，没说错他了。”清左卫门道，“像要助这样的年轻人，光靠自己的钱袋子根本喝不起播磨屋的酒，这家伙一定是挪用了藩里的钱款。”

“呀，会这样？”

“八成是，不过用不着担心，老夫我也有过这类经历。”

“挪用钱款的经历？”

“不错。噢，挪用有点言重了，也就是说在要助这个职位上的人，一定程度上可酌情从藩里支取一定数量的钱款，并从中匀出部分做自己的酒钱。这肯定不对，不过，要是死板到连这点儿小聪明都不敢耍，也就做不来与商家应酬这差事了，所以用不着担心。”

“哦——”

“要助一个人来的时候也叫艺伎？”

“没有。”

“应该没有什么相好的艺伎，所以就找你陪陪酒？”

“您说的是。”

“就你们俩关门在屋里喝？”

“怎么会！哎呀！羞死人啦——”阿秀脸颊绯红地笑起来，“就像今儿，时辰这么早的话，怎么陪都行，可客人一多起来，小女子就得挨桌转，不可能只陪杉村先生一人啊。”

“也是。那时候杉村就一个人喝……”

“可不是嘛！忙过一阵子，小女子会再去陪，往后多就回去啦。”

“杉村不在这儿过夜？”

清左卫门有意问得很唐突，但阿秀并未表现出特别的反应，轻轻摇摇头。

“没有，一次也没住下过。”

从季节上看，这该是最后的时令炖品了，刚从海里打上来的小加吉鱼烤着吃可真鲜美，就来此地的目的而言，最终也没什么值得一提的收获。清左卫门出了播磨屋。

雨已停，店外起了雾。挂在屋檐下门柱上的灯笼照着弥漫四周的微温浓雾，房屋间的小路如海底般黑暗一片寂静无声。一个模糊的人影走过其间，清左卫门也在人影后迈开脚步。

——与杉村之间……

不像有事隐瞒，清左卫门回想着阿秀的一言一行。只是这杉村似乎在公务之外也单独来播磨屋跟阿秀对饮，说可疑也算可疑，而且阿秀并不否认。对阿秀交代的两人间这些情况以外的情况，布施有没有掌握什么确凿的证据呢？

想到这里，清左卫门忽地感觉几天前跟儿媳里江聊起这桩事时生出的那一丝隐忧，渐渐轮廓清晰地浮上心头。播磨屋是藩里大人物们常来的料理茶屋，但因此说区区御藏方一介小吏杉村要助就不该去喝酒，道理是讲不通的，不过无论如何也不能说这是个适合公务之外自斟自饮的店子。年轻藩士想找地方喝酒，其他合适的酒家要多少有多少。

如果不是迷恋女色，那杉村为何要独自一人去播磨屋夜饮呢？

——花费肯定很大。

刚才为稳住阿秀才说了那番话，其实就算一晚的酒钱，挪用藩里的资金也是极大的问题。阿秀这档子事姑且不说，下次见着杉村一定要就此事给他个严重警告，清左卫门打定主意，同时又生出了新的担忧。

红梅町主街道呈现面前。浓雾依然弥漫，不过主道灯火较多，路上倒是亮堂。在照向小路的灯光中，清左卫门发现一个头巾蒙面的武士行迹极其诡异。

此人进入播磨屋所在小路后，突然转身朝主道右侧走去，看样子像是看到了小路上的清左卫门并要避免与之碰面。清左卫门心头微微掠过一丝不快，当然走到主道的同时也看见了这武士。一时间疑心莫非是杉村要助，不过单从后背看便知是另外一人。

不仅如此，还觉得这背影看起来眼熟。不慌不忙渐渐远去的宽大的后背，走路微晃肩膀的习惯，这不是老友佐伯熊太嘛，一定是町奉行！

——到底……葫芦里卖的什么药？

清左卫门纳闷。你有你的打算，我有我的手段，清左卫门有意要捉弄他，于是蹑手蹑脚地追上去，从后面猛地一拍町奉行的肩膀。

“微服私访吗？奉行大人！”

“噢！噢！”佐伯惊慌失措中带着些许难为情，转过身来两眼滴溜溜四下张望，可仍不摘下头巾。清左卫门不依不饶。

“你这是什么打扮？刚才见了我就躲?!”

“没躲没躲，不是那个意思。”

“那是哪个意思？”

“就是说没要躲什么。”

“看起来是要躲啊！莫非你小子在这儿有相好的女人，怕被我知道，坏了好事？”

“怎么会！喂，别扯些传出去好说不好听的东西！”

佐伯一把将清左卫门拉进打了烊的年糕点心铺檐下，还是一脸的惊慌。

浓雾直到次日清晨仍未散去。清左卫门在宅邸町下的杂木林里散步时，见一男子从缓坡上走下来。来人穿着一身礼服。清左卫门穿过树丛回到路上，意识到这人是来找自己的。打量走近前来的这位，果然是杉村要助。

“您大清早出来散步哪。”杉村道，“总是这个时辰？”

“是啊，习惯了，饭前到河边转一圈儿。”

“真静！这一带有不少鸟在叫。”杉村做出一副侧耳倾听的样子，“现在正叫着的是什么鸟？声音真怪。”

“乡下像是叫嗑唠唠。”清左卫门将目光转回杉村身上，“你这是要进城吧，有什么事不必顾虑尽管开口。”

“是，那恕小婿直言。”杉村面色浅黑，眼角稍稍往上吊，长着一张大嘴。这张大嘴先是紧绷了一下才说：“听说您昨夜去播磨屋见了阿秀，能不能请您以后别再去了？”

“哦？”清左卫门留神盯着杉村，能看得出杉村要助脸上表情略显紧张，“给你添麻烦了？”

“请您原谅！”

“可否说说详情？”

“不能，还不……”杉村一躬到地，“不知道奈津说了什么，小婿近来常去播磨屋，既非贪酒也非贪色，这点请务必相信……”

“仅凭这话，很难相信。”

“那……”杉村警觉地环视四周道，“那只能告知您，受某人之命有任务在身。”

“有任务在身？”

清左卫门反问的同时，脑海中突然浮出阿秀口中播磨屋贵客们的名字。

试想，除安富忠兵卫外，安藤、山根、冈安都是朝田派的党羽，加之朝田弓之助家老也时不时抛头露面，那么这些日子朝田派肯定在播磨屋频繁召开会议。没觉察出这与要助沉湎茶屋有所关联，应该是自己隐居后洞察力不再敏锐的缘故，清左卫门自责起来。

如果自己的判断正确，那杉村接受的这项任务可能非常危险。清左卫门也压低声音。

“所谓‘某人’，是远藤派的什么人？”

“这不便相告。”

“嗯。这等事，不便由为父透露给奈津吧。”

“……”

“惭愧啊，武士之女不该有的醋意暴露无遗的确是做父亲的教导不周，不过为父拐弯抹角劝解一番，奈津自当马上安稳下来吧！还是要助你来讲？”

“都不要。”杉村摇摇头，像是有一抹苦涩的表情从他脸上闪过，“幸好世人都这样看待此事，任务完成前姑且就让奈津那样以为好了。”

四

约莫半个月后的一天，清左卫门在中根道场听说红梅町昨夜大乱，家臣藩士间起了争执，双方吵成一团互有损伤。透露这消息的是离城途中顺便来练功的道场弟子。恐怕城里都在谈论这事。说醉酒后混战互殴、刀剑相向的，一方是小姓组的畑野跟矢部，另一方则像是御藏方的杉村要助。

清左卫门闻言当即出了道场，赶到河岸路上的町奉行所。町奉行佐伯熊太正在里面喝茶，见了清左卫门连道："来得正好，刚从城里回来。"

"红梅町那案子怎样了？"

佐伯用像在揣摩什么的眼神盯着清左卫门问：

"从哪儿听说的？"

"道场。"

"哦？都已经传到那儿啦！"佐伯道。

"这案子……"清左卫门悄声问，"当然要由大目付那边裁定了？"

"非也，由本奉行处置。"佐伯的话出人意料，"这是山内大目付特别吩咐下来的。也就是说，并非要查家臣之间动了刀，而是问问町街上的吵闹有没有给周边惹什么麻烦。"

"……"

"要是没造成特别影响，调查可就此打住。纯粹是个形式。"

"这样处理稳妥？"

清左卫门松了口气，马上推测出争执背后的两派势力肯定都各打各的算盘，给大目付施加了压力。

杉村要助当然不是被卷进争执，多半是在打探朝田派动向的过程中被人识破而遭了袭击。

“杉村可是你女婿？”佐伯问，“见过了？”

“还没有，这就去。”

“说是挂了彩，只是轻伤，不必挂记。”

“噢，这就放心了。”

“昨夜恰巧我也在红梅町，马上赶过去调解，没酿成大祸全是我的功劳，你可得谢谢我！”

“蒙您相助，深表谢意。”清左卫门给他鞠了一躬继续道，“跟前些日子那晚一样，在暗中巡视那个町吧，町奉行投靠的是哪派？”

“不明白你说什么。”佐伯熊太说着，把脸扭向一边。

清左卫门顺便去了日雀町杉村要助的家，杉村只是将包扎好的手臂吊在胸前，并没卧榻不起。听他说，确如佐伯所言，伤势并无大碍。

安抚几句后，清左卫门向杉村转达了代表藩里对此案态度的町奉行的原话，然后有一搭没一搭地问：

“这样一来，那边的任务暂时就执行不下去了吧！”

“恐怕是。”杉村说着脸上掠过一丝微微的笑意，“暴露了身份可不得了。”

这话相当于彻底坦白了其远藤派探子的身份，听了清左卫门的话应该明白自己不会受到严厉处分，杉村想必也放心了。

离开时，奈津牵着孩子的手将清左卫门送到门外。奈津脸色仍旧阴郁憔悴，心里可能还老大不痛快，丈夫要助沉湎酒色的竟引发了斗殴。

“谢谢您专程来看望。”奈津连声道谢。清左卫门点点头背过身去，忽地转念将如鲠在喉的心事一吐为快：

“要助在外面没女人。”

“……”

“为父去播磨屋查过了，确凿无疑。”

奈津没吱声，慢吞吞地弯腰将身边的孩子抱起搂在怀里。接着，直直地盯着父亲。清左卫门感到她瘦削的脸颊上微微现出了一丝生气。

“有件事说了可能你也不信，不过切勿对任何人讲，包括要助。”

“知道。”

“要助出入茶屋是因公务在身，而且不能让他人知晓。这次争执，也跟那事有关。”

“……”

“不过现在任务结束，不必再挂念。”

“什么都让您操心，真是太辛苦您了，父亲大人。”

奈津规规矩矩地说道，脸上已浮现出抑制不住的喜悦之色，连声音都润泽起来。清左卫门怅然地望着这小闺女，虽说乐于相信别人是奈津的好品质，可这简直与拿到江户偶人娃娃礼物后瞬间来了精神时那张稚气未脱的脸别无二致，清左卫门喟叹连连。

父母不可能长生不老，总是这样可真让人头疼，不过责备的话放到以后再说吧，清左卫门用手指轻轻点了点抱在奈津怀里的外孙女的小脸。

“照顾好要助！”

说完，清左卫门头也不回地迈开了大步。看来藩内又有什么险恶的空气在躁动，本次事件会让两派行事都更加谨慎。清左卫门判断，眼下不会马上引发什么骚动，不过以后的事情可难说。

转过一个街角，淡淡的夕阳猛地让眼前一亮。梅雨季烟雨弥漫整日阴沉的天空中，到了傍晚时分日光像是终于冲破云层照了下来。

这天色真像奈津，清左卫门心中感慨。眼前浮现出奈津郁郁寡欢的脸上转瞬绽开的笑容。

川之音

一

尽管有日子没去河边钓鱼了，但因极耐心地逆流而上找到一处好钓场，竟有了三尾雅罗鱼、两尾鲇鱼的收获。真可谓钓绩空前。三屋清左卫门兴高采烈地踏上归途。

至于眼下钟点，因刚到现已被甩在身后的菱沼村村边最后的钓鱼场时听见远处城下高林寺敲响七时（下午四点）的钟声，清左卫门估摸，之后再过半刻（一小时）才是七时半（下午五点），就算日头偏西，天黑前应该也能赶回城下。清左卫门在那儿钓上来一尾足足超过一尺的雅罗鱼。

清左卫门沿小樽川河岸向下游走去。在不怎么高却被叫做堤坝的河岸上，行人踏实的痕迹连绵不绝，自然而然形成一条岸边小径，小径完全就是清左卫门这样的钓鱼人、干农活的庄稼汉还有夏天村里跑来游水的孩子们踩出来的。

由于没人养护，这条岸边小径上，蔓草、野葡萄藤、野蔷薇浑身带刺极难对付的枝条攀绕无度，再加上硬根车前草等杂草也丛生蔓延，脚下稍不留神就有摔跟头的危险。有时还能看到被脚步声打扰的蛇悠然隐没于草丛中，竟丝毫不见惊慌。

因小樽川流经数个村庄边缘，下堤坝转到从村里通向野外的道路上的话，就不必再担心摔跤了，不过去往城下的路因此也就远了不少。沿小樽川河岸走回家最省路。

村庄散落于向北流淌的小樽川及西面绵延起伏的低矮丘陵间。清左卫门行走间，太阳一点点落下，当来到山丘稍高处时，山脚下的村落、小樽川的水面还有行路中的清左卫门身上都披上了一层青白色的光影。

日晒还十分强烈，但河里已不见了赤身戏水的孩童。相比盛夏，河水已变凉，水位也增高了不少。水位的变化，虽可认为是几天前起袭击了小樽川上游一带山地的断断续续的雷雨造成的，其实那也是季节变迁的体现。

河水流进不见一个人影的山丘背阴地带，微微变暗的河面上，时有鱼儿跃起捕食掠过水面的飞虫。山丘高坡处，仅在这里才能照得到夕阳的蝉们簇成一团齐声鸣唱。夏去秋来啦，清左卫门暗叹。在山丘上某个目不能及的地方，肯定有群鸣蝉，蝉们你方唱罢我登场，叫声此起彼伏似波涛滚滚而来。

清左卫门突然踏进了正对面暴晒大地的阳光中。这里是小樽川转个大弯流向西北的拐点，至此已离开菱沼村地界，清左卫门走进野地。已走过的几个村庄背后，连绵的山丘最终一步步远退，让人误以为是什么东西的坟冢，于西面形成低矮的隆起，消失在视线尽头。

太阳从那坟冢般低矮滚圆的山丘边缘探出头来，笔直地照耀着田野，照耀着现已密集呈现在眼前的远处树木，及家家户户的白墙。田野里的稻子都抽出了直立的穗尖，一看便知绽放白色花朵也已为期不远。分开稻穗走上田垄，想必能多少抄些近道，不过清左卫门没那么做，仍沿着河岸大步而行。

小樽川流淌进刚出现于前方的野盐村尽头后，眼下分明无误地转向城下急速流去，加之流到此处河面渐宽，与之相应，堤坝上的通道也宽敞起来，已不再难走。因这条路平日当做田间路使用，似乎多少得到了一点养护。

——用不着走得太急啦。

清左卫门松了口气。送清左卫门出门钓鱼的儿媳里江道："您可要多钓些鱼回来啊，晚饭就指望您啦。"其实清左卫门心里明白，这是给自己鼓劲的玩笑话。煞有介事的出门准备会分外激励眼下"钓绩"太差的公爹。就算今天的收获保准能让她惊掉下巴，但儿媳不会真的在家干等着清左卫门钓回去的鱼下锅。不这么急急忙忙，也能在里江张罗家人吃晚饭前赶回家里。

——话虽如此……

清左卫门面露微笑。平素一本正经的儿媳说出这样的玩笑话足见其对三屋家及家人们亲近备至，这真是可喜。

到清左卫门这个年龄，一点点琐事也能忽地在心中产生幸福感，让人深感应当加倍珍惜。

二

走近野盐村，只见郁郁葱葱的树木如成片的森林般繁盛茂密，其下零星分布着三五家农舍。树林也好农家也罢，都因背后照射过来的日光而略显昏暗；村边的小桥、桥下泛起泡沫的河流、四周的庄稼地，则在迎面而来的阳光下熠熠生辉；几乎将景致分为两极的光与影，也显现出季节变迁的迹象。

到这附近，小樽川上出现了上游见不到的沙洲。水在河中蜿蜒流淌，冲刷着沙洲边缘露出来的小石堆，发出震耳的声响。

波面上破碎的阳光映入清左卫门眼中。水波将日光撕扯成碎片，并承载着这交相辉映的光和影不断涌动，反射上来的破碎的阳光耀眼夺目。清左卫门难以忍受这刺目的光线，刚抬起眼，忽见桥上一条黑色人影一闪而过。

清左卫门转瞬又将视线收回河面，因为猛地注意到河里呆立着一对正在呼救的妇孺。看似母女俩，在急流中惊慌失措地挪不动步子。清左卫门忘掉了腿脚的疲累急奔过去。

在距刚才看到的村边小桥数米的上游，母女俩站在哗哗急响的水流中紧紧抱在一起。孩子因受到惊吓大声哭泣，是个约莫四五岁的女娃。使劲搂住孩子的妇人三十岁上下，脸上没有一丝血色，惊恐地望着急奔而来的清左卫门。

靠近她们马上就明白两人为何抱在一起移不开步子了。这里有块距对岸较近的大大的河中沙洲，从沙洲到清左卫门一侧的河底是段缓坡。蜿蜒流淌的河水猛烈撞击石壁，从自己这侧河岸下水，清左卫门估计水深大约会没膝。

不清楚母女俩为何会站在这么湍急的水流中，总之两人既不能蹚到这边河岸也无法登上沙洲，完全被困住了。应该说妇人原地不动喊人救助的做法是明智的。尽管两人站立位置水深仅没过妇人脚踝，但流速相当快。轻举妄动，脚下一绊就有跌倒的危险。一旦摔倒，妇人怎样姑且不说，女娃难免会跌进桥下那片流速虽缓却深不见底的水域，转眼就可能被水吞噬。

“别动！这就过去！”

清左卫门高声喊道，视线始终盯在两人身上。他搁下鱼竿摘下腰间的短刀和鱼篓，然后从两人所站位置稍稍上游处攀着石壁踏进河里。

果然，河水只是刚刚没过膝盖，但一下水清左卫门就感觉身体失去了依靠像要漂浮起来。清左卫门用手划着水，半漂半走斜着穿过急流，总算蹚到了母女两人站立的地方。不过刚停步就感到脚下急流几乎要将人卷走。清左卫门踉踉跄跄，三人站立河中拥在一起。

“别怕，不用担心啦！”

清左卫门从妇人手中抱起还在抽抽搭搭啼哭不止的女娃。可能精神因此有所松懈，这会儿妇人脚底一滑险些摔倒。河底卵石上因生了苔藓极易打滑。

清左卫门伸手搀住她，三人又相拥一处。随后就这么相互依偎着慢慢向沙洲移去。

上了沙洲，妇人似乎放下了一直悬着的心，紧抱孩子屈膝在地喜极而泣，接着反复向清左卫门道谢。妇人说自己是旁边村子的村民，带孩子来河边洗东西时，孩子不小心被卷进水流云云。

“老爷请到家中一坐，就在近前。”妇人说着拽住清左卫门的衣袖不松手，“至少生火把衣服烘干。”

如何是好？清左卫门心里盘算着。轻衫腰部以下完全被水浸湿，这副模样直接回城实在有失体面，而且身子也多少有些发冷。

“承你这么说，不过得先把刀拿过来。”清左卫门道。

自己的宝贝短刀和鱼儿还放在对岸。正琢磨着要过桥回去时，清左卫门脑中浮现出刚才在桥上看到的黑色人影。连忙再看那桥，已然空无一人。

——像个捕鸟的。

清左卫门心中思量。那人影头戴草帽腰插短刀手持钓鱼竿模样的家什，却又不是钓鱼竿，可能是粘杆[1]。

隶属鹰匠、捕捉小鸟给猎鹰做饵食的步卒被称为御饵差。但因藩里对以锻炼身心为目的在歇班日出门捕鸟和钓鱼的家臣进行奖励，故此捕鸟人打扮的并不仅限于御饵差步卒。是某位家臣的可能性也很大。

——虽说如此，刚才那人……

清左卫门回想起来，眼见母女两人站在急流中一筹莫展大声呼救，那人竟根本没有要采取行动的意思。因为只是瞬间目击，清左卫门并没有绝对把握，不过此人若无其事冷眼旁观的

---

1. 粘杆：粘鸟或虫用的、顶部涂了粘胶的竹竿。

样子给人极不自然的感觉，莫非自己多虑了？

清左卫门环顾四周，除了远处田地里拔除稗草的两个农夫，再没什么人在悠闲地走动了。他心中升起一团疑云，挥之不去。

“刚才看到桥上有人吗？”

清左卫门问抱着洗完的东西回来的妇人。妇人面露惊诧连连摇头，说没看到。清左卫门理解她顾不上回头看后面也是情有可原，但仿佛仅自己看到了幻象，难免毛骨悚然。

妇人脸上基本恢复了血色。仔细端详，见其皮肤白皙面容姣好，一副贤惠模样。

三

残暑远去，季节毫不掩饰地换上了秋的面孔。云的身形轻盈起来，云下的稻花早已四散飞舞，稻穗开始成熟，夜间秋虫的鸣叫也日渐聒噪。

在这初秋的一天深夜，三屋家来了一位不速之客。“来人求见父亲大人，说是有事情说。”进来传话的儿媳道。

“哪位？”

“近习[1]组的黑田欣之助先生。”

“好，请进来。”清左卫门说着归拢了一下书桌上的书册。读的是目前正在保科塾学着的《老子》，不过看书也看累了，正打算睡下。这深更半夜的突然来客，不能说不是个麻烦，却也可算作消遣。

——就算能解解闷……

高林寺的钟声撞响四时（晚上十点）已有段时间了。近习组的黑田应该是代官町那位黑田喽，这个时辰来会有什么事？清左卫门百思不得其解。人固然能猜对，不过自己与这黑田欣之助从未谋过面。

黑田被里江领着很快来到隐居间。一个看来还不到三十岁的年轻人。

“深夜来访……”黑田欣之助刚一落座就对深夜贸然来访连声道歉，不过从其神态上看不出口中的歉意。

“见本隐居有事？”

“正是。”

“是什么急事？”

“对，说急也算急……”

黑田的话含糊其词，冷不丁说出的人名令清左卫门始料未及。

“三屋先生可认得野盐村的妇人美代？”

“认得。”清左卫门答道，同时略感惊愕。美代就是清左卫

1. 近习：侍奉于君主近旁的武士。

门从河里救起的那对母女中的母亲。

得知清左卫门喜欢钓鱼并常来小樽川后，美代就邀请清左卫门来钓鱼时顺便到家里歇歇脚，因此清左卫门那之后在美代家落了两三次脚，美代用从自家院子树上摘下的梨招待了清左卫门。

“那人怎么啦？”

“说实话，有点麻烦……”黑田又兜起了圈子，接着神色突然一变，直直地盯着清左卫门道，“请教您一句，三屋先生此前跟美代都说过些什么话？”

“什么话？”清左卫门也再次惊愕不已地细细端详黑田，这回心里生出了老大的不快。什么话？用得着你操心？“想听听说了什么话？”

“请一定说说！”

“先问一下，这算是审讯？”

“不，当然不是。”

“那请听老夫也说两句如何？”清左卫门表情严肃地盯着黑田，“老夫见过什么人说过什么话本属私事。既用不着说给旁人听，旁人也没有硬逼老夫说的道理，对不对？”

“您生气也在所难免。”敏锐地嗅出了清左卫门的不快，黑田道，“在下深知失礼，但因受某人之命前来打听……”

“什么人？”

“这不能对您讲。”说着，黑田面现微笑。

嗬，还挺有自信哪！清左卫门暗想，打发黑田来的，恐怕是藩里的大人物。

正在这时，里江端茶点进来，两人对话中断。里江刚一出门，黑田马上又不依不饶地接着道：

“您不说在下也没办法，可以后说不定要有麻烦。”

“真想不到！这算威胁？”

清左卫门放声大笑。在长年于藩主身边担任近侍、多次见证过藩政争夺的血腥的清左卫门看来，黑田不加遮掩的恫吓幼稚得令人忍俊不禁。

可这黑田似乎很熟知威吓的招数。将来兴许能成点气候。

“你也知道，老夫乃隐居之身，已算半个隐士，威胁恐吓并不怎么好使，所以老夫在此完全可以坚持什么都不说，不过那一来你就要有麻烦了，况且跟美代那妇人也没讲什么不能对人言说的事儿。好吧，就跟你聊聊！”

黑田行了一个礼，双眼不露锋芒地盯向清左卫门。

“大致有今年稻子的收成、酱菜的味道、乡下的日子，再就是美代的身世……”

美代家是耕有六反步[1]水田与两亩[2]旱田的小农户，属自耕农。两年前丈夫病死美代成了寡妇，只因娘家就在近旁，地里忙时随时都能喊来帮手，所以日子还过得去。

“不过早晚得招女婿，不然夜里应付来偷腥的男人不得忙死！大体这些话。”

清左卫门刻意将最吸引人的部分说给黑田听，想就此终结话题，黑田却丝毫没有笑意，问：

---

1. 反步：也作“反”“段”，日本土地面积单位，1反为996.7 m^2。
2. 亩：日本的亩与中国不同，日本10亩为1反，1亩为99.67 m^2。

“不止这些吧？”

“没了，记得就聊了这些。”

黑田仍目不转睛地盯着清左卫门，过了好一会儿，像终于明白了似的，表情缓和下来，一副总算放了心的样子。

这家伙好像盼自己再说点别的，是什么呢？清左卫门正合计，黑田脸上又露出刚才那副笑脸。

“大体清楚了，那失敬失敬，在下有事相求三屋先生。”

“何事？”

“野盐村美代这妇人多少有些问题，求三屋先生以后不要再接近她。”

“说有事相求，实乃绝不可接近的禁止吧！”

“非也，上面吩咐下来要客客气气地请求。”

黑田到底没掩饰住，言谈措辞显而易见地表现出对其背后大人物权威的绝对服从。

清左卫门暗想要不要稍稍戏弄一下这小子？禁止接近美代的说法实在让人恼火！

“不听忠告接近美代的话又会如何？”

“难保那妇人性命无忧。”

“哦？”连清左卫门也一惊，“受命来这样说？”

“正是。”

送走黑田欣之助后，清左卫门陷入沉思，甚至忘了铺开被褥。

若说禁止接近美代，首先能想到的就是这妇人可能被藩里的什么人占有。美代在这一带的农妇中极罕见地有着白皙皮肤，骨架稍大的身形更是颇具魅力。不敢说家臣里有人得知这超出常人姿色的女子是个寡妇后，不会给些好处据为己有。

黑田软磨硬泡要打探的，无非是妇人有没有把这什么人的名字透露给清左卫门，这么一想，黑田的突然来访就讲得通了。

——可是……

难保性命无忧又是何意？清左卫门的推理至此走进了死胡同。虽说在村里蓄妾不能不算是个丑闻，不过也无法想象只为隐瞒真相就要取了这妇人的性命。干出这种勾当，早晚要身败名裂。

想到这里，清左卫门脑海中浮现出救助美代母女时桥上捕鸟人的身影。这厮莫非是在监视？监视谁？当然是美代喽。

——这么说……

尽管黑田在眼前时并没觉得有什么可疑，但想想派黑田来此的那位大人物或许已从某人那里听取了自己去过美代家的密报，清左卫门不由感到一丝寒意。有人告密！而告密的应该就是捕鸟人。

至此，美代身为人妾的内幕之外，另有黑影似已显现出来。要说不接近她就平安无事的话，也就到此为止了，不过清左卫门觉得有必要委婉地在佐伯面前提一提这件事。

几天后，佐伯熊太来到清左卫门的隐居间。跟着里江进来坐定后，佐伯气喘吁吁地竟半天说不出话来。

“你是不是有点太胖了？”清左卫门道。町奉行一年比一年胖得难看了，“就算秋天东西好吃，也不能太贪啊！”

“非也！”佐伯摆摆手喘着说，“气喘是因为夏天害的伤风还没彻底痊愈，另外，都怪有事来告诉你赶得太急。总之，不能怨我吃得多。”

“好吧，说说是什么事吧。”

“今年春初，江户的石见守先生来此住过一段时间，可曾听说？”

石见守继藩主之后，早已成为旗本[1]开始侍奉德川家，领受三千石家禄。虽与藩主家同族，但长居江户极少回乡。传闻石见守年轻时才干在其兄即当今藩主之上。今春藩主家为前藩主夫人举行盛大的七年忌法事，石见守似乎是为参加这次法事，以扫墓名义请假回乡的。清左卫门听说过这消息。

“听说过。”

“正巧那段时间，野盐村出了桩奇案。你要打听的莫不是这案子？”

佐伯说话时，见里江端茶点上来，眼睛瞬时就被浅盘上盛着的切得厚厚的羊羹勾了过去，连道：“呀！可以在这儿吃一顿啦！”显然，不能怨吃得太多这一说辞完全靠不住。

“所谓奇案，就奇在这里！”

喝完茶吃完羊羹，佐伯熊太讲出下面这件奇案——

一天下午，小樽川下游河面上浮起一具死尸。后查明这个溺毙的年轻男子，正是前夜起下落不明的野盐村的久右卫门，一个佣工。

乍一看，就是醉酒失足落水溺亡，可负责案情调查的村吏

1. 旗本：将军直属的家臣中，俸额不足万石、有资格拜见将军的人。

后来发现死者身上存有不少难以理解的疑点。其一，淹死的年轻人平日里滴酒不沾。其二，彼时小樽川水量并没有大涨，死者从小就在小樽川里游泳嬉戏，长大后水性极强，搜集到的大量证言都说此人不可能因不小心落水就淹死。

这样，男子溺亡说不定是失足落水时撞到了头部，或因吵架挨了打，其后又被扔进河里所致。撞到头只能算倒霉，要是打架的话，那就算杀人案了。村吏们对一丝不挂的尸体进行了仔细的检查。发现根本没有头部撞击伤痕及打架斗殴的痕迹，相反却在肚子上，准确地说，是在胃腹部查出像是被什么击打过的印痕。

接到村吏急报，郡奉行下属的横目付[1]被郡代府派到野盐村，再次进行了尸检。结果，稍稍有些武术功底的横目付断定，胃腹部所受击打痕迹是有人施展当身[2]留下的。也就是推测，死者要害遭受猛烈打击后，被抛进河里，缓醒过来后直接溺死在了水中。

“因为这，案子转到我这里来了。”

“嗯——有意思。”清左卫门不禁脱口说道。说“有意思”对年轻死者不免失礼，但由此可以搞清楚美代与何事有关了。

莫非美代目击了当时的案件？而藩里的大人物极怕美代将此事泄露出去，肯定是因为案件的加害者与那位大人物间有着千丝万缕的关系。

“案子查明白了？”

“没有，这个嘛……”佐伯刺啦刺啦地挠着月代，“什么线

---

1. 横目付：武士时代，监视将士的行动、判定赏罚、揭发不当行为的人。
2. 当身：攻击人体要害部位的招数。

索也查不到，凶犯至今逍遥法外。不过照你说的查了查，那一带近年发生的案子，只有野盐村溺亡一件。”

清左卫门点点头。没有透露美代和黑田的名字，只说要打听打听野盐村周边最近有没有什么案子，还是有收获的。

“嫌犯该是个武士吧？”

“当然，当然是！按藤井，也就是当时在场的那位横目付的说法，使出当身之人的武功应该相当了得。不过……”说着，佐伯做了个仰天叹息的动作，“武士有什么事要在那天夜里去野盐村河边呢？莫名其妙！”

四

听到儿媳里江告知的来客姓名，清左卫门惊诧不已。客人是佐伯到访三天后来的。

“名叫美代？”

“是啊，前些日子听您讲过的野盐村的美代姐。”

“这可糟了！”清左卫门禁不住说道。

这是个极易产生误解的说法。果然，里江满脸怪讶，睁大眼睛盯着清左卫门。

“嗯？美代来此做甚？”

“说到町上有事，顺便来看看。送来了秋茄子和刚摘的青菜……不是要做以前什么时候的谢礼？”

“秋茄子啊，想是很好吃。”

“是不是该请进来吃杯茶……”

“对，请到这里！为父也有话对美代说。”清左卫门道。

这话也极易被误解。里江狐疑地斜视着清左卫门走了出去。

——本不打算再见……

清左卫门暗叹，她自己上门来也无可奈何。并且自觉要核实核实佐伯讲的奇案，今天该是最后的机会了。当然也有意要扫扫那盛气凌人的黑田的威风。

核实后警告美代，所言之事一概不可外传，一旦外传性命不保。美代是个聪慧女子，在这里说的话绝不会对别人讲。清左卫门正左思右想时，被里江引来的美代进了房间。

美代似乎没想到自己会被请进家里，一脸惶恐地在靠近屋门的地方坐下，也不敢大大方方端坐，大骨架的身子缩成一团。

“跟平常一样就好，别拘谨。”清左卫门宽慰道。对送来青菜表示谢意后，清左卫门又说今天有点事情要问，到身边来说话。听到这里，美代总算敢抬头正视清左卫门了。

美代脸上像是多少有点绯红，而且不知是不是为了来清左卫门家才拾掇的，身上穿的白点碎花布新夹衣将本来就白皙的皮肤映衬得更白了。

“也没什么大事……”

里江没吩咐婢女，而是亲自端茶上来。给美代敬茶后，清左卫门开门见山道：

“还记得今春野盐村溺亡案吗？”

一提此事，美代马上回答记得很清楚。有这反应就够。

“要实话实说，好吗？”清左卫门提醒一声继续道，“那天夜里，你看到那个叫弥市的小伙子被扔进河里了吧？”

美代看看清左卫门，面现惊诧。“没有。”她摇摇头。

“没看到？”

“没有。”

“没说谎？”

“没说谎。”

美代使劲摇头，脸上的表情是这种事儿不可能说谎。到底估计错了，清左卫门大失所望，可也不得不接受现实。

——那么……

黑田欣之助威胁的根由到底是什么？清左卫门抱起双臂，这时，美代主动开口说那夜忙得根本出不去。

“因为扫部先生家有贵客上门，民女受托去厨房帮忙。”

“啊？”

扫部是住在野盐村的一个大地主，称姓佩刀之家，拥有多田这一姓氏。虽说在领内算是屈指可数的富豪，但因与其他富农、富商不同，从不跟城里发生任何瓜葛，由此也给人以难以捉摸的印象。其宏大的宅院，坐落于野盐村深处。

“常去他家帮忙？”

“常去。”

“那夜来的是什么样的客人？”

“啊，这不很清楚，像是非常重要的贵客。”

“如何知道？”

“因为被严重警告说，不可以偷瞧宾客的模样。”

“哦？”清左卫门被她的话勾起了兴趣，“什么人？商人还是武士？”

“是武士老爷。”

“怎么？”清左卫门盯紧美代道，“你偷瞧啦？”

“不是，这……”美代低头笑起来，一副回想起来就觉得可笑的样子，“宅子的人说可以回去了，民女就收了当作谢礼的烤鱼从厨房门出来。走到玄关前，正巧碰到客人出门告辞。”

扫部家的人送三四位客人出来，正相互寒暄道别。见此情形要是马上撤身返回也就没事了，而美代此时不知为什么既不向前也不退后，竟在房屋拐角处驻足呆呆僵在了那儿。事后回想起来，可能是不许偷瞧客人这一严令深刻脑中，结果到底还是瞧见了，被那种强烈的紧张弄得手足无措了。

不管怎么说，美代直直地盯视了客人及送行人一会儿。扫部家的人最先发现站在现场的美代，慌忙飞奔过来，将后者拖进玄关。宾客方面见状，似乎也意识到美代并非相关人等，一个随从人员也跟回玄关，目光锐利地打量美代，向扫部家的人询问了美代的住址与姓名。

“再往后客人们回去了，狠狠地训斥了民女一顿，总算放民女回了家。”

竟有这事，清左卫门明白了，原来美代看到了扫部府上极为私密的访客的面目。

“那客人的长相……”清左卫门盯着美代小心翼翼地问，“你可还记得？”

“当然记得。那夜的事忘不了。”美代又低头笑起来。接着扬起脸说有两匹马，“还有两位像是身份很高的人和两个提着灯笼的武士，总共四人。”

“说说身份高的人长什么样儿。”

“一人五十来岁，这儿的头发……”美代按按鬓发比画着说道，“全白了。眼睛向上吊得很厉害，长圆脸，眼睛下面有两大块松皮。”

清左卫门马上意识到这是朝田弓之助，当今首席家老。

“还有一人年轻得多，也是个长圆脸，这儿有块黑痣，在鼻子边上，高鼻梁、大嘴巴、薄嘴唇。”

“很好，明白啦！”清左卫门道。

那夜造访多田扫部家的是朝田家老与藩主之弟石见守。黑田所言“难保性命无忧”这句话又浮上心头。

应该说朝田派吧，总之朝田家老一方，那天夜里与石见守两人到访扫部家一事一定有什么内情不愿让世人知晓。眼下虽说石见守同行原因不明，但可以推测是为置敌对的远藤治郎助一派于死地而去筹措资金。

魔匣打开啦！清左卫门暗叹。后脊梁掠过一阵寒气，不由微微战栗。无论如何，一定要把这匣子盖关紧，是不是来得及尚且不知。

“刚才对老夫说的这些……”清左卫门道，“还对别人说过？”

“没有。”

“那就好。再对你说一次，”清左卫门神情严峻道，“在扫部家看到的所有事情必须通通忘光。有人问起，就说忘了，不记得了。不然，你将重蹈弥市覆辙。”

听了清左卫门这番话，美代吓得脸色煞白，眼瞅着血色从脸上一点点退去，着实可怜。清左卫门放缓语气又道：

“别怕，不必担心，只要不再提及那夜之事，谁也不会对你干出什么。另外……”

本想问没被什么人跟踪？清左卫门旋即又打消了这一念头。美代被跟踪被监视到进了自家，确凿无疑了。对美代说这些，只会给她增添无谓的恐慌。

“到家前天就黑了，送你回去吧！”

“不麻烦您了，民女自己能回去。”

“无碍，老夫正好也要出去散散步。”

“……”

“不过还要找人来同行，那人来之前得等一会儿，这里不自在的话，可到厨房去等。”

将美代领进厨房后，清左卫门打发家仆平助速去平松与五郎家。得叫来帮手以防万一。平松就是不歇班，也应该快要离城了。

五

派人去叫的平松与五郎迟迟不见踪影。平松来不了的话，要又四郎同行？可打算归打算，又四郎也是尚未离城回来。

——这可不成！

再拖下去就入夜了，清左卫门心急如焚。打定主意，开始准备外出。对手可是魔匣啊。走夜路的话，很难预想他们会趁天黑干出什么勾当。清左卫门怀疑弥市也因与其一行迎面相遇打了对脸才被结果了性命。

清左卫门腰插好久没用的双刀，出了玄关命里江备好草鞋。里江立刻取出鞋子，眼睛却盯在刀上。

“怎么啦？您这身打扮？”

“送美代回村。稍后平松来了，要他赶紧追上来。到野盐村只有一条路，不会找不到。”

里江似乎觉察到了形势险恶，正色道：

“出了什么事？父亲大人？”

“有人想要了区区一个百姓、一个村妇的命！”说话间，清左卫门忽地感到心头燃起一股怒火，“辱没了武士之名！”

“啊？”里江呆呆地望着清左卫门，旋即又激动地说道，“您这是在数落哪个？”

“还不清楚，所以才叫平松来帮忙。”

“您再稍等等不好？”

“不等了，趁日头还没下山要赶过去。”

“叫美代出来。”清左卫门道。随后，带着一无所知的美代出了家门。

那帮家伙果然就埋伏在町外的地藏堂，待两人走过去后蹿到了路上。出来的两个家伙都身着裙裤、外褂，腰间佩刀。一个二十五六岁，另一个三十岁出头。两个家伙在田间小路上保持着一定的距离始终尾随在身后。

——果然来啦！

清左卫门暗自思量。听了美代的话，清左卫门最担心的就是这帮人为守住那天夜里的秘密，要杀这妇人灭口。

还要考虑的是他们会怎样看待美代到自家探访一事。此前没有杀害美代，可能是从扫部家人那里了解到了事情的原委，如果美代不说出去，当然不必取她性命。因而只派人监视。所以那个负责监视的人看到美代母女被河水冲走也不出手相救。因为他清楚要是报告母女两人落水淹死，下监视命令的人肯定会高兴。

现在清左卫门插了进来。假如清左卫门从美代口中得知了那夜的情况，对朝田派来说，事态就恶化了。说不定这次只能考虑杀人灭口了。尾随两人而来的并非那个捕鸟人，而是佩着双刀的武士，可见他们已经动了这心思。

清左卫门的两个手心都汗津津的。一直去道场练功不敢偷懒，反应力和体力都一点点恢复了过来，甚至重拾年轻时因无外流而扬名一时的自负。可是无奈，清左卫门不得不承认，自己已不再年轻，跟后面两个身强力壮的家伙动起手来，肯定马上落败。

日头渐渐隐没到了稻穗后面，莫非不想在太阳落山前杀将过来？动手前平松能赶上来就太好啦，清左卫门边走边在心里祷告。跟在身后的美代也留意到了尾随而来的两个家伙，时不时担心地回头张望。

突然，两个家伙直奔过来。这里是小樽川前的十字路口，四周都是庄稼地，对面则是野盐村黑魆魆的树林。日头还差一点点就彻底隐没，周围开始被暮色包拢。

冲至近前的两个武士迅速兵分两路截断退路，年长的那个冲清左卫门道：

“三屋家的隐居，请在此处回头！”

“要对此人怎样？”清左卫门说着回身看看美代，“不讲清楚，决不回头！”

“对此女怎样要看跟这妇人谈出什么，隐居不必挂怀。”

“非也！很不放心！”清左卫门语气强硬道，“明说了吧，此前黑田欣之助来说禁与此女见面，虽是强人所难，但考虑到事出有因便姑且应允。”

“……”

“本不打算再见，今日此女前来探访，并无他意，只送来了秋茄子跟青菜。对吧，美代？”

清左卫门回身问美代，后者慌忙点头。美代因恐惧脸颊不停地抽搐。清左卫门轻轻拍拍美代肩膀，再次面对两人。

“惦记着说了什么吧！没什么特别的。稻子的收成、秋茄子怎么腌好吃，就这些。要问美代，尽管问好了，休要耍花招，没用！”

“有用没用，由我等判断。”那人说道。看样子非要对美代做点什么。

“是——吗？那老夫就此对此人彻底收手，不过有言在先。”

说着，清左卫门心想平松与五郎怎么还不来，既然摸清了他们的意图，当然就不可能不管不顾地将美代直接交给他们。

“老夫已给足二位脸面，心中所思亦尽数奉告，只求此女安然无恙。尔等如若辜负老夫心意致此女身遭不测，那绝非可以轻易了结。请二位将此言牢记心间。”

“……”

“奉劝二位切莫欺侮区区一隐居。三屋清左卫门藩中尚存知己，手中亦握有能够拜求的门路。美代若有个闪失，老夫定会追查到底，不逼到给尔等下令之人无处容身决不罢休！可听得明白……”

听清左卫门说到这里，对面较年长的武士很明显不安起来。催促了年轻武士一声后，猛地背过身去，两人顺势快步沿田间小路向远处遁去。

回过身，只见平松与五郎正走近前来，脚步仍与平日无异。两个家伙眼尖，像是认出了平松。这个素日里看惯了的瘦高个，在清左卫门眼中真是没有比他更稳妥的依靠了。

“呀！谢天谢地！”清左卫门道。

平松目光中漾起浅浅的笑意，望着清左卫门道：“隐居先生，如何是好？”

“哎呀！被几头狼追着缠住不放，好险好险！”

“是险！”说着，平松目不转睛地眺望着沿田间小路渐行渐远的两人的背影。

追随着他的视线，清左卫门暗自思量，这两个家伙是断了念头不再纠缠美代了呢？还是看见逼近前来的无外流平松，只是暂且避险逃命呢？会是哪种情况？

“姑且将此女送回家……”清左卫门对平松说道，“请她款待几个好吃的梨子再回来不迟，口渴啦！”

心情渐渐平静下来的清左卫门，耳中细听着小樽川传来的水流声，迈步向村里走去。

平八的汗

一

纸漉町地处后街，道路狭窄。三屋清左卫门走在由道场通往主街的小路上，步子多少有点儿急。

时间已过七时（下午四点）。倒不是有什么急事，结束了无外流的练习正要往家赶，只因练功余韵尚存体内，热血还在全身沸腾。

——我也……还没不中用！

清左卫门略感欣慰。照例，教完少年们基本架势，最后又回到自己的练习上，今天的对手名叫土桥谦助。

土桥是御勘定目付土桥家的三子，正所谓吃冷饭[1]的身份，但无外流剑术极为精湛，在道场中算得上屈指可数的好青年。清左卫门今天身体灵活得连自己都吃惊不小，挥舞竹刀出手迅猛，两三次将土桥逼到了壁板旁。

“哎呀！您真是宝刀不老！身法剑招都相当了得！”

---

1. 吃冷饭：长子继承家业的时代，对排行在后的儿子的俗称。

“说这些哄老头子开心？”

“不不，真心话！晚辈差一点就得拱手认负！您是训练有素啊，三屋先生！”

虽然清左卫门心里清楚，这话里肯定多少掺杂了些恭维成分，不过被土桥这等高手夸赞，心里不会不快。回味着土桥的溢美之辞，按捺住内心的欢笑，脚下虎虎生风自是当然。

就要走到小路的出口，主街上来往的行人已现身面前时，清左卫门发现有一名武士沿小路向这边走来。

恰好此时，炫目的阳光迎面照向这正西朝向的小路，早已带上红色的逆光造成的暗影，让清左卫门没能立刻看清武士的面容。在两人相距八九米时，他才认出低头缩肩，若有所思地走近前来的是大塚平八。

“平八，何处去？”清左卫门招呼一声。

大塚平八是清左卫门的老朋友了。尽管近十年来清左卫门多在江户供职，而且因身份差距见面也少了许多，但两人少年时都在清左卫门眼下刚出来的无外流道场学艺，那以后也是常来常往的交情。

“噢——三屋！”

大塚平八停下脚步，满面笑容地望着清左卫门，脸上瞬间现出了少年时那个“狸子平八”的面影。平八一张圆圆的黑脸，嘴巴尖尖的，跟狸子的模样稍稍相似。现在面目没变，头发却全白了。

“正巧找你找到了这儿。”

听平八这么一说，清左卫门心里一惊。

“找我？”

“对啊，去你家，你儿媳说今天在这儿，就寻了过来。”

“有什么急事？”

“不是，也算不上急事……”平八含糊其词，“托你点儿事。”

“不晓得跟我这隐居还能有什么可托之事……”

清左卫门瞥了一眼渐渐没入主街屋顶后面的日头。太阳一落山，天马上就会凉下来，已是这样的季节了。就着蟹味酱汤喝壶烫酒，肯定悠哉美哉吧。

“最近找了家店子，酒不错，跟我来！”清左卫门对平八发出邀请。

二

花房町位于城南，距道场所在的纸漉町老远。清左卫门跟大塚平八钻进小料理屋“涌井”的布门帘时，太阳刚刚没入城下西北山丘背后，町街上荡漾起雾霭般的青白暮色。

两人在“涌井”的里间坐定。

“有螃蟹？”

听清左卫门问话，已很熟识的老板娘应声答道：“有啊，螃蟹爪儿还乱动哪。”“涌井”能将刚从海里打上来的水产火速运来让客人尝鲜，深受好评。

“煮着吃还是做成酱汤？”皮肤白净，眼光稍嫌严厉的老板娘问。

老板娘美樱三十岁上下，目光严厉，颧骨突出，虽不能称为美人，却也讨男人喜欢。

“酱汤更有野趣。”

“知道啦，也有客人这么说。”老板娘微笑道，“另外再上点烤鲽鱼跟三屋先生喜欢的酱白萝卜怎样？不够的话，还有别的鱼和贝。”

“够啦，这些就挺好。隐居之身吃不起太贵的。”

“哎呀，瞧您说的，三屋先生说的什么话！”

老板娘笑着出了屋子。一直沉默不语的平八马上问:“你常来这里？”

“不常来，也就偶尔跟佐伯来坐坐。”

“啊，佐伯熊太。”平八点点头，脸上现出笑容，“小时候被那家伙欺负，现在还发怵。”

回首往事，清左卫门也嘿嘿笑了起来。

“佐伯可了不得！差事丝毫不出差错，干到这程度真是不可思议！”

“还在町奉行上干得挺欢，也是因为有这份精神头吧！跟我辈品性不同啊！”

“我说，平八，”清左卫门瞅着平八，虽说是旧友，因不常见面，已不怎么了解情况了，“你也隐居啦？”

“隐居啦，大约一年了。”

“哦，还不知道这事儿。孩子呢？”

“家里小子二十三岁，眼下去了江户当差。”

“到底还是当上了右笔[1]？”

“是啊。”平八道。

大塚平八出身右笔之家，平八祖父那一代曾担任过御右笔头。那时领受一百三十石家禄，后因平八父亲任上失职，家禄被削减至八十石。这是平八元服后的事。

清左卫门回想起，由于有过这样的遭遇，大塚平八对生计、处世态度变得异常小心翼翼。清左卫门暗想，即便他如此如履薄冰，被削掉的俸禄仍无法失而复得，好在能守住家业平安传给下一代。

“是嘛，儿子在江户当差，也就放心啦。”

“算是吧。”

“娶媳妇了？”

“要娶了。”

“得寻个好媳妇。媳妇好坏跟隐居关系极大，我家也……”

清左卫门刚要开始夸自家儿媳，酒菜端了上来。清左卫门说自己人喝酒不讲究那么多，让陪酒女退下去后，给平八斟满酒。

“老伴儿身子骨可硬实？”清左卫门问。

平八答说还硬实。

“那就好。刚想起来，咱们这伙人，你第一个娶了媳妇。”

“十九岁成的亲。”平八道。两人聊了一阵子旧时闲话。“那

---

1. 右笔：武士职衔名称，侍奉贵人掌管文书撰写事务的人，相当于书记员。

时还以为是不是有点为时过早，现在回想起来，家父因那件事儿一下子没了精神，巴不得早一天从城里退下来。一年后家父隐居，我当了差。”

“是啊。”清左卫门应答着，淡淡的悔意潜入心间。当时不了解内情，对十九岁就娶上媳妇的平八极尽嘲笑之能事，戏言其为好色之徒。去婚宴上偷瞧，发现新媳妇也是个不亚于平八的圆脸蛋，更是讥讽了一番。那时很是看不起剑术不见长进又胆小怕事的平八。

清左卫门记起的事不仅限于年轻时代，对只顾勤廉奉公、视老婆孩子如珍宝、心无旁骛地往返于城下与家中的平八的轻视直到最近仍有增无减。

“怎样？尝尝螃蟹！鲜着哪！”清左卫门见平八还没动螃蟹汤便劝道。

清左卫门适度地喝了些酒，脸上都略显醉意了，平八仍没怎么喝。

“趁热喝好！”清左卫门以为他在客气，又给平八斟满酒。这时总算想起来平八说有事托自己了，“你说托我点儿事？”

“嗯，有点儿事。”平八将给自己斟满的酒一饮而尽后紧盯着清左卫门道，“你跟历任显贵很熟络吧……”

“历任显贵，在职的？”

“嗯，在职的。”

“像佐伯和大目付山内勘解由这些人？”

“不够，要再往上。”

“再往上的话，御奏者、番头、组头……”

“……”

“更往上可就是中老、家老大人了。”

“家老大人中没什么亲近的？”

“哦？”清左卫门看了看平八，平八抬眼迎视着清左卫门，“有又如何？”

“想见一见有事相求。能劳你引见引见？估摸你肯定能办成才来的……”

清左卫门“嗯——”了一声抱起双臂。虽然对平八抬眼察言观色的举动多少有些不爽，但他的恳求使清左卫门的自尊心膨胀起来，久违的感觉。

被誉为精明强干的近侍，常伴君侧显赫一时的清左卫门，与远藤治郎助、朝田弓之助、山村万之丞、内藤寅之助等诸位原家老，与现职众家老们经常是平起平坐的。事实上，家老们征求自己的意见，自己为其出谋划策；不止一次两次受邀至其私邸接受盛宴款待，绝对称得上平八所说的亲近之交。

当然了，清左卫门不敢奢望身为三屋家隐居的当下，那些昔日交情还能一如既往地用得上。他很清楚家老们要亲近的是深得藩主信赖的近侍、是近侍手中握有的权柄，虽说这样，当时与要员们的交际也并非已经成为过去，一部分还管用。平八的恳求像是让清左卫门记起了这些。

“间岛大人可否？”感受着几乎已忘到九霄云外的大权在握的快意，清左卫门问。

平八面露喜色。

“可以可以！能写封引见信？”

“所求何事？平八。”清左卫门很在意地问，“虽是给你引见，可别提些太出格的要求。”

“这请放心！”平八道，“实不相瞒，隐居后，一直在查家父那件事，有点儿情况想请教上面的人士，并非麻烦事。只要能向诸家老中的任一位进言就好，决不给你惹乱子。”

“那件事的话，间岛大人该是最清楚。那好，写封信！”清左卫门大度地说道。

间岛家老自不会简慢对待拿着清左卫门引见信的人。而且，清左卫门认为，只要与近来又散发出火药味的派阀之争没有瓜葛就不成问题。

虽说间岛弥兵卫不像内藤寅之助那般被称为即将问鼎下任首席家老的人物，却在远藤治郎助身居首席家老之时、远藤派退出权力中心朝田弓之助掌管大权后，一直稳居家老之位，真是位不可思议的老人。有人指出少了对实务了如指掌的间岛家老，藩政将陷入一片混乱，正是这种实务派气质使间岛家老成为超越派阀的存在。

“来，话已至此，大口吃螃蟹吧！”

清左卫门说着抓起铫子看了一眼平八，不由得睁圆了眼睛。大塚平八正在流汗，可不只是汗，从领口、从头发稍显稀疏的头顶，都热腾腾地冒起了汗气。

当然平八掏出纸不住手地擦拭着脸面及颈周，可汗水实在太多，根本擦不迭。

“怎么啦，平八？热？”

“嗯，可能酒喝得太多。”平八答道，脸色活像煮熟了的螃蟹。

清左卫门并不以为平八喝酒能喝到头冒热气。

三

“三屋先生，夜里可有空闲？”

授课结束，保科笙一郎刚进里间，聊天声突然炸了锅似的在学堂大厅里蔓延开来。身在其中的清左卫门小心地将《老子》抄本包进包袱布，这时一个年轻人靠近身边坐下搭话。小伙子是御使番[1]牧原赖母的长子，名叫新之丞。

牧原新之丞年龄二十一岁。听说今春起以见习身份在小姓组就职，今天歇班来保科塾上课。年轻人举止爽快得体，的确能让人感受到上士之家全面周到的礼数教养。

“夜里空闲。”清左卫门客气地答道，“天一黑就没气力再出去喝啦，夜里在家看看书最是惬意。”

“果真如此？”新之丞忽地露出恶作剧般的笑脸。并不惧怕年长之人、与之应对自如这点也显示出其受过良好的教育。“大约半个月前，有人在花房町路上看见过三屋先生，照那人的说法，三屋先生喝了不少……”

1. 御使番：幕府及诸藩的职衔名称，古代又称使役。

“这可糟啦！”清左卫门笑了。

那夜擦净冒着热气的汗水，大塚平八随即开怀畅饮起来，酒量惊人，清左卫门受其影响也大喝一通。看样子有什么人看到了自己回家路上酩酊大醉的丑态。

清左卫门笑着起身将座位移至套廊。套廊上铺着木板，午后的阳光温暖和煦，院子里盛开着白菊与黄菊。

“不敢随便说话啊，是不是被你抓住了把柄？”

“看来是，不过……”新之丞微微笑道，“三屋先生还硬朗得很，逍遥自在地根本不适合隐居，还能进进出出花房町、红梅町一带，岂不是件大好事？”

“哎呀，叫你这样一戴高帽，老夫更来精神啦！”清左卫门道，心里已经喜欢上了眼前这个小伙子，“那，找我这赋闲的隐居有何贵干？”

“啊，说实话，有个聚会想邀请您参加。”新之丞恢复了认真的表情，盯着清左卫门道，“《论语》读书会。”

“哦？读《论语》……”

“虽然这样叫，但聚会并不刻板拘束。”新之丞道。

以前就读藩校或保科塾时，有学问功底的三两个好友有时腻烦了饮酒冶游，便开始偶尔相约聚在一起读读《论语》什么的，此类聚会由此形成。

“岁数上都是中年，藩职上多属中坚，因是这么一帮男人的聚会，也用不着特地请先生来，读完《论语》再评论一番藩中时事，倒也轻松愉快。可能这轻松愉快太诱人，既有闻风慕名加入的，也有受邀前来的，眼下一般二十人参加，多的时候能聚起三十人。”新之丞解释道。

“主要成员有？”清左卫门十分谨慎地询问。

感觉人数太多。身为隐居是不能出现在藩里类似结党拉派的聚会上的。

“成员嘛，尾形七郎右卫门、鸟饲吉兵卫、植田与一郎、杉浦兵之助、臼井甚吉、花井六弥太……”

新之丞流利地报出了大约十个人的姓名。

看似没什么特别问题，清左卫门暗忖。尾形位居物头，是个薪俸一百八十石的万年物头；鸟饲吉兵卫则官拜御书院目付；植田与一郎乃新设火枪队队长；杉浦兵之助虽出身物头之家，但现在还应该在小姓组当差；臼井甚吉的代官[1]之职也大体推测得出。乍一看，似乎感觉不到有最不愿招惹的朝田派、远藤派的迹象。

“地址呢？”

“地址轮流安排，下次在郡奉行栗原先生府上举办。”

“栗原又兵卫大人？刚才像是没提这名字。”清左卫门道。栗原又兵卫是位老资格郡奉行，论派别当属远藤派。

“啊，是吗。”新之丞说着脸上现出些许慌乱，但此时清左卫门被经过身后向出口走去的两人的高声谈话分了心，不由得扭头向身后看去。

“您意下如何？”牧原的这声问话让清左卫门猛地回过神来。

“那——栗原大人府的聚会定在什么时候？”

---

1. 代官：代理官职的人。

“刚刚定下，十二月五日夜里五时（晚上八点）。”

“知道啦！蒙你特意邀请，老夫就去一次。”清左卫门道。虽在琢磨着不单单去读读《论语》，读完后要是能再听听人们的闲聊，那么聚会对自己这不知不觉远离尘世的老家伙倒也不赖。可实际上，刚才那两人的对话仍在耳畔回响，清左卫门的心思似乎没在新之丞的邀请上。

“听说大塚平三郎挨顿训就了事了啊。”

“不知他家老爷子平八找了什么门路直接到间岛家老眼前请愿，倒真管用。”

两人真真切切地说了这番话。挨顿训又是何意？清左卫门胡思乱想着刚要站起身，新之丞猛地按住他的膝头。

“并非什么人都邀请，因此您出席聚会一事请尽量不要声张。”新之丞说着，脸上浮起浅笑。尽管只剩下了四五个人，新之丞仍压低了声音。

三屋清左卫门在去栗原又兵卫府的那天夜里明白了新之丞为何要这么做。

——真没想到……

清左卫门马上意识到，这分明就是远藤派大聚会嘛！新之丞说的人的确都到齐了，但没提及姓名的也来了不少，安富忠兵卫从藩政中撤身出来后，被称为远藤派番头的原中老桑田小左卫门、远藤派组头细谷孙三郎、吉冈主膳、现职番头中野峰记，更让人意外的是，间岛弥兵卫家老也赫然就坐于远藤派一干人等当中。

另外还来了许多清左卫门不认识的年轻人，最要紧的牧原新之丞却不见踪影。清左卫门暗骂，这个不负责任的家伙！

——真是，牧原家这小子……

这可真热闹，正左思右想，聚会开始。确实朗读开了《论语》，不过怎么看都像对付朝田派的障眼法，只是手法太拙劣。

鸟饲吉兵卫读了《论语·乡党篇》里的一章，随后附加解说，可那解说驴唇不对马嘴，其中虽然时有明显歧误，听众却个个一声不吭。这读书会实在可怕。

不过，这并不影响原中老桑田小左卫门对鸟饲连道辛苦大加赞赏，在其提议接下来聊聊最近藩政情况后，座间立时活跃起来，此前死一般沉默无语的人一个接一个地提出问题，纷纷发表见解，一刻（两个小时）时间一晃而过。

聚会结束，清左卫门正做回家准备，间岛家老走近身旁。清左卫门忙说惭愧惭愧久违久违，又道：

“正要向您赔礼道歉哪！”

“因何道歉？”

“大塚平八之事。”

平八长子平三郎奉上司之命撰写公文时出了差错。对文件递交人来说，这是个令藩里颜面尽失的重大失误，因此事件处理结束后，当事人被采邑传唤接受处分。传闻处分名目本来或是削减俸禄或是撤销右笔之职，但因其父平八向间岛家老哭诉一番而获从轻发落。

清左卫门是在保科塾与牧原新之丞面谈的第二天得知以上事实的。受清左卫门之托嫡子又四郎从城里探听回了这消息。

“不了解情况就让平八拿去引见信实属轻率！给家老大人添了这么大的麻烦，真不知怎样向您致歉才好。”

“冷不丁来个上门面谈的的确吃惊非小……”间岛干柿子般黝黑枯瘦的长脸上露出一丝笑容，“你引见来的不能不见，见了又不便严厉处置。”

平八瞅准的就是这一点，现在明白了。他估摸好了清左卫门原近侍这一身份还有利用价值。

但也能够预见若是讲出实情肯定会遭清左卫门拒绝，于是隐瞒了家里小子犯错一事。总之虽是骗过了清左卫门，可那一身直冒热气的大汗是无法骗人的。

“不过，大塚平三郎这次犯的错，一旦铭记在心就不会再犯，由此判断从轻处分并不为过。话虽如此，平八有此幸运皆因轮到我值月班，换作朝田或内藤当值可不是挨顿训就能了事的了。”

“实在太谢谢啦！在下替平八谢谢您！”清左卫门说着深鞠一躬。

就算了解到了真相，清左卫门也不打算叫来平八埋怨他了。清左卫门默默地品味着平八送来的鳕鱼，与其说是谢礼似乎更该将其视为歉意。在清左卫门面前大汗淋漓之时，平八就想到了自己的所为不亚于在刀尖上行走。这对一直小心翼翼地守护着家族命脉的平八来说，难道不是他拼尽最后气力谋划的一场决定家族命运的生死战局吗？

“说到还礼什么的……”间岛道，“您看出来了，这是远藤派的聚会，气势高涨啊！不是说要您每次都参加，时不时来露露脸就很感激了。”

“可在下这隐居身份……”

“那倒不必担心。日前聚会又四郎也参加了。”间岛笑眯眯地说道，“因此才令牧原家那小子将您请来，毕竟原近侍这名头还不小哩！”

梅开之时

一

“听说师傅单膝着地开枪时，那头野猪直奔师傅而来，师傅躲闪不及被压在了下面。”

安西佐太夫说到这里止住话声，转向三屋清左卫门微微一笑。平日少言寡语不见笑脸的这家伙看起来心情似乎不错，大概是因为聊起了他最拿手的火枪吧！

“佐太夫，别停呀。”清左卫门催促道，“白石怎样啦？”

白石乃年轻时凭外记流火枪被藩里允许独立门户的白石直右卫门，安西佐太夫是白石的一名弟子。

“据一起去子持山捕野猪的人说，众人都惊叫起来，抽出刀跑向师傅倒下的地方，师傅却没事人似的推开野猪站了起来。再瞧那头野猪，眉间给直直地打穿，早就一命呜呼啦！”

“噢，枪法真准！精神头又好！”清左卫门道。

眼前安西讲的捕野猪趣闻发生在两年前，就算两年前，白石直右卫门也该年过六旬了，身板硬朗得真让人眼红。

“在下也喜欢钓钓鱼，捕野猪可想都不敢想。”

“师傅精神头足着哪……”

安西眉飞色舞地说道，同时似乎也意识到已走近自家门口，脸上略现尴尬之色。

“本应请您进屋一叙，不巧的是……”

“不啦不啦，不必客套。”

清左卫门赶紧打断安西。不太了解详情，听说五年前安西将妻子休回家了。尽管聊得意犹未尽，但让这打了光棍的安西为难可不妥。

“日落前不赶回去，儿媳又要挂记啦。”

清左卫门说声告辞，一点头转过身来。安西家所在的天王町是低俸藩士居住的町街，安西应该是在勘定方当差，家禄不足四十石。路两边排布着一列列外观朴素的房屋，再向前走，右侧建有供着四天王的御堂，町名便是由此得来。由御堂再往前，两侧则都是步卒屋院。

可能是这种町街布局的关系，天王町有着其他武家町所不具备的人气与喧闹，比方说，成群的孩子在街角嬉戏、步卒家的婆娘们站在院内大呼小叫地闲聊，毫不顾忌行人的侧目。

眼下还是二月初，日头一偏西，町街立时笼罩在一片寒气之中。恐怕是天气的原因，町街上无人般的寂静。道路两侧的积雪还没化，夕阳无力地照着随处可见的黑乎乎脏兮兮的积雪。不过，经过一整天的日晒，道路倒是很干爽。

——真是条爽快汉子。

清左卫门心里念叨，念叨的当然是刚刚道别的安西佐太夫。

清左卫门是在远藤派的那个读书会上跟安西相识的，今天也是从读书会上回来。读书会并非只限于夜间，有时像今天这样，不当班的人凑在一起也能搞个聚会。虽然仍保留了朗读《论语》的形式，但因敌对的朝田派近来不仅啸聚播磨屋，时不时还直接在家老宅邸内三五成群地集会，为应对形势变化，远藤派的聚会最近也半公开化了。

聚会结束回家碰巧跟安西同路，此前已有两三次与之搭伴，每次同行，清左卫门感觉总能从安西身上挑出些好品性。

安西不年轻了。四十岁上下，人很稳重。就是这个沉默寡言、彬彬有礼的汉子，因其外记流火枪名手的声名，在藩里无人不晓。清左卫门还注意到安西在学问上也造诣匪浅，从其言谈话语的细微之处便一览无余。

——因何离异……

虽说无意探究他人家事，可清左卫门忽地好奇得心里发痒。安西之妻是因为什么不满才离的家？还是有什么跟妻子过不下去的理由，安西才写了休书？

忽觉一阵清新的花香拂过面庞，抬眼望去，是一簇梅花。这里是步卒屋院的尽头，一株梅树的枝条探出树篱伸到了清左卫门头顶近前。枝头上，含苞待放的花蕾与零零星星开始绽放的白梅花儿清晰可见。

行走间，天已擦黑，低空中已荡漾起浅墨般的暮色，抬头所见的梅花仿佛也不是纯白色了。委身暮色的白梅色彩模糊，花香却异常强烈。

驻足观望今年头次见到的梅花时，两个留着额发的少年问候了一声从清左卫门身边走过。两人都夹着包袱，可能是在从私塾或藩校出来的回家路上。“好啊。”清左卫门应答着目送少年们远去，自己也慢慢迈开了步子。

回到家，端茶到隐居间来的儿媳说：“您不在家的时候有客人来过。”

“来见为父？”

“是啊，还是位女士呢！”儿媳里江意味深长地说道，“三十岁上下，漂亮着哪！您心里有数吧？”

“别故弄玄虚，有话直说！”清左卫门嗔怪道，但对里江的调侃并没感到不快。有女性来拜访隐居的清左卫门这件事本身在三屋家就很稀奇，所以对里江想吊吊自己胃口的心情并不是不能理解。

里江笑着赔了不是，这次直接报出了女子姓名。

“是位叫松江的小姐，您记得吗？”

“哎呀，松江……”

“说什么在江户官邸时，蒙父亲大人关照过……现在回乡办事，特来问安。”

“噢——那个松江啊！”

此时浮上清左卫门心头的，是那个还有着少女模样的年轻姑娘的脸庞。

“知道啦！此女确实在江户官邸做过事。这真是稀客，然后呢？”

“说父亲大人在家时再来拜访，就回去了。礼物收下了。”

儿媳出去后，清左卫门慢慢品起茶来。掐指算来，那件事之后已过去了十五年。

二

三屋清左卫门被传进江户官邸内宫那天是在他刚被提拔为近侍没多久那会儿，传召清左卫门的是位名叫泷野的侍女长。

“因此事对他人要绝对保密，故传你来。”泷野面带不悦地说道，接着又叮嘱一遍，下面讲的事要严守机密，不可外传。

泷野乃统管内宫仆佣的实权派，四十岁出头。面色浅黑、体态肥胖，不怒自威，对刚刚当上近侍的清左卫门也是颐指气使。清左卫门立誓，无论何事都会守口如瓶。

“叫你来，是因为有主公的推举，说三屋口风最严。”说完，泷野像要确认这话的真伪似的，目光冷峻、毫不客气地连连打量清左卫门，旋即又点头继续道，“贴身侍奉主公的侍女松江给男人骗了，正闹着要寻短见。”

“哦？”清左卫门抬眼看看泷野，心想这岂不是你泷野疏于管理所致?！自己似乎没什么紧张的必要。“那，男方是？”

“村川助之丞。”

“哈！”清左卫门道，“以前也有过此类纠葛吧！”

“第二次了。故此再三禀告主公遣助之丞回乡，可主公不予采纳，结果闹出这等丑事！”

泷野满肚子火气没处撒。村川助之丞乃村川玄蕃组头长子，本来就职于小姓组，却主动提出申请到江户当差，年纪轻轻就因痴迷于寻花问柳，臭名远扬。

“家规绝不容许不正当的男女关系！本来应该公之于众，严惩两人，可助之丞既有玄蕃大人在家撑腰，又有官邸里的犬井大人做后盾。”

犬井是指江户家老犬井茂八郎。清左卫门点点头。

“加上松江又是夫人最中意的侍女，只能私下平息事态。”

“这两位今在何处？”

“助之丞已返回官邸，松江在神田本石町的清水屋。”

清水屋是与藩官邸常有来往的绸缎庄。是泷野打发松江去那里的，助之丞却与松江相约，在去清水屋前进了与之一墙之隔的一家名叫若松的料理茶屋。松江在这里寻死觅活，吓得助之丞慌忙从清水屋搬来救兵，又请来大夫将松江抬到清水屋。

“因何寻短见？”

“助之丞对清水屋老板娘讲的是，提出分手时松江突然抽出护身短剑自刎。”

“那么，松江正在清水屋养伤？”

“正是。”

“话说回来，这两人到底在哪儿认识的？”

“芝[1]那边夫人的娘家有病人，松江每月去一次代为问候。八成是被助之丞看在眼里伺机接近的。反正，来麻烦了。”

“明白了。在下设法解决。”

“您说得可真轻巧啊！本官托您做什么了吗？您可听明白了？三屋先生？”泷野尖刻地说道。

她可能以为清左卫门是个轻诺寡信的人。

---

1. 芝：地名，位于现日本东京都港区。

“既然如此……”清左卫门说道，直直盯视着这似乎没安好心的侍女长，“松江恐怕没心再活下去了。当前要让松江精神平复下来，再接回官邸，不过这需要约莫半个月的缓冲。还有一事，就是要村川助之丞即刻回乡。”

“这事能办成？”

“您认为在下办不成吧？”

泷野目不转睛地瞅着清左卫门。瞅着瞅着，泷野脸上慢慢浮现出像在端详自己年少的弟弟似的亲切深情的微笑。“非也。”泷野摇摇头，“您一定能办成。拜托您酌情处置吧，三屋先生。”

——那时节……

清左卫门现在想来，心气有点太盛。当时心里铆足了劲儿要打个漂亮仗，惊一惊那个不怀好意的婆娘。也是因为年轻啊，清左卫门心中感慨。当时自己三十六岁。

受泷野所托的当日，清左卫门将官邸事务处理妥当，跟同僚打了个招呼后来到外面，直奔本石町绸缎庄。

松江的情况跟预想的一模一样。看到清左卫门后虽也从榻上起身行礼了，可那眼神儿却像是越过清左卫门望向了别处，对清左卫门试探性的两三次提问也不做应答。

松江身材纤细，听说她已十七岁，不过脸上还是个小女孩的模样，脖颈上缠的白布更加重了她的少女气。不过，这一印象似乎与那苍白得毫无表情的面容很是和谐地结合在了一起。清左卫门稍感惊惧地望着她。

接连几日，清左卫门天天去本石町绸缎庄探望，但毫无起色，松江仍一言不发。她面无表情，身体瘦削，甚至让人担心情况是不是比初见时更恶化了。据店里的人讲，松江几乎不吃东西。转眼十天过去了。

一天，清左卫门正要出官邸，忽地心头一动喊来花匠老人，令其从玄关旁的梅树上折下两三节长短适中的枝条。清左卫门要将梅花带给松江做礼物。

进了清水屋内室，见松江静静地坐在昏暗的拉门里侧，床榻已叠好。白布还没解下，好在松江的伤本来就是割破点儿皮的程度，未伤及血管，所以并不像病人那样一定要卧床。不过，心里的伤痛倒是不轻。

“伤势怎样啦？”

清左卫门问候道，松江转身行礼，眼睛仍然盯着远处，让人生疑她到底有没有真的看到清左卫门。行礼已毕，松江又转回身子，目光聚焦在拉门的一点上，好像回到了自己最喜欢的地方。

松江扭头望向清左卫门是在她坐正身子之后不多会儿。这是清左卫门第一次在松江脸上看到类似表情的那么点儿东西，她像是有话要问，觅食的小鸟似的转动着眼珠。

“找这个？”清左卫门伸手到背后，抓起包在油纸里的梅枝递给松江，“官邸里的梅树枝，才开了三分。”

“……”

“稍后要请这家人做插花。”

松江没吱声，在膝上慢慢拆开接过来的花包。在旁人看来，她手上动作慢得令人心焦，可不管怎么说，总算拆开了纸包。松江目不转睛地凝视着开了一半的梅花，抬头看一眼清左卫门，又将脸凑上去嗅梅花的清香。

嗅了好久，松江把梅枝放回膝上，低头哭起来。最初只是暗暗垂泪，中途变为轻声啜泣。从那哭声听得出，她已全然不顾世间一切。听着听着，清左卫门头一次感到自己对村川助之丞的憎恶何等强烈，那几乎就是身为松江之父的感觉。

“来，把梅枝拿过来，别弄坏了。”

听见清左卫门说话，松江止住哭声将梅枝还给清左卫门。这是松江第一次做出正常人的反应。

那天晚上，返回官邸的清左卫门把村川助之丞叫到自己的长屋[1]，劈头盖脸地痛斥一顿，令其承诺，必须在松江返回官邸之前提交归乡申请即刻还乡，并威胁如不照办就将事情公之于众。

三

进入客席看见端坐其间的松江时，一瞬间，清左卫门甚至以为自己认错了人。松江发福了，完全不见了以前的模样。

清左卫门感觉自己忍不住要笑出来，因为想起了官邸里那位态度傲慢的实权人物泷野。皮肤黑白姑且不论，两人的体形

---

1. 长屋：一栋房子隔成几户住的简陋住房。

相似得说是一个模子刻出来的都不为过。

可能看出了此时此刻清左卫门的表情与迎接远道而来的老相识的表情不甚相称，“久违、久违”寒暄过后，松江立马开口道：

“比起以前，都胖得不成样子了，让您吃惊了吧？”

“没有没有。”

“您不必遮遮掩掩！”松江双膝向前蹭着抢着道，接着又像被自己的话逗乐了，羞得掬起衣袖遮住脸。

这下，清左卫门也无所顾忌地大笑起来。这一来，两人间的岁月隔阂好像一下子烟消云散了。

“什么时候开始发福的？”清左卫门问。

如此近距离注视松江，只在十五年前发生那事儿的时候有过，不过之后外出公办也时时见到松江，清左卫门记得至少几年前她还没胖成这样。

而且在清左卫门记忆中，印象最深的还是事件发生时那个纤细的少女模样的松江。清左卫门不得不感叹，一个人身上竟会发生如此巨大的变化。

“就是这几年的事儿！”

“可不是嘛！以前可真苗条。”

“哎，真是！”松江大大方方地应道，话里话外毫无自卑之感，“什么原因呢？官邸里的姐妹们快到三十岁时，大都成了这个样子。”

“莫非甜食吃得太多？”清左卫门道。很怀念久违了的江户官邸的那段日子。“那家点心铺叫什么来着，一直有来往吧。”

“竹村？常吃那家的羊羹。”

“对对，叫竹村！”

“变化太大，其实都不好意思来见您。”

“千万别介意。”清左卫门道，“可能身份使然吧，松江小姐看起来更有派头了，不过松江小姐还是松江小姐，没觉出变化多大。”

“是吗？”松江不相信似的望着清左卫门，但知道清左卫门不是那种为哄女人开心而特意说奉承话的人。

事件后不久松江恢复了元气，从清水屋平安返回江户官邸。那期间，尽管麻烦事不少，清左卫门却也感觉得到，松江真是个好姑娘，甚至无法相信她竟被村川助之丞那种徒有外表的浪荡公子给骗了。

尽管现在发福了，但清左卫门觉得自己以前在松江身上感受到的聪颖、体贴等特质并没有消失，而且白皙丰满的脸上，相应地现出了与年轻时不同的优雅。

松江正了正身子又道：“三屋先生，那之后您一向可好……”

“如你所见，自自在在地过起隐居日子啦。”清左卫门给她讲起了眼下的生活，无外流的道场、保科塾的学业、早晨的散步，等等。“现在还不行，等天暖和了还要去河边钓鱼。”

“哎呀，您这不是很忙嘛！”松江说着，仔细端详清左卫门，“这么看来，您的气色也确实好，精神头十足！”

“唉，老啦！孙子都快三岁啦！”嘴上虽然这么说，听到有人夸自己精神头十足，清左卫门还是很开心。聊到这时才想起该问问松江回乡的原因了。“你回来是官邸公干？”

“不是，这个嘛……”松江低下头，面颊微微泛红，旋即又抬头像是鼓足了勇气，“不瞒您说，有人提亲……”

“提亲？给你？”

“是啊。”

“那得恭喜你。”清左卫门嘴上说着，心里却感觉像被打了个措手不及，好像从来就没把松江嫁人一事放到过心上似的。

“到了这个年纪才嫁人，真难为情……”

“哪里话，没有那一说，这可是喜事儿啊！”清左卫门说道。

这也是自己真实的想法，真心为松江崭新的人生祝福。如果没有那件事，松江肯定早就嫁为人妇了。

“婆家是？”

“金丸小路的野田。”

“哦——”清左卫门心里又是一揪。

野田家禄一百八十石，当家人平右卫门以前应该做过御供头[1]。相比而言，松江的娘家却只是御军粮库的差役，家禄充其量不过三十石上下。

尽管娘家这样，但松江自己在江户官邸却有相当高的地位。假定眼下任职若年寄[2]，那可就是能与近侍或御供头平起平坐的实权人物，在一百八十石的家门面前也丝毫不必为娘家的低俸而气短。

清左卫门判断松江的神情里没有在意身份之差的迹象，说明自己的看法是对的。这些姑且不说，听到野田这名字时，清

1. 御供头：武士时代，随从人员的头目，卫队长。
2. 若年寄：江户幕府的职衔名称。

左卫门感到有一丝不快倏地划过心头。呃，是什么呢？搞不清这瞬间的不快因何而生。

“野田家有与你年龄相当的小子？”

“听说是位叫平九郎的，听说……”松江说着红了脸，一副纯情娇羞的模样，“比小女子小两岁。”

“噢，年龄不是问题吧！”清左卫门道，“若是有缘，年龄上稍有点不般配也不会有什么，先恭喜你啦！”

“谢谢您。”松江道，“江户官邸那边，千寿院夫人马上要搬到中宅院去了，小女子要退职的话，眼下正是机会……”

千寿院是对松江疼爱有加的上代藩主夫人，到新藩主这一代，江户官邸内的势力关系想必跟以前也大有不同了。

送松江出了玄关后，清左卫门让儿媳新沏了壶茶，把自己关进了隐居间。清左卫门要探究探究与松江对话期间忽地浮现又消失的那奇怪的不快感到底来自何处。

估计隐隐约约在哪儿听到过与野田这名字相关联的什么事，至于究竟是什么事却怎么也想不清楚了，不过也感觉并不能就这样听之任之。

“呃——脑袋不灵光啦！”

清左卫门自言自语地站起身，开始做外出准备。穿起外褂，佩上短刀来到玄关，儿媳飞奔过来询问去处，接着又返回里屋取来罗纱围巾从后面给清左卫门围上。

外面还有太阳，空气却已早早地变凉了。清左卫门用围巾遮住下巴走上岸边路，目的地是町奉行所。问明町奉行在内后正要进去，恰巧撞见佐伯熊太送一个商人打扮的人从公务间出来。

“喂，有客人？”

“没事，刚好谈完。先进屋里去！”佐伯道。看来他打算将这商人模样的矮个子老者送到玄关。

“知道刚才那位是什么人？”回到屋里，佐伯问。

“不知道。”

“泊屋的当家人哪！”佐伯道。清左卫门吃惊地看着佐伯。

泊屋乃凑町鱼崎的漕运商，据说鱼崎町一半的财富都掌握在泊屋富商手中。

“那可不是个轻易出门的家伙啊，像今天这样来城下也是件稀罕事儿。”佐伯大声喊人来点亮灯火，问，“今天从哪儿回来？”

“今天没出去，有点儿事来问你。”

“嗯？特意跑来？”

“不错。认得野田平右卫门？”

“认得。野田怎么啦？”

“这几年没什么有关野田的风言风语？”

佐伯哈哈大笑，道：“岂止风言风语，因为搞不正当的互助会被町民告发，乱子大得几乎家破人亡，大概是两年前了。”

“啊？”

“那时诉状由我受理，当然不会让他家破人亡，虽说把事情平息了下去，可他那做法也真够卑劣。”

一经提醒清左卫门也想起来了，这件事的确在保科塾听到过。听说野田召集商人偷偷搞了个互助会，但这互助会极不正规，野田令仰己鼻息者混入商人里，多次暗中操作将钱财据为己有，得好处后就解散了互助会。

清左卫门还记得，聊起这件事的人谴责野田干的勾当为武士所不齿。一阵莫名的不安在清左卫门胸中扩散开来。

“野田家现状如何？”

“欠了一屁股债，都揭不开锅啦。”町奉行俗话俗说，“调解的时候野田从亲戚、熟人家借了巨款，那之前欠的债应该还有没还完的，唉，怕是叫债务压得喘不过气来了。”

“野田因何有如此巨债？”

“因为日子过得没节制呗。”佐伯道，“因为眼下还借给藩里一半家禄，所以每家每户都在精打细算节俭度日，唯独野田家两样。绸缎庄送来漂亮衣装马上买下，富川町排演戏剧忙不迭去看，不分男女都一个德性，这才是人家的家风哪！”

“……”

“噢，说不定还有别的原因，据我所知就这些。”

“我有话说，你听仔细。”

清左卫门将松江的情况讲述了一遍。佐伯不倒翁似的圆眼睛盯紧清左卫门，一动不动地凝神细听，话刚讲完当即应道：

“图的是钱！”

“钱？”

“叫松江的那女子在江户官邸当差多少年了？”

“假使从十五岁算起，粗略算来已有十七八年光景。”

“在内宫身份可高？”

“想是有若年寄这等身份。”

"那大概有三百两的积蓄了。不止，还能稍多些。"

"三百两……"

"媒人是谁？"

"听说是寺内甚八。"

佐伯笑了起来，说道："寺内跟野田乃一丘之貉！"

四

松江听清左卫门说话时，一句嘴也没插。是乱了方寸？根本没有，在松江微微漾出笑意的脸上甚至能窥见饶有兴趣的表情。清左卫门很是佩服。

"佐伯说你大概有三百两的积蓄吧？"

"还要多，约莫四百两。"

"哦——"

"因为娘家跟对方有身份差别，本打算拿这笔钱当陪嫁嫁过去。"

松江嫣然一笑，笑靥甚是甜美，脸上挂着这抹笑容，松江以江户职场女性特有的略带轻佻的口吻说道："真是上了个大当啊！"

"那如何是好？"

“当然要拒绝了。”

“没有重新考虑的余地？”

“是，没有重新考虑的余地。”

“老夫可以去交涉……”

“不啦，小女子一个人能行。”

“老夫多嘴多舌说了些不该说的，着实于心不安。”

“并非如此，三屋先生。”松江特别强调了自己对清左卫门有多么感激，“寺内先生很早以前就在打听小女子要带过去的陪嫁钱了，应该早些意识到这一点。”

松江将带来的梅枝捧到清左卫门面前，是株才二分开的梅花。

“请您留下做插花吧。自那时起，就格外喜爱梅花了。”

“今后如何打算？”

“这么多年难得回来一趟，要在采邑多待一个月，之后就回江户官邸。”

那天夜里，远藤派的聚会在四时（晚上十点）结束。清左卫门与安西一同出了聚会所在的人家，向天王町方向走去。清左卫门提着灯笼。

那夜，清左卫门聊起了往事，多数是孩提时代遇到的奇人、怪人。安西默默地听着，也不附和什么，偶尔嘿嘿笑几声。

“有个叫阿风的乞丐。”

两人走在岸边路上，马上就到天王町了。

“别的乞丐多半以为武士家都狭窄拮据，不怎么进武家町，只有阿风满不在乎。相应的，她也得了不少关照。在下在家里还看到母亲将旧衣服准备好，说阿风来了就给她。”

“……”

“至于年纪，因为搞得实在太脏，也看不出几岁，可能还是个小姑娘。之所以这么说，是因为看见过阿风的乳房。”

“哈啊？”安西叫出了声，可能觉得很有意思。

“有座寺叫龙善院，在网打町南面。”

“知道。”安西道。

“有次追赶阿风到了那里的墓地。不过，追赶她的并非在下，是个年长两三岁的家伙……”

正说着，清左卫门突然被猛地撞到一边，一道白刃的微光在屈膝倒地的清左卫门面前闪过。爬起来站直身体时，只见安西佐太夫已拔刀与一条汉子杀在了一处。

清左卫门提醒道：“莫伤了性命！佐太夫！”

其实用不着提醒了，刀剑之争早已毫无悬念地了结。偷袭过来的男子仆伏在地，安西拾起对手被打落的钢刀，随手扔进了河里。倒地之人似乎并没被砍伤，摩挲着双腿站了起来。

清左卫门走上前，用灯笼照亮那家伙的面目。是个面色青白的年轻男子。这人被灯笼光亮一晃，眯起眼睛向后退去。安西喝道：“别动！”

“这家伙是？”清左卫门问。

安西答是野田家的小子。“野田平九郎。遭他偷袭是有什么过节？”

“不可能没过节。”清左卫门苦笑道，“在下妨碍这家伙少赚了四百两。”

“啊？”

“平九郎，对你家老爷子说！”清左卫门道，“想败家？今夜姑且放过你，再搞出这种勾当，我就要上报大目付了！”

清左卫门叱声“滚！”，平九郎拖着一条腿消失在了黑暗中。看来这家伙并不怎么机灵。

清左卫门向安西道谢道：“哎呀，多亏了你！净顾着说阿风的事儿了，好险！”

“您没伤着？”

“无碍。”

说这话时，清左卫门突然意识到跟松江最般配的男人远在天边近在眼前。

从佐伯熊太那里打听到，安西佐太夫休妻是因为得知妻子刻薄对待自己身患重病不久于世的老母亲。如今老娘已离世，即使仍然健在，曾一度频临死亡边缘的松江也决不会做出那等恶毒之事。而且听说被安西休掉的妻子，可能因为还没生孩子吧，特别喜好讲排场，相比而言，勤勤恳恳攒下四百两的松江，岂不是更适合持家？

“佐太夫，想不想娶个媳妇？”清左卫门道，“虽说有点儿胖，可是个温顺体贴的美人啊！大概三十岁出头，但也不是不能生娃的年纪。”

“哈啊，可是……”

“再磨磨蹭蹭，人家可就去江户啦！一定要抱得美人归噢！”清左卫门热心地说道。

无赖

一

“客人来时可能会头巾蒙面，要直接领进屋。另外，报出老夫名号无妨，切不可询问对方姓名，明白？”

三屋清左卫门对“涌井”老板娘详尽地交代了迎接相庭与七郎时的诸多细节，老板娘说都记下了。

老板娘给清左卫门上了茶，又检查过火桶里的炭火后，道声那贵客驾到就请进这里，说着再次俯首致意。这时，清左卫门眼中映入了些许此前不曾见过的东西，是老板娘面颊上胎记似的一块乌青，相当大。

“怎么啦？你脸上？”

听清左卫门问话，老板娘慌忙背过脸去掩住那块青，难为情地笑了笑。

“丢人现眼的事儿让您看去啦。”

“说什么？别跟老夫见外，来来，不转过来给老夫瞧瞧？”清左卫门道。

尽管养成来“涌井”喝酒的习惯才不过两年光景，但因下酒菜可口加之老板娘美樱待人客气且做事仔细，清左卫门打心眼儿里喜欢这家店。

这类店子常见的陋行，如老板娘喜好招摇显摆，兜售自家招牌料理、强买强卖等一概不见，只要悄然坐进“涌井”，美味佳肴自会让人不醉不归，无需顾虑太多。因为最中意这一点，清左卫门近来一过五时（晚上八点）就急不可耐地要来喝杯睡前酒，一来二去便跟“涌井”混得很熟，算是这里的准常客了。

给清左卫门这么一说，老板娘下定决心似的将刚才一直遮遮掩掩的那侧脸颊转过来。

“请看看吧，就是这样。”

“噢——”

老板娘美樱皮肤白净，颧骨稍有点凸出。从她的眼梢到左颊处，有块乌青的血肿，看着就让人心疼。清左卫门凝神盯着那乌青问：

“看样子不像是碰在什么东西上弄得吧？”

“给人打的。”

“什么人？”

“稍后讲给您听。”

老板娘对清左卫门一笑，又俯首一礼后端着托盘出了房间。

清左卫门啜口茶，心里犯起嘀咕。

——哪个无赖？

听佐伯熊太讲，老板娘美樱本是万年町油商三海屋的儿媳妇。过门才两年便因丈夫猝死、无儿无女，被打发回了娘家。可二老因病死得早，在支藩松原城下经营着一个小裁缝铺的娘家已没了美樱的容身之地。

被休出婆家时，尽管美樱得了一些钱财，却想不出个如何借此安身立命讨生活的法子，无奈，只得又回到出嫁前做过工的红梅町料理茶屋住下做起了佣工。听说此事后，原来的公公可怜美樱，将当时正在出售的一家小店购置下来，要她做些接待商客的生意，也就是现在的“涌井”的前身。

三海屋与加贺屋齐名，是城下销售菜籽油的屈指可数的大油商，估计给她买下一家老旧的小料理屋根本就是小菜一碟，但如果美樱身为三海屋的媳妇却不受待见的话，自也难成此事。

不管怎么说，美樱得到了意想不到的幸运的眷顾，然而三海屋的婆婆却似乎认为丈夫对儿媳所做的一切太过出格，遂生嫉恨之心——佐伯不愧为町奉行，对民情了解得清清楚楚，有模有样地道出了这段往事。不过佐伯也补充道，其实，三海屋的主人，那个肚大腰圆的家伙，根本没有他婆娘及坊间臆测的跟原儿媳搞出不伦关系，这才是事实真相。

那位大腹便便很有男人气概的三海屋当家人也在几年前病死了，正如世人所评说的，“涌井”老板娘周边已不见任何男人的身影，没来由的，清左卫门也觉得这一点真实可信。也正是因为对此深信不疑，睡前酒喝起来才更醇香。

不过仔细想来，老板娘美樱与丈夫死别之后，一直单身没有再婚，而其靠山三海屋当家人病故后的几年，恰好与美樱这妇人的最后成熟期重合。

因为没生过孩子，美樱现在看起来比实际年龄年轻许多，一个不难看的独身女人，正当最美好年华时，生活中一个男人也没有，这件事可能吗？清左卫门摇摇头，基本不可能。长年供职江户期间，常喝茶屋夜酒，频赴风月场所，清左卫门对男女奥妙也略通一二。

——多半……

多半是与其地下情郎因争风吃醋吵闹或什么琐事留下的伤痕吧！清左卫门琢磨着，感觉对老板娘脸上一度令自己惊骇非常的血肿已不再那么关心了。深究争风吃醋等情事只会徒费气力。

这么想着，心绪慢慢转向了应该即刻出现的相庭与七郎身上。相庭乃原郡奉行相庭勘左卫门的长子，在江户官邸担当近习头目，年纪轻轻却被视为藩主心腹，乃颇具实力的人物。听说过其名其事，这回是与之首次见面。

相庭与七郎现已归乡。“逗留期间要见你一面”，来传话的是町奉行佐伯，“而且是点名求见”。至于相庭因何要见清左卫门，就连被叫去商量的佐伯也一无所知。

因为相庭带话来说，可能的话，与清左卫门的见面不想招人耳目，清左卫门便火速在“涌井”订了座位，等待相庭到来期间，对其究竟要谈何事，仍是毫无头绪。

二

“首先要请教您当前藩内派阀对立状况。”

相庭与七郎语气诚恳地说道，丝毫不见侍奉藩主左右实力派人物的傲慢，对方仍然将自己尊为原近侍的态度让清左卫门略感窘迫，却也很是受用。

年纪不大，礼数倒很周全嘛，清左卫门思忖着，无声地盯着相庭。相庭与七郎看起来才三十五六岁，从他微胖的圆脸上、胖墩墩的身材上感觉不到所谓的才华横溢，不过既然这般年纪就高居近习头目之位，说明他自有过人之处。

相庭压低声音道：

“实不相瞒，去年春天，石见守先生为出席采邑法事曾回来过一趟。有传言说，当时石见守先生被藩内某一派阀利用，积极协助从野盐村多田扫部处借出巨额资金。”

“主公对此事十分忧虑，吩咐在下前来查明派阀对立现状。”相庭道。

“调查此事，因何唤小民前来？”

“啊，这也是主公之意。说三屋对各派不偏不倚，最可能听取到公平公正的意见。”

清左卫门心中漾起一股暖意。当年为已故上代藩主殉职般地辞掉公职隐居起来，本以为自己早被现任藩主淡忘，然而这意想不到的信赖，着实令清左卫门感动。

但并不能因此就坦白交代自己其实已被远藤派拉进去了一

半。清左卫门道声“遵命”，相庭接着说有一事相求。

“三屋先生可记得半田守右卫门受贿案？”

“记忆犹新。”清左卫门道。

案件发生时，半田守右卫门正在江户官邸任职御纳户头，除了兜售从进出官邸的商家那里购入的物品，还主要负责管理藩里向商人们借入的钱款，据说半田在这方面很有两下子。

判明这位半田守右卫门偷偷收受相关商户的贿赂，是在清左卫门被提拔为近侍的四五年后。行贿行为屡见不鲜，有时也能起到使公务顺利进行的润滑作用，不过半田受贿可不这么简单。已查清，他是有意收取贿赂，而且金额巨大。

半田守右卫门不仅遭免职、被贬回采邑当差，还丢了五分之一的家禄。这是距今大约十年前的案子，因为发生在远离采邑的江户官邸，而且上代藩主要求秘密处理，所以只有当事人才了解详情。回乡后的半田，尽管多少经历了一些曲折，眼下应该平安无事地在采邑干着御纳户役的差事。

现在旧事重提，清左卫门望着相庭，心里略感奇怪。

“有何不妥？”

“不瞒您说，当时那案子，有疑点显示可能是冤案。”

“怎么会？”清左卫门道，但相庭与七郎接下来的话着实把他惊呆了。

半田守右卫门被革职后，同做御纳户役的东野市兵卫接任了江户官邸御纳户头一职。东野在任上没犯什么大错，于两年前归乡，户主权让给儿子，现已隐居。但最近在御纳户账本上接二连三地发现可疑之处，购置物品的数量跟藩里的支出金额完全不符。不消说御纳户，就算外行人也一眼看得出采购价格远远高出一般市价。分明就是支出过度！

针对江户官邸的费用节减问题，几乎每年都遭到采邑的严重抗议。可是连御纳户都非但不见改观，反而倒行逆施，花起钱来可谓大手大脚。而实际状况却非如此，无论藩主自身也好江户官邸也罢，并没显示出穷奢极欲大肆挥霍的迹象。

这样，剩下一种可能就是有人在账面上做了手脚，经元缔（藩里统管收入的人）将多余的钱款提取出去，也就是不正当谋财。

"结果查明除刚才说的御纳户头东野市兵卫外，还有两名御纳户役有违规行为。但在调查过程中又浮出疑点，怀疑之前的半田守右卫门受贿案，会不会是当时身为下属的东野设下的圈套？"

"这说不通！"清左卫门道，"当时老夫也参与了调查，叫什么来着，对了对了，审查过桝屋跟住吉屋这两家常有来往的绸缎商，两边都承认的确向半田行了贿啊！"

"可是三屋先生，"相庭道，气色极佳的脸上露出沉稳的微笑，"东野市兵卫当上御纳户头后，就跟桝屋和住吉屋这两家沆瀣一气，关系近得分都分不开，现已查出东野不但篡改账目，还从桝屋、住吉屋两家收取了巨额贿赂。现在怀疑东野跟这两家商户本就是一丘之貉！"

"……"

"半田受贿案，最早就是由东野市兵卫的密报而东窗事发，因此，东野在这里无论如何都脱不了诬告的嫌疑，眼下正在暗中查访。”

由此，相庭拜托清左卫门，能否暗中接触半田本人，查清这半田守右卫门是否蒙受了不白之冤。

“主公以为，假若真相果真如此，那半田案则为上代失政。也就是说，既然查明是冤案，而且结案后半田履行差职并无懈怠的话，就要考虑恢复其原先的家禄。不过因为当前不便马上进行公开复查，姑且托付给三屋，这就是藩主的意思。”

“明白。”清左卫门道。

查访半田守右卫门案，多少有点棘手，却并非不可为之。莫如说，清左卫门也为分派给自己这隐居之人如此责任重大的差事而心潮澎湃。毕竟这桩陈年旧案或多或少与己有关。

“派阀对立一事，即刻禀报，知无不言，言无不尽。可这半田案查访正所谓急也急不得。”

“啊，这您不必担心。”相庭道，“在下还要在此盘桓几日处理其他公务，之后再回江户。半田案请您在主公归乡前查访即可，查出眉目请派使者送信给在下。”

“遵命，那日后派信使报与您知！”清左卫门道。距藩主归乡还有大约一个半月的富余时间，这期间查清半田案后写信给相庭应该来得及。

相庭依然毕恭毕敬道：“恳请您酌情处置。”

清左卫门敬酒，两人这才头一次端起酒杯。相庭只呷了一口就放下杯子，向前膝行一步。

“此为在下一己之见……”相庭道，声音低得几乎像在窃窃私语，看得出相庭与七郎此时此刻正以伴君左右的实力人物的身份为履行自己的职责而说出这番话，“主公对刚才石见守先生一事甚为忧虑，理由是怀疑派阀与石见守之间是不是已达成了什么密约。”

“密约？噢——”清左卫门深感震惊，本以为只不过是藩内主导权之争的派阀对立，感觉顷刻间令人高度紧张。

现藩主膝下只有一位公子，这位名曰刚之助的嗣子偏又体弱多病。而石见守信弘则有两个儿子，并且都是众人口中极为健康聪明的孩子。所谓密约，难道不就是藩里时不时在私底下偷偷议论的有关藩主家后继之人的那档子事儿吗？这在清左卫门也不难想象。

然而执行这类密约，假使成功，当然必定会在将来为派阀取得决定性的优势；可一旦中途败露，也很可能招致极为悲惨的下场。清左卫门怀疑，不知眼下朝田家老身陷什么危境，才令其不得不参与到这可谓生死赌局的冒险中来。事实上，相庭所言密约，已与因野盐村溺亡、小寡妇美代等一系列事件而浮出水面的朝田派异样的诡秘举动完美地联系起来。如果只因从扫部家借钱出来，则大可不必如此大兵压境般高度戒备。

“原来如此，这一来诸多事情便可讲通。”

“方才之事，切不可张扬出去。”相庭道。

“当然当然，”清左卫门说着正了正身子，自己也压低了声音道，“那老夫再说说朝田派与远藤派的动向。”

那天夜里，跟相庭聊完，清左卫门回到家时已过四时半（晚上十一点）。很晚了。一直等着清左卫门还没睡下的儿媳里江问：“要沏茶吗？”

待里江退下只剩自己一人时，清左卫门啜了口热茶。突然意识到，临睡前喝茶岂不更睡不着？不过，跟相庭与七郎密谈的余兴未尽，反正一时半会儿也合不上眼了。

——老板娘那件事儿……

忽地想起，也没腾出工夫听她讲，心里不由得一沉。

虽说不想对男女间争风吃醋之事多嘴，可感觉俯首掩饰面部伤痕的美樱脸上，分明有种不可忽视的哀愁。清左卫门停住伸向茶碗的手，一动不动地凝视着映入屋内的深夜的微光。

三

城下迎来樱花季。城内二环、三环，护城河边的樱树上樱花尽数绽放，城下被誉为赏樱第一名胜的天满宫院内，眼下也正是好看的时候。太阳在树冠上明晃晃地照耀着盛开的樱花。

走在町街上的清左卫门心里很畅快。本以为会有些棘手的半田守右卫门案的查访，出乎意料得顺利，而且清左卫门以为，到目前为止，调查正向着预想的半田蒙冤的方向发展。自己心情爽快，不能说与此无关。

当然，即便案情转向承认半田蒙冤，清左卫门也不可能单刀直入地重新彻查其受贿案。首先要从外围姑且查查半田守右卫门现在的履职情况，家里的生计状况等问题。

开始，清左卫门命儿子又四郎搜集打听城内有关半田的传闻。接着，登门拜访半田上司御纳户头，询问有关半田履职态度与个人生活的情况。御纳户头三宅藤右卫门是清左卫门的老友，很痛快地回答了后者的发问，也没深究为何要打听这些。

搜集听取来的结果也令人满意。半田守右卫门获罪后，尽管从掌权人物被贬成了平头纳户差役，但之后仍勤于职守并没自甘堕落。就在被贬回乡的最初时期，周围也有过对半田投以冷眼之人，可后来看到他的勤勉及超强的处事能力，现已无一人对半田恶言恶语。另外，半田的私生活也极为谨慎，从未夜里流连风月场所，珍爱家人，不当班时就在家里摆弄盆栽花木打发时光。

清左卫门与又四郎打听到的半田的传闻，大体就是以上这些。而后，清左卫门又拜访了常常出入宫城的绸缎庄山城屋。外围准备就绪，接下来就要攻其不备了。

山城屋主人德兵卫跟清左卫门也是故交。开场先做了一番铺垫：这与司直[1]调查无关，只因另有需要才来此一问，请实话实说，切勿遮遮掩掩。当清左卫门问及交易频繁的商户们近来是否有过对御纳户行贿的迹象时，德兵卫苦笑道："没有没有。"

"以前确实相当大手笔地出资行贿过，几年前此事曾在江

1. 司直：司法部门。

户掀起轩然大波。自那以后，宫城方面总体而言，加强了对钱物的管制，可谓死板过头。其实我等也很是为难，不不，此乃实情。”

“……”

“话虽如此，私下里一文钱也不能使唤，买卖难免谈僵，能谈成的事情也谈不成了。所以，只在三屋先生您面前说啊，略微行点小贿，或到红梅町附近干上一杯这等程度的事，不敢说一点儿没有。话说回来，这与您口中的贿赂可相差万里哪！一来，就算领去了红梅町，诸位官爷也吃喝不下、坐立不安。世事难为啊！”

“认得半田守右卫门？”清左卫门问，“想必你也知道，这家伙是江户官邸那场轩然大波的罪魁祸首。这么说，守右卫门也没什么可疑的了？”

“首先，有胆量暗中收受贿赂的人，别说半田先生，整个纳户内怕是找不出一位。本来……”山城屋说着看看清左卫门，“半田先生掌管的是棉织物吧，说老实话，小人对半田先生的情况并不是很了解。您若一定要核实核实，到日雀町的骏河屋去问问如何？骏河屋跟半田先生应该非常亲近。”

说到这里，山城屋不出声地笑了，接着又道：“不过，骏河屋是不是能像小人这般有一说一，就不敢保证啦。”

清左卫门眼下正在去往日雀町骏河屋的路上。

——距受贿案大约有十年了。

清左卫门边走边回忆着往事。如果案子并非冤罪而是事实，那这十年间，半田守右卫门岂不该在某些方面露出破绽了？即便能装得出励精恪勤，也不可能长时间隐藏本性。

从这个角度考虑，应当说半田至少截至目前是合格的。为慎重起见，要先会会骏河屋，若仍不见那桩丑闻的影子，剩下的只需最后询问其本人十年前那案子真相到底为何，不过从此前的良好印象来看，半田蒙冤真大有可能。

——问明原委……

假使半田提交蒙冤诉状，而其诉求又合情合理的话，那就该帮他一把，清左卫门甚至连这一步都想到了。

知道骏河屋的字号，见其当家人庄八这还是头一次。清左卫门对来这里多少有些顾虑，不过自报家门后，对方倒是知晓清左卫门乃何许人也。骏河屋庄八被原近侍的造访闹得手忙脚乱，亲自头前带路将清左卫门请进了里面的客厅。

店里的伙计端来茶点，清左卫门与骏河屋客套了几句时令话题。寒暄期间，骏河屋似乎也在不断猜测清左卫门来访的目的。于是清左卫门叙说起昨日查访山城屋的经过，坦率地点出半田守右卫门的名字，将该问的问题都提了出来。

直截了当地抛出半田的名字，是因为御纳户役半田守右卫门励精恪勤的形象深刻心头。预想对方的回答自然也该是明确的否定。骏河屋庄八这位商人有着和蔼可亲的笑脸和洪亮有力的嗓音。

然而清左卫门的期望落了空。骏河屋脸上突现狼狈之色，接着低下头陷入沉默。

“您说这并非官府调查……”骏河屋抬起头问，“那讲出来也不会给定罪喽？”

“这点上我会尽力，请如实回答。”

尽管清左卫门这么说了，骏河屋还是犹豫不决，最后总算下定决心似的坦白道：

“虽说并非称得上贿赂那般的巨额钱款，但半田先生提出要求，每月多少弄点儿钱交给他确是实情。既不说租也不说借，什么字据都没有，这归根结底就是您说的贿赂吧？”

四

半田守右卫门承认收了骏河屋的贿赂。清左卫门沮丧地问：

“这么说，就算十年前那案子是冤案，老夫也不能替你张口要求恢复家禄了？”

“不能。”半田道。

半田双肩宽厚体格健壮，头发却已白了一半，年龄应该比清左卫门小两三岁，但脸上沟壑纵横皱纹遍布，看起来更显老态。

半田承认从骏河屋收受贿赂，却一口咬定十年前那桩案子是子虚乌有。如果这是真的，那容貌巨变也许就是这个背负着无端罪名的汉子身心俱疲的外在表现。清左卫门已动了恻隐之心。

“此事就佯作不知吧！不过当然不能做无罪处置。对江户方面还是要说那桩旧案属实。”

“……”

“也就是说，恢复旧家禄一说不再成立，但骏河屋一案也不予追究。如何取舍悉听足下尊便，就在下设想而言，查出受贿新罪证，定使主公对足下印象更差，别说恢复家禄，能否再赐给足下出头机会尚是疑问。”

“请大发慈悲……”半田道，汗珠不断从脸上滑落，“如有可能，拜托就依您言，从轻发落为盼！”

“不过，要给骏河屋正式立个字据，明确几年还清，此乃先决条件。”

“当然当然！”

“十年前那件事也……”清左卫门心生疑念道，“当真没受贿？”

“当真当真！”半田抬起头，用手掌擦去汗水断然道，“冤枉啊！您查查便知。”

半田离开“涌井”时，感觉他那身架像是小了一圈。看看剩下的酒菜，竟滴酒未沾。

——可是……

想不通啊，清左卫门思忖着自斟一杯端至嘴边。

疑点是，半田真如他自己说的在十年前那桩案子中蒙了冤的话，那么这位廉洁的半田缘何时至今日又搞出收受骏河屋贿赂这等勾当？清左卫门当然对此穷追不舍严加盘问，可一说到这里，半田便如老牛一般沉默，闭口不答。

是因为家中出了什么需要用钱的事情，还是这家伙因无端蒙受冤罪而展开报复？

——这个半田……

马上就要隐居了。贿赂是不是与这有关？正想到这里，突然从“涌井”门口方向传来什么东西破碎发出的尖锐声响，接着又听到了女人们的惊叫。

清左卫门抓起刀跑到走廊上，疾步奔向玄关。这次听到一个男人的吼声，震耳欲聋。到玄关一看，土间[1]里站着一个穿着便装的汉子，高声叫嚷的正是此人。

“喂，美樱！”男子对“涌井”老板娘直呼其名[2]，“乖乖交出钱来！再像刚才那么唠唠叨叨，就一把火烧了你这店子！”

老板娘美樱脸色苍白地站在玄关旁。在厨房帮工的两个妇人和一个轮席陪酒的年轻姑娘紧贴美樱背后，身子不住地打战。

“涌井”的土间里，一面墙边有块细长的床席[3]，用屏风隔开，这里可容纳数人坐下喝酒。眼下只有三个手艺人模样的汉子正在对饮，听到吵闹声都放下酒杯目瞪口呆地望着闹事的家伙。这一副无赖相的家伙脚边，放置在土间里的陶瓷大狸子摆件已被打得粉碎，碎片散落一地。

“喂，看什么看?!”无赖男踢飞脚下的碎陶片，转向了一旁的酒客，“老子可不是好惹的！怎么着？你们?!”

无赖男阴笑着逼近酒客，双手伸向慌忙移开视线的手艺人

1. 土间：没有铺设地板的泥土地房间，与玄关相连，可视为门厅。
2. 直呼其名：日语中通常对关系亲近的人才可光叫名字。
3. 床席：高出周围地面的席位。

们的饭桌。转眼间，酒壶、酒杯、盛着下酒菜的盘子全被打翻在土间地上。酒壶摔碎，酒洒了一地，香气飘散开来。

“别捣乱啦！”老板娘美樱上气不接下气地喊道，“怎么对客人动粗?!”

“那就照老子说的，拿钱来！”

“没钱给你！”

“啊?! 这次想断条胳膊?”

这是个衣着得体相貌英俊的年轻人，但分明是个无赖；做出这番令人不齿的举动，却依然脸色青白目光冷静，眼光像能刺人般凶狠；一口江户话，牙尖嘴利。

无赖男对站在玄关一角的清左卫门视若无睹，直盯着老板娘美樱，打算跨上玄关。女人们见状又尖叫起来。

一直密切注视事态发展的清左卫门这时才向前一步。已看清无赖手上没有匕首，清左卫门一戳无赖前胸，将其推回土间。

“捣乱可不行啊！敢捣乱！”清左卫门趿拉起鞋子下到土间，身子紧贴上来，抓住其肘部要害，“妨碍来店里喝酒的客人，岂有此理！快快回去！”

“老爷子，要多管闲事?!”

“当然！”清左卫门不断用力将无赖推向出口方向，“勒索妇人，最令男子汉大丈夫不齿！看着就让人恶心！快走开！”

无赖被向外推搡时，眼睛却盯着清左卫门握在手里的刀。

“瞧这个？这可不能轻易出鞘！休想动歪脑筋！”清左卫门拉开门，将无赖甩了出去。手上留下了抓起蛇又丢掉时那种令人厌恶的感觉。

五

由老板娘美樱侍候着，清左卫门又喝了约莫半刻（一个小时）光景后站起身来，老板娘递过来一个包袱问:“是三屋先生的吗？”

不是清左卫门的东西。

“并非老夫之物，原在何处？”

“壁龛角上。”

“该是刚才那客人的。”清左卫门道。

包裹着文书之类的薄薄的包袱，像是半田落下的。清左卫门匆匆看了看里面的物品，随后停下双手，目光投向半空。包袱果然是半田的，里面的东西却很出人意料。是账本与扎成捆的欠款偿还字据。这些账本、字据显示半田在某一时期从被称为城下最阴险的高利贷儿玉屋勘七那里借出五十两巨款，每月返还高额利息的情况。而且最新收据上的日期就是今天。这就是说，半田今天也去儿玉屋还利息了。

清左卫门将视线转回到默默地注视着自己的美樱身上，又把文书重新包好。

“请代为保管，稍后他本人会来取。”

清左卫门说完出了“涌井”。没提灯笼，好在时辰还早，町街上灯火通明。虽然稍有醉意，只是这醉意还没影响到脚下步履。清左卫门心情愉快地走在夜路上。

——无赖男？

清左卫门心里合计，刚才那无赖决不会就此善罢甘休，是不是该先跟佐伯熊太说一声？

小无赖名叫清次，是从江户流落到此的厨子。大约四年前，美樱雇清次做工。清次烧菜手艺不赖，哄骗女人更是手法高明。不到一个月，美樱就跟清次发生了关系，很快陷进了这个比自己小的无赖挖好的坑里。

幸好没用多长时间就发现这男人毫无诚意，是个只想从女人身上榨取钱财的彻头彻尾的无赖。清次是个欲壑难填的败家子，拿着骗来的钱吃喝嫖赌，不久就连厨房都不进了。美樱很害怕，半年后给了他五十两做分手费，好歹把这无赖赶出了“涌井”。听说他揣着钱返回了江户。

现在这无赖又回来了。这次好像要故意显露本性似的，一上来就张口要钱拳打脚踢。美樱脸上乌青的血肿就是这么来的。

“真糊涂啊，你们这些女人。这种男人还看不明白？”

美樱低头笑了。清左卫门看得出她那面带愁容的笑脸上分明布满了不幸。

——最好……替她打算打算。

正在前思后想的清左卫门突然被拦住去路。三条身影挡在身前，刚要细看，其中一人已转至清左卫门身后。这一断掉退路的举动，很是敏捷娴熟。三人都连头带脸用手巾裹得严严实实。

“喂！武士老爷！”

对面一人开口叫道。是清次。清次手里早已握上了明晃晃的匕首。多半因为被推搡出“涌井”憋了一肚子气，来打击报复了。

“刚才坏了老子的好事！弟兄们说得给你这老东西点儿厉害瞧瞧，正候着哪！”

清左卫门看看另外一人，又转身瞧瞧背后那家伙，这两人也都手持匕首。三人埋伏的地点是花房町尽头，主街上的灯光照到这里已非常微弱。清左卫门解开短刀刀绳，松开鞘口按住刀柄，身体慢慢靠向路边。

去纸漉町道场练功从不懈怠，清左卫门自以为跟这些家伙动起手来不会吃亏，问题是自己喝了酒，手脚动作可能难以随心所欲。而且跟町民动刀更得做好精神准备，要慎之又慎。万一失手丢了武士颜面，那将铸成有辱家门的终身之耻。

——总之情况不妙！

清左卫门思索着。脚下不稳、光线昏暗，跟这群不知死活的无赖拔刀相向实在不是个好主意。

克制住内心的紧张，清左卫门道：

“此处太暗，到个稍亮的去处如何？”

“说什么蠢话！”清次讥讽道，“想逃可不成！这儿最合适！”

“是嘛！好，来吧！”清左卫门说着迅速拔出短刀。

“老家伙拔刀啦。”清次叫道。无赖们毕竟心虚，稍稍退了几步，不过似乎没有逃走的意思，仍朝这边虎视眈眈。

很快，无赖们步步逼近，缩小了包围圈。之后就没人再出声，场面阴森可怖。

就在这时，路上现出灯笼微光。灯笼像是从邻町进了花房町。看到灯光，也旋即看清了走近前来的提灯之人的面目。灯光中映出半田守右卫门沉痛的一张脸。

“守右卫门！当心夜贼！”清左卫门大叫一声抡刀闯入敌阵。用刀背打中一人肩膀又打在另一人腿上。无赖们挨了揍却仍杀将过来，清左卫门舞刀将其匕首全都挑飞。

回过身来，只见扔掉灯笼的半田正用力击打剩下一人的后背。无赖们惨叫着仓皇逃窜时，落在路上的灯笼也熊熊燃烧起来。

“没砍伤他？”

“啊，用的刀背。您没伤着？”

“没有。哎呀，真帮了大忙！”清左卫门道，这是真心话，“回刚才那店，再喝点儿！”

“啊？可是……”

“知道，回来拿落下的东西？”

“是啊，要命的东西落下了。”

“嗯，那个另说，再去喝一杯！我请客！”两人沿原路折回，清左卫门又叮嘱半田道，“只是再喝一顿啊，虽说得足下拔刀相助，刚才说的事可不能作废！”

“明白明白。”半田守右卫门道。

三年前三十两，过了约莫半年又二十两，半田守右卫门总共从儿玉屋借了五十两。清左卫门将这两张欠款字据推至儿玉屋当家膝前问道：

"半田说过为什么借钱吗？"

对这个不怎么抱希望的问题，儿玉屋勘七答道："说过。"

"因为他家孙儿得了重病。"

"哦？"

"病情极重，城下郎中手里没有现成的有效药物，就从江户熟悉的大夫那边要来，听说药很贵很贵。"

"孙儿病情如何？"

"调养了两年，现已痊愈。应该说是臭名昭著的儿玉屋的脏钱救了半田先生家说不定就是继承人的那个孩子的小命哩！"

儿玉屋勘七阴笑起来，布满皲裂般皱纹的黑脸油光锃亮。清左卫门紧盯着这张脸问：

"没还完的本金还剩六两多？"

"不错不错。半田先生的为人您也晓得，一文不少地还来啦。"

"可你这高利贷已经赚到不少了吧！怎样，当家的？还到这份儿上了，没有给半田减减利息、拖拖还钱期限的意思？"

"您啰唆什么哪?! 三屋先生！"儿玉屋勘七收起笑脸，毫不掩饰地露出狰狞面目，"这不像才干过人威名远扬的三屋先生您说的话啊！放贷这行当，利息就是命根子，都讲人情世故，买卖就做不下去啦！"

大败而归啊！清左卫门嘀咕着，从看起来只不过是间普通民房的儿玉屋出来。

走在不见人影寂静无声的后街上，清左卫门又琢磨起半田守右卫门的事儿来。为救病重的孙儿欠下高利贷，半田因此受贿，这些都不必再问。在清左卫门眼中，明知是高利贷却仍然借下巨款，半田此举，就如同在对家人赎罪，尽管家禄被削是冤枉的。

也许自己多虑了，清左卫门思索着，很快踏入店铺林立的主街。傍晚的主街上，购物的人群熙熙攘攘。难道就再想不出个对半田有利的良策了？清左卫门走在人群中，还在不断苦思冥想。

脑中又现出头发花白一脸沉痛的半田的面容。

草热[1]

1. 草热：青草散发的热气。

一

三屋清左卫门患了夏伤风。本以为身体持续发热并不断出汗是连日来天气炎热滴雨不降的原因，某日换过一件被汗水浸湿的内衣后突然受了寒，莫名其妙地就流起了鼻涕，毫无疑问是伤风了。

儿子夫妇很是担心，尤其儿媳里江，一方面向大夫求药煎了要清左卫门服下，另一方面又苦口婆心地劝清左卫门卧榻静养，后者只得大白天也在隐居间铺开床榻躺着不动。

不成想这伤风在清左卫门自珍自爱地卧床后越发露出本性变本加厉起来。汗还是多得擦不迭，之后嗓子又疼，喝点东西都疼得咽不下。而且可能因为发烧，脑袋终日昏昏沉沉，甚至耳朵好像也出了问题，什么声音都听不清楚，食欲就更不用提了。

隐居间朝向院子一侧的套廊窗子全开着，走廊上的窗户和拉门也都打开了，故此卧床的清左卫门头顶上通风倒是很好。

被风拂过的胸部、手臂还有伸出浴衣[1]的脚尖等处感觉像被干热的气息包住，不知不觉间后背已被汗水浸透。每每打个盹醒来，清左卫门觉得自己简直就像一张纸，轻飘飘无依无靠。

躺了约莫三天，腿脚突然又绵软无力，一站起来身子虚得直打晃，这真把清左卫门吓坏了。尽管平日里又是忙钓鱼又是去道场的锻炼腰腿，不过清左卫门心里也明白年龄不饶人，可只是一次伤风就搞得下不了床，这在年轻时想都没想过。

里江却极有耐心地坚持抓药煎药，看到清左卫门食欲大减，便绞尽脑汁编排出一套菜谱，包括醋腌芜菁、浅渍小茄子、红娘鱼味噌汤，白米粥再配上酸梅干，不许婢女插手，自己下厨亲手烹制，只求清左卫门多搛一筷子，真可谓下足了气力。功夫不负有心人，折磨清左卫门数日的伤风最终败下阵去。

尽管如此，等到异常的发汗彻底平复、咽喉不再疼痛、食欲恢复正常时，已过去了半月有余。好长的一次夏伤风。

二

清左卫门腰插短刀、头戴草帽，一身闲人打扮来到町上，

---

1. 浴衣：夏季穿的单和服。

他要去纸漉町中根道场看看。

拖着自以为无大碍的双腿到了院外踏踏土地，还是觉得心里没底。一不留神就感觉脚下平衡尽失，犹如踏空一般。清左卫门一路上边走边小心留意着脚下。

阳光火辣辣地烧烤着地面，升腾起的热浪反扑进草帽里。被儿媳劝说应戴上草帽再出门时，清左卫门考虑到有损形象心里老大不痛快，可现在看来，要是没这草帽，走到纸漉町还真不容易。

——里江这媳妇……真是个有心人啊！

清左卫门感叹。没有里江的悉心照料，伤风能不能痊愈还真不好说。

感念里江的同时，这次闹伤风又让清左卫门心生另一番感慨。当然也不是什么特别的感慨。只是心里不时有这样的念头闪过，要是死去的喜和还在的话……

并非对儿媳不满，可身为病人接受儿媳照顾，多多少少拘束也是事实。

比方说，只消里江一句话："不正儿八经吃饭，伤风就好不了，不爱吃也得吃。"清左卫门再没有食欲也得照里江吩咐吃光端上来的饭菜。心里也明白，正因为这样，难缠的伤风才得以痊愈。明白是明白，可对方若是死去的妻子，说不定自己就会摔了筷子："不想吃的东西如何吃得下?!"生病期间，清左卫门心里净巴望着赌赌气任任性发发小脾气了。

里江再周到，毕竟也是儿子的媳妇。对妻子可以使的性子对里江却万万使不得。这些不言自明的道理，好像得了病才刚刚意识到。不过这些道理也诱使清左卫门进一步深思，平日里为与儿子小两口共同生活和谐相处，也许自己已经在无意间格外地客气起来了。

清左卫门得到里江的精心照料，感谢还唯恐不及，要是再抱怨什么自是无理取闹了。可这精心的照护，愈发凸显了丧偶老人的孤独也是显而易见的事实。这步入老境的孤独感一直伴随着清左卫门，脚下小心翼翼地好容易赶到了纸漉町道场。或许病痛也使人的感情更脆弱了。

进了道场，难得一见，平松与五郎正在指点后辈。平松像是瞅准清左卫门跟道场主中根弥三郎寒暄已毕，凑近前来，打过招呼将清左卫门请到了道场一角。

“前些日子的聚会，您没参加吧？”平松稍稍压低声音问。显然，这该是指几天前在番头中野峰记宅的聚会。平松现在也参加远藤派的聚会。

“这个嘛……”清左卫门也压低了声音。其实少年们挥舞竹刀激烈互搏的高叫声就在近旁，根本不怕被人听去，可到底一涉及机密话题就自然而然地调整成了防范隔墙有耳的低声。“害伤风啦！倒是接了通知，没去成。”

“伤风？”平松稍稍侧过脸，像在检查什么似的端详着清左卫门，“这么一说，您气色真是不太好。”

“说是夏伤风，可真不敢小瞧。竟让老头子我躺了十来天。好容易能起得来了，今天走来这里就当练练腿脚。”

“可真是！”平松深表同情地连声道，紧绷的浅黑面膛上现出的表情却好像未有太大波动，“这样的话，您没听说那晚聚会上混进了那边的人，出了乱子？”

“没听说，那天又四郎也因值夜班住在城里。”清左卫门道。平松说的“那边”当然是指与远藤派对立的朝田派。“混进来的是个探子？还是只是棵墙头草？”

“间岛先生、桑田先生他们判断是来打探我派动向的，苦于无凭无据，只好放人了事。”

“确实，没造成流血冲突就好。”

“是啊。组头吉冈先生还有另外几位大为不满，说了些狠话，不过，大多数意见以为与对方明火执仗地针锋相对还为时尚早……”

“混进来的家伙是谁？”

“郡奉行的手下，叫金井祐之进。”

“金井？”清左卫门吃了一惊，“百人町的金井？”

“正是。您认得？”

“非也。”清左卫门含糊地摇头道。心想这家伙一定是自己的旧交、性情乖僻的金井奥之助家的小子，只是不愿将奥之助的名字说出口。“不认得他本人，认得他老子。”

“是嘛。”平松点点头，并没有要深究的意思，接着淡淡一笑，改口道，“有关金井，大多数人以为这个干乡村巡察的家伙不怎么张扬，也有些人觉得他太古怪，接了探子这差事多半……”

道场一角响起的叱责声打断了平松。道场高徒土桥谦助正在训斥两个少年。

被这大嗓门吓了一跳，其他人也停下手中竹刀向那边张望。清左卫门向三人扬扬下巴问：

“土桥发什么脾气？”

“挨训的是野添森三郎和户川章吾。”平松也转向正在发生争执的道场一角，“两人今年春天起关系突然变坏，一言不合就大打出手，虽说如此，却也没什么特别的深仇大恨。”

“哦——”

“我等亦有过这般经历……”平松说着启齿一笑，露出一口白牙，“其实就是精力过盛！血气太旺、四处滋事的年纪，野添瞅瞅户川，户川瞧瞧野添，应该算是碰巧找到适合自己的打架对手罢了。”

两个少年被土桥掐着后脖梗拽到了道场主中根面前，又被中根摁着脑袋互相道了歉。说是少年，瘦高的身量都快赶上矮个子的土桥了，这些孩子双颊已布满了红红的粉刺。

两人道歉、冲突平息后，周围的少年们也回去练功了。“今天怎样？”平松问，“您不累的话就稍陪您活动活动。”

“不可，绝对不可！”清左卫门道，“难得你一番美意，老头子我身子虚得好容易蹭到这儿，动手绝对不行。”

清左卫门正说着，中根走过来说喝杯茶吧。练功也像是接近尾声了。

三

清左卫门被引进中根的起居间喝茶，接着，进屋续茶的中根之妻也加入了两人的闲聊，不知不觉中竟过去了不短时间。

清左卫门辞别中根夫妇，从主屋返回道场，这里已空无一人。在与中根喝茶时，平松跟土桥来露过一面，那时练功便已结束。

几缕猩红的阳光斜斜地从空荡荡的道场的格子窗照射进来，映照着地板上的灰尘。穿过光影向出口走去时，憋闷的热气中不知是少年们留下的汗臭还是什么的酸腐味，微微刺激着清左卫门的鼻孔。清左卫门关上厚重的杉板门，来到外面戴上草帽。

日头正渐渐落向町街后面，清左卫门迈开脚步，感觉日头像走绳网似的随自己一起在一家家的屋顶和树丛间移动。尚且看得见的落日留下的热气，如烧焦了的尘土般，从地面上阵阵升起。清左卫门将目光移向脚下，回味着平松在道场说的话。

——金井奥之助……了解儿子的所作所为吗？清左卫门思索着。

虽说不可能仅凭平松的话就弄清金井之子是个怎样的人，但偷偷潜入敌对派聚会，绝对是稍有差池就可能导致刀剑相向的危险行径。只强调性格古怪、言行轻率或炫耀胆量，是解释不通的。

从这一行为中，清左卫门嗅出了某种狂热的情绪，换言之则是所谓强烈的使命感在作祟。

——恐怕……

清左卫门断定，祐之进这孩子恐怕已立誓要为朝田派献身了。正如平松所言，既然是个性格古怪的家伙，那自然而然地带上为派阀献身的狂热色彩亦未可知。

但无论如何，都很难想象祐之进这小子仅凭狂热就会主动请缨这等有送命风险的任务。金井的儿子，想必从小就在脑中刻入了父亲一百五十石的家禄被削减为二十五石的记忆。献身派阀的背后，一定有挽回被削减的家禄的愿望。

这么一想，清左卫门忽觉金井奥之助对儿子的鲁莽行为或许并不知情。据金井曾经偶然透露出的情况得知，他隐居后因遭家人疏远而惨淡度日。以前的抱负未能如愿反遭削减家禄的金井，上年纪后因年轻时的失策备受家人苛责。想必如此。

——总之……

金井之子加入朝田派，无论奥之助同意与否，三十年前三屋家与金井家的选择，也就是选择哪个派阀的纷争仿佛又清晰重现。清左卫门不由感慨万分。

孰沉孰浮不得而知。只不过仍像三十年前一样，各自追随着自己的信念将一切赌在派阀上而已，清左卫门感到心情比刚才沉重了几分。不敢保证己派一定获胜，金井祐之进发迹而又四郎落魄也极有可能。

刚要拐过一个街角，清左卫门忽地停下脚步。感觉看到前方有什么东西吸引住了自己。那儿有两三户手艺人家，店头竖放着一些木料，再就看不到别的店铺了，町街上静悄悄的。要拐过去的路上，洒满了余晖，光亮晃得人几乎睁不开眼，而清左卫门一路走来并一直向前延伸的这条路上，现出了一条条像要劈开路面横穿过去的细细的影子，这些影子大多又沉入了傍晚昏黄的暮色中。

影子是中根道场那群本应早已回家的少年的。十几个少年各自将竹刀及练功服担在肩上，聚成一堆站在町街一角，像在为什么事争吵，恶语声也随之传来。让清左卫门驻足不前的就是从那里迎面扑来的浓烈火药味。

清左卫门收回已转过街角的脚步凝神望去，立刻认出了被包围在少年们中央、刚才在道场挨了土桥谦助训的野添与户川。清左卫门本来眼神儿就好，虽说看眼前的东西开始吃力了，但远处却看得清清楚楚，甚至以为眼睛比以前更好使了。

现在仍面色铁青怒目相视的两个少年的表情，在清左卫门眼中一览无余。

——嗯？

刚才的争执还不打算了结？清左卫门正琢磨，少年们突然迈开了脚步。看来像是谈妥了什么，然而感觉那火药味非但没有消失，反而更加强烈了。

清左卫门回身追了过去。追归追，其实清左卫门对少年们散发出的火药味并没太多担心。显而易见，他们似乎要将在道场没解决的纠纷做个了断，清左卫门也有过亲身经历，很清楚有见证人在场的比斗不会有什么关乎生死的危险。说是少年，像野添、户川这样十四五岁的人，早应具备相应的判断力了。

促使清左卫门在少年们身后追赶的并非担心，毋宁说是一种眷恋的心情。少年们的行为，让清左卫门时隔多年又看到了几十年前的自己。

拐进小巷时，少年们已消失得无影无踪。道路骤然变窄而且经过町民住户的庭院前，迷宫般分出数条岔道，一时间让清左卫门茫然不知所措。好在路不太难寻，清左卫门穿过房檐低矮的几户人家来到町外，随即发现了刚才那群少年的身影。

那是片夏草丛生的荒地。少年们所在之处远得出人意料，这里多半是町上孩子们的游乐场，他们却偏偏选了块秃山顶似的寸草不生、裸露的红土油亮亮闪着光的地方。少年聚集处附近，被还没完全落下的夏日夕阳照耀着，清左卫门没入了从脚下直拖到空地里的长长的房屋的暗影中。呛鼻的青草热气包拢住了清左卫门的面庞。

听不到少年们在嚷嚷什么，突然间，野添跟户川动起了手。

四

不出清左卫门所料，野添森三郎跟户川章吾赤手空拳地打在一处。两人带的短刀大概保管在做见证人的少年们的手里。

清左卫门面露微笑。因为听不到声音，互搏双方的拳脚招式看起来像木偶的动作般呆板僵硬。眼前这光景让清左卫门想起了一件事，事情发生时，清左卫门与眼下正远远望着的少年们同龄。

清左卫门师从中根与一右卫门研学无外流到十九岁，同时期的同门还有町奉行佐伯熊太及当今道场主当时还姓渊上的红脸少年中根弥三郎。回忆中的事件发生在比清左卫门年轻的天才剑士渊上弥三郎拜入师门前，清左卫门十三四岁时。

那时清左卫门跟熊太虽然也是朋友，但与另一位友人的关系比熊太还好。友人名叫小沼金弥，是个身材修长的美少年，不过金弥性格中稍有些轻率的地方。这位小沼金弥及当时那事的另一位主角吉井彦四郎都是中根道场的同门。

小沼金弥与吉井彦四郎基于何种原因导致了决斗性质的大打出手，现在怎么想也想不起来了。只是依稀记得金弥痛骂彦四郎，说彦四郎到处散布一位町民少女的坏话，而彦四郎根本不认得那个女孩，至于导致事件发端的少女姓甚名谁也不记得了。

而其后发生的一切之所以清晰地刻印在记忆中，是因为事情落到了清左卫门身上。

四十年前的那个夏日，清左卫门他们跟远处那些少年一样，成帮成伙地拥出道场。金弥跟彦四郎在道场里就说好要来场决斗，只差找个场地了。而场地也大致有了目标，应该没什么可犹豫的。

跟今天的少年们相反，清左卫门他们到了道场前的路上后，直直地向北走去。穿过日雀町，在紧临的钓瓶町转向东北方向，很快到达一个名曰正馨寺的禅宗荒寺门前。沿只住着一位守寺老人的空阔荒寺院墙转到后面，这里是一片开阔的野地。

野地一角有块湿地。夏天，苇莺在苇丛中筑巢，叫声不绝于耳，这片空地素日里可不是嬉玩的场所，而是像今天这样作为一个用于解决纠纷的场地，大多数人都心知肚明。这种地方，另外还有两三处。

清左卫门他们踏入空地那日也是个大热天。分开没膝的草丛，走向湿地对面那片露出地面的空地时，草热气扑面而来。照耀草地的是晚夏黏糊糊的夕阳，草穗低垂，苇莺也已止住了啼鸣。

“趁天还没黑赶紧做个了断，如何？”佐伯熊太瞅着落向苇丛背后的斜阳说道。熊太那时起就善于领头，很爱管闲事。

“随时奉陪！”吉井彦四郎说着，举止沉稳地将腰间短刀递给身旁的少年。小沼金弥也想解刀，手却抖得怎么都解不开。

“怎么啦？”当时还叫清之助的清左卫门问。

金弥抬头看了看清左卫门，他似乎本想朝清左卫门笑笑，结果笑得比哭还难看。手哆嗦得更厉害了，就连从腰间解下刀来这点儿事，都做不到了。

——怯场！

清左卫门心里明白。知道他不是个胆大的，可这超出预想的怯懦，让清左卫门吃惊之余更痛心。今后，金弥必将沦为笑柄。

金弥又抬头看清左卫门，眼神像在求助。那面容苍白血色尽失，煞白的脸上抽搐般的似哭非哭似笑非笑的表情忽沉忽现，一会儿要是往决斗场里推他一把，明眼人都能看得出，别说拳脚相向了，金弥肯定会放声大哭起来。清左卫门跟金弥四目相视。不知何故，清左卫门感到内心似乎正在遭受那恐惧至极的目光的谴责。

小沼金弥异样的表情，显然也已被其他少年发现，清左卫门马上就听到有人低声耳语，还听到有人在偷笑。清左卫门从人堆中向前踏出一步。就算无法避免沦为笑柄，至少也该让金弥所受伤害轻一些。

清左卫门直视着吉井彦四郎道:“我替金弥跟你打，没问题吧!”

“别胡闹！三屋!”佐伯道，声音低沉骇人,“让小沼自己上!”

“怎样?”清左卫门没搭理佐伯又问。

吉井彦四郎瞥了一眼金弥道:“行啊!”

少言寡语的彦四郎应答着，利索地将裤裙左右下摆撩起又在开口处掖紧，围在四周的少年们见状一阵骚动。清左卫门也把短刀交给熊太，收拾利落身上衣服迈步走到彦四郎面前。

清左卫门面颊上突然挨了一拳，还没来得及细品口中蔓延开来的血腥味，这会儿彦四郎已冲至面前揪住了清左卫门。彦四郎身高虽不敌清左卫门，骨架却相当宽厚结实，拳脚也迅猛有力。

不过被对方先发制人的清左卫门也已预感到彦四郎接下来的招数，一拧身将彦四郎的脖子挟在腋下，握紧拳头猛击其头部。不料清左卫门被彦四郎从后面向上抱起，身子轻飘飘地离了地，接着又被重重地摔了下来。

五

清左卫门抬起头，视野内已空无一人。既不见决斗双方的野添跟户川，少年们也消失得无影无踪。幻视般的诡异之感掠过心头，定睛细瞧，房屋的黑影已爬进荒地中央，太阳也完全没了精神。可见清左卫门走神时间有多长。

从草丛间溜出来的阳光，爬上了此前并没留意到的荒地一角的一棵树，在细细的树干上反射出少得可怜的微光。树后是一大片绿色的稻田，这片穗子尚未鼓胀起来的稻田虽还沐浴着夕阳，却也因日薄西山而变得一片昏黄。

——吉井彦四郎死了。

那是棵什么树？树冠枝叶像鸟巢般伸展开来，泛白的树干还闪着微光，清左卫门神情恍惚地远眺着荒地一角的这棵树，心里默默念叨。

替小沼金弥打了一架后，清左卫门跟吉井彦四郎也开始有来往了，两人经常扛着鱼竿去阿灿沼钓鱼。沼在城南小山脚下，传说很久以前有个叫阿灿的姑娘被领主传召却拒绝进城，最后投身沼中。两人在这沼里钓鲫鱼。

吉井彦四郎这少年举止沉稳少言寡语。清左卫门跟彦四郎几乎不会像跟金弥在一起时那样放声大笑，但两人默不作声地垂下钓线也能乐在其中。清左卫门钓鱼的爱好就是在那时培养起来的。

从城下到池沼所在的小山脚下大约有小一里的路程。途中经过两个村子，在往返的路上，彦四郎有时也会张开他那紧闭的嘴巴说点什么。

这样来往了近一年的时候，有一天两人在钓鱼回来的路上遭遇了一场惊天动地的雷雨。尽管两人都注意到雷鸣在远方响起并立刻踏上了归途，但天空好像有意在等着两人动身似的，眼瞅着就暗了下来，就在刚才还照耀着四周的树啊草啊的太阳转眼间就变了脸，简直令人难以置信。

可能雨已经下开了，归途方向的城下那边夜一般昏黑，雷声向头顶滚来。俨然在撕扯天空的钝光接二连三地闪耀，轰隆隆的滚雷在头顶上东奔西走。那是一种仿佛要将两人体内所有气力攫取殆尽的威吓之声。清左卫门预感自己和彦四郎将遭遇前所未见的危险局面。

两人此时已沿田间小路走在归途中。清左卫门克制着内心的恐惧指指前方村落。

“跑去那里吧！”

“不可！”彦四郎冷静地制止道，“跑起来更危险，就这样走过去。”

彦四郎刚说完，清左卫门突然嗅到一股什么东西烧焦了的煳味，觉得眼前被闪过的白光完全遮蔽。没听见雷声，却有种被一股强大的力量抓起来的感觉，与此同时，白光也在脑袋里爆裂开来，清左卫门瞬间失去了意识。

苏醒过来时，两人都倒在地上。想站立起来腿脚却绵软无力，清左卫门只得爬向彦四郎那边。头发略焦、稍有鼻血流出的彦四郎已断了气。彦四郎身旁的地面被掘起一块，前方路边的草丛也焦黑一片，像是被火焚烧过。

清左卫门还记得，自己不知不觉呜咽起来，将彦四郎的脑袋扶上膝头时，倾盆大雨从天而降。

之后，金弥出息了。清左卫门回忆着往事返回小巷，将荒地甩在身后。贴近小巷路面，弥漫着缕缕炊烟，清左卫门嗅到了阵阵饭香。清左卫门心想儿媳怕是要担心了，不由得稍稍加快了脚步。

小沼金弥供职近习组不久后，继承家业改名为惣兵卫并转职勘定组。之后突然崭露头角，如鱼得水般将一身计算才能发挥得淋漓尽致，在组内连续晋升，最后当上了勘定奉行。家禄当然也增加了五六十石。

任职勘定奉行的最后时期，小沼惣兵卫跟城下富商勾勾搭搭中饱私囊的风言风语虽然在私下里被传得有鼻子有眼，但他最终没露出任何马脚，早清左卫门两年功成身退隐居起来。清左卫门隐居后跟这位惣兵卫见过两三面，不过去年听说小沼妻子病故时，清左卫门并没去参加葬礼。

尽管没什么隔阂，但在清左卫门的情感深处，早就产生了一种违和感，这就是感觉惣兵卫以某一时间点为界，变得跟以前的金弥判若两人，跟他交往无法像对同为旧友的佐伯熊太那样敞开心扉。或许是因为回忆起了这尘封已久的往事，清左卫门心中闪过一个极想见见惣兵卫的念头。想来两人都已丧妻隐居，追逐出人头地加官晋爵的血腥时代一去不返，都该回归到与往昔相似的境地了。

——成了鳏夫之后……

清左卫门试图想象一下惣兵卫过得怎样，得到了儿媳的精心照料还是遭受了冷淡对待。连性格都变强悍了的这家伙，如果还遭儿媳冷遇，倒也怪有趣，清左卫门在心里坏笑起来。

即或得到了精心照料，也会像本老汉这般无拘无束？喝上一杯聊聊这些，肯定会是一道不错的下酒菜。

——明天吧……

回到原先宽敞的大路上时，清左卫门已下定决心，尽早去会会他！清左卫门打起精神，拖着因中途节外生枝而极度疲惫的身子，走过日落后泛起微微白光的町街。

六

"能出来？"

听清左卫门问话，小沼惣兵卫使劲点点头。

"当然能！来得正是时候！"

脸儿细长的小沼的儿媳妇请清左卫门进屋坐，后者坚决不肯，就在玄关土间等着做外出准备的惣兵卫，然后跟从屋里出来的惣兵卫一起离开了小沼宅院。

"身子无异样？"到了外面，惣兵卫问。

"别提啦，害了伤风，半个多月时起时卧。"

"那可不成啊！伤风厉害着哪！"

惣兵卫皱皱眉。他体格健壮，看起来可不像能害伤风什么的人，这家伙到底是从什么时候变成这样一个壮汉的呢？对旧时的惣兵卫知根知底的清左卫门内心深处不禁又隐隐涌起了一丝违和感，真难以想象。

惣兵卫没看出清左卫门的困惑，用他那乌鸦般嘶哑的嗓音问道：

“伤风治愈了？”

“治好啦！所以今天既是祛病又是解暑，约你出来喝一杯。”

“不错不错，对，喝个痛快！”

夕阳渐沉，町上还很热。斜阳无力地看着两人跨过一座桥的背影。

“合计着去‘涌井’，怎样？”

“都行，不过今晚跟我来！”惣兵卫说着突然东张西望地四下踅摸起来。两人正走在店铺林立热闹非凡的商人町主街上，在町街尽头十字路口处向右拐，就是小料理屋“涌井”所在的花房町。

惣兵卫在找瓜，他在傍晚顾客盈门的青菜店买了两个甜瓜。

“不瞒你说，”惣兵卫拎着用绳扎紧的瓜边走边说，语气谨慎郑重，像在吐露一个秘密，“最近养了个妾，年纪不大。”

“啊?!”清左卫门吓了一跳，上下打量惣兵卫，“你精神头可真足！”

“精神头？胡说什么！”惣兵卫停下脚步，盯着也驻足不动的清左卫门，似乎很惊诧地问，“你已经连这点儿精神头都没啦？”

“没特别想要女人啊。”

“可怜的家伙！”惣兵卫说着又迈开了步子，“才五十来岁，可不能老得太快！”

“没觉得多老……”清左卫门略作反驳道，“不过，现在再养女人也太费周章。况且，也不像你那样有建妾宅的财力。”

“这话真难听。”惣兵卫面露不悦，“你说的要是谣传我受贿那些话，作为挚友未免太无情！那是个天大的误会！呃，谣言起因已经查清。所谓起因，你也晓得……”

惣兵卫一边详细解释，一边脚下生风地引清左卫门进了商人町后街。

“好吧，不聊这个啦。”清左卫门道，“令郎夫妇倒真能答应。”

“当然也反对，只不过装装样子罢了。”惣兵卫微微一笑，“隐居这玩意儿，清之助，”惣兵卫叫起了清左卫门以前的名字，“对小两口而言，嘴上虽不说，其实就是个累赘，得供吃供喝，还得打扫浆洗。”

“……”

“去别处半天一宿的，什么也不必他们操心的话，小两口也能歇口气。我想的是这些，别以为我就是个老色鬼。”

“有道理。”

“对吧！我就是病倒也想倒在这个家里，不愿让儿媳照顾！”

“到了！今晚在这儿喝一杯！”小沼惣兵卫说着在一户造型雅致的民房前站住。眼前的宅院看起来无处不讲究，想必造价不菲。

拉开顺滑的格子门，惣兵卫冲里面招呼一声，请清左卫门进了屋。

“阿初，我买你爱吃的瓜来啦！”

一个睡眼惺忪小嘴圆脸的姑娘走出来，接过瓜与清左卫门见礼。瞧模样还完全是个孩子，清左卫门对惣兵卫的口味大为疑惑。

“乖乖在家待着了吗，阿初？”惣兵卫像在讨好似的说道，“今晚想就着你做的菜喝一杯，把老朋友领来啦。”

小姑娘瞥了清左卫门一眼，只是启齿笑了笑，没给个明白回话就消失在了厨房那边。

“喂！”清左卫门跟着惣兵卫走向里屋，“几岁啦？这还是个孩子嘛！”

“十九喽！”惣兵卫得意扬扬的脸上皮笑肉不笑，“是不是有点儿羡慕啦？你也张罗一个怎样啊？”

酩酊大醉，难受至极的清左卫门出了妾宅。来到主街上，露出秋的迹象的明月照着空无一人的街道与家家户户的屋檐。

惣兵卫一个劲儿对清左卫门夸耀自家的小妾，小妾则只是默不作声斟酒布菜，没看出有多开心。惣兵卫已经醉醺醺的了，还不时讨好小姑娘几句。这可是曾位居勘定奉行的人哪！受其款待倒另当别论，清左卫门感觉浑身不自在。

——到底……

病倒的时候，这年轻的妾女到底能不能像对待亲人一样精心照料他可真是个疑问，清左卫门感叹。不过惣兵卫也好自己也罢，确确实实都到了因为这些事而焦躁不安无所适从的年纪，清左卫门忍住头痛，一路走来一路感慨。

雾夜

一

“这红芜菁味道不错啊！”町奉行佐伯熊太忙不迭地伸筷去搛老板娘端上来的腌芜菁。“最爱这口，不过这么早就腌好了？红芜菁这玩意儿，不是刚开始腌嘛！”

“对啊！您可真懂行。”老板娘美樱说着手脚麻利地在清左卫门的小桌上也摆上了红芜菁和在这一带被叫作麦穗鱼的烤鲽鱼，“红芜菁就甭说了，麦穗鱼也鲜着哪！听说才到捕捞期，昨天刚开始上市。请尝尝吧！”

“麦穗鱼啊，很鲜嘛！”町奉行的筷子又伸向麦穗鱼，“嗯！好味道！”

“谢谢您！”

“说到捕捞期，雷鱼不也快了？”

“没到，雷鱼还得再冷些以后。”清左卫门答道，“不下场雨夹雪，不会从海里上来。”

“说的是啊！”“涌井”老板娘随声附和着给清左卫门和佐伯

斟满酒，“雷鱼得到供财神爷的大年夜那会儿才能捕。”

老板娘又各斟一杯后出了屋子，佐伯指着清左卫门桌上的芜菁问：“这些不吃了？”佐伯自己那份早已吃光。

“看来这菜相当合你口味啊！”清左卫门将几乎没怎么动的盛着腌芜菁的小钵递给佐伯。

“有了它，别的酒肴都成多余的啦。”佐伯说。

“听樱井孙藏说……”佐伯道，接着又不放心地问，“晓得樱井？”

“当然晓得。鹿泽通[1]的代官嘛。”

“嗯。听孙藏说，这种叫红芜菁的东西在平地上种不好。”

“哦？”

“倒是在鹿泽通那种旱田居多的山地里种的，收成又好味道又香。也就是说，适于瘠薄之地而非肥沃之田。”

“颇有研究嘛！”清左卫门道，“论起吃来，看不出你也很有独到之见啊！”

然后两人又互斟一杯，回到了因老板娘进屋而中断的话题上。

也不是多严肃的话题，不过是听佐伯聊聊最近藩里上层的动向罢了，而且在老板娘端来烫酒和补加的小菜时大致聊到了尾声。

“可以说眼下双方都在观望。”佐伯说完“咕嘟”一口将烫酒喝干，“话虽如此，却也并非从此就相安无事了。早晚出大乱

1. 鹿泽通：地名。

子，预感相当强烈，尽管朝田派这阵子老实得很。”

“嗯——”

“像在等待时机，依我看来。”

“等待时机？什么时机？”

“这个嘛，不清楚。大约一个月前朝田派遣使者去了江户，表面公干，其实不然。”

“……”

“认得近习组黑田这人？”

“要是说黑田欣之助的话，认得。”清左卫门道。因野盐村村妇美代那件事，这年轻人来恫吓过清左卫门。

“黑田这家伙有点小能耐，在朝田派里正初显头角。使者就是黑田跟乡村巡察村井寅太。村井身份虽低却是直心流高手。”

“哦？配上护卫了？”

“不错。这也可看作黑田欣之助此行责任重大的证据。这二位尚未归乡。”

“这么说，”清左卫门道，“朝田派应该是在等他们回来喽？”

“与其说等人，不如说在等两人从江户带回来的什么指令。”

“有什么线索？”

“不好说。情势不再有新进展的话，很难揣摩。”佐伯又拎起铫子，给清左卫门和自己的杯子斟满，“另外，远藤派的聚会你还一直参加？”

“偶尔。算是充个数吧，隐居老家伙犯不上卖力。”

“那就好，分寸要把握到位。”

“你又如何？已经选好哪边了？”

“我是町奉行啊，清左。”佐伯熊太挺起胸，刚挺直却打出个响嗝，连道失礼，“应以公平为宗旨的百姓司寇[1]，决不可参与派阀纷争！”

佐伯表完态，将最后一块红芜菁郑重其事地扔进嘴里，咽下后端起杯子又忽地转向清左卫门。

“对了对了，听到件怪事，最近见过成濑喜兵卫？”

“没见。”清左卫门摇摇头，“很久没见了，他怎么啦？”

“这个嘛，听了吓你一跳……”佐伯猛地仰头将杯中酒一饮而尽道，“好像突然痴了！”

“什么?! 痴了?!”

“听说是。”佐伯聊起了最近听说的成濑喜兵卫突然间呈现出的衰老昏聩之像。

据说今年梅雨时节开始成濑的举止明显怪异起来。首先，几乎不说话了。尽管本来就少言寡语，可现在极端到连家人跟他搭话，他都不回一句。再就是整天坐在隐居间套廊上呆呆地望着外面，坐姿也是此前从未见过的立膝[2]而坐。手扶膝头下巴抵在手背上，跟招财猫姿态无异。

对一日三餐也不感兴趣，要不是家人强行让他坐到桌前，他根本没有吃喝的意愿。都以为他不想吃东西了，他却又从屋后菜园拔出萝卜洗也不洗就啃起来。

夏末之时，又发现了更让人惊异的情况。成濑喜兵卫每晚都趁家人熟睡时溜出房间，不到早晨不回来。不知他瞎逛到了

1. 司寇：官名，掌管刑罚、监察之职。
2. 立膝：支起一条腿坐着。

哪里，手脚衣物上净是泥巴，人也筋疲力尽，摸回家时简直要累趴下了。

“难以置信。”清左卫门喃喃道。如若属实，那真太不幸了。

成濑喜兵卫长期任职御勘定目付，前几年隐居。年轻时名曰喜之助，在无外流中根道场做过代理教头，是清左卫门他们的剑术前辈，因训练野蛮而有了“魔鬼喜之助”这小有名气的名号。根本想不到他是个现在就会“痴了”的人。

“他什么岁数？”

“年纪嘛，”佐伯道，“应该比你我年长四五岁。”

“如此算来，五十九、六十了。”清左卫门突然感觉周身凉飕飕的，“人到这个岁数就痴了？”

“因人而异，也没什么稀奇。”佐伯又道，“你我马上也要到这年纪了，都得留神啦！”

“话是这么说，变痴这玩意儿还不是说来就来？”

“说的没错，不过经常活动身子骨，精神头十足地过日子，也不至于突然就痴了。”

“也是！”

“总体说来，太早隐居可不成！瞧瞧咱，不像明天一下子就变痴了的样子吧！”佐伯炫耀起自己的现役之身来，“成濑让出家业是不是也太早了？受朝田派冈安茂太夫关照，就在前些日子还劲头十足呢！”

“哦？他是朝田派的人？”

“怎么？你不知道？”佐伯道，“是啊，那家伙隐居才三年就变成了这模样。”

“听了心里堵得慌，真丧气！”清左卫门道，“怎样，要个豆腐汤什么的，再稍来点烫酒？”

说着，清左卫门拍了拍手。

二

可就在那之后没几天，三屋清左卫门又听说了痴呆老汉成濑喜兵卫另一条颠覆性消息。消息来自无外流道场主中根弥三郎。

“前几天，成濑隐居老先生来过。”将清左卫门请进主屋起居间的中根说到这里压低了声音，“给三屋先生留下话就走了。”

“留了话？”

清左卫门盯着中根像要在他脸上找出点什么似的，中根丝毫不为所动，继续道：

“正是，说要私下见您一面。不过并不急，只要三屋先生来时留个话就好。”

“哦？”

“三屋先生，您知道小鹿町有个叫‘茅草花屋’的小料理屋？”

“没进去过，门头知道。”

“请您方便时去‘茅草花屋’，唤来名叫阿缟的陪酒女，告知尊姓大名后成濑先生即刻便到。”

成濑家所在的狩衣町跟小鹿町背靠背，道理上讲得通，清左卫门暗自思量。

不过，此前被佐伯熊太灌输了那样一番话后，对中根所传“留话”不可能无条件相信。这莫非也是“痴了”的一种表现？清左卫门将信将疑地问：

“成濑隐居，看不出有什么反常？”

“反常？没有没有！”中根连连摇头，摇到一半像是被清左卫门的话提了醒，忽地想到什么似的微微皱起眉。“嗯，照您这么一说，可能比以前显老显瘦了，再就是胡子也留得老长，感觉多少有些邋遢，话说回来，老前辈他又不在城里当差……”

“看不出病态？”

“看不出看不出，一点儿也看不出。”中根微笑道，“身子骨看起来很结实。因为老前辈还开玩笑说：好久不见啦，教你一招如何。就在道场上比画了比画竹刀，哎哟，厉害着哪！这把年纪了，刀法几乎还跟以前一样，竹刀耍得刚劲有力，真把晚辈们震住了！”

“不愧为魔鬼喜之助啊！”

“确实如此。”

中根弥三郎感怀往事般说道。中根在成濑继承家业一年前入门，受魔鬼喜之助严苛训练的记忆之深，理应刻骨铭心。

三

中根弥三郎的话让清左卫门心乱，第二天夜晚，清左卫门姑且去小鹿町“茅草花屋”看了看。既然收到了成濑喜兵卫托中根留的话，而且还附上一句“切不可与他人言”，很显然清左卫门不可能佯装不知。

——什么事呢？

清左卫门估摸，怕是什么机密事件。

到达“茅草花屋”，直至进了里面一间屋子，应该说还是半信半疑。不过，中根所说的陪酒女阿缟确有其人。阿缟二十四五岁，肤色浅黑眉眼周正，清左卫门一提此事，阿缟连忙点头。

“您说的事儿小女子知道。请您在此慢饮稍候。”阿缟道。

显得知书达理的阿缟手脚麻利地备好酒菜后，又嘱咐一次“稍等片刻”便不见了踪影。

可之后过了一刻（两个小时）光景，阿缟也没回来。

看似没几个房间的店子，这“茅草花屋”的生意却相当兴隆。自斟自饮的清左卫门耳中，断断续续地传来醉闹的人声与歌女的曲声。而且，刚进店时没注意到，二楼像是也有纳客雅间，不时听到头顶上有客人吱吱嘎嘎的走动声。

边喝酒边等成濑的这段时间里，清左卫门感觉一丝奇异的心绪潜入胸间，这是一种前所未有的不安。

不安的原因，就在于成濑喜兵卫乃朝田派的人这一点上。

清左卫门尽管不在前方冲锋陷阵，却也是雷打不动的远藤派。阿缟出门早就过一刻了吧。那眼下该是五时半（晚上九点）以后了。远藤派的人跟一个明显的朝田派深夜相见，会不会有什么不良后果？

——当然……

自己又不是大人物，清左卫门自我安慰。原近侍这一履历虽不容轻视，可那时侍奉的是前藩主，当前不过是一介隐居的身份，并非能给派阀造成什么影响的重要角色。

会不会是什么人设下了一个卑劣的圈套？与朝田派成濑喜兵卫会面一事，会给清左卫门本人或三屋家甚至远藤派带来灾祸？这种可能不敢说绝对没有。

——自己略草率了？

清左卫门自责起来。佐伯的话还在脑中一隅回响，对痴了的成濑抱有不必要的同情心是否不太合适？

清左卫门拎起铫子，酒已经没了。尽管只是一小口一小口地呷，一刻光景也足够把酒喝光。已经等得够久，不来就不来吧！清左卫门心意已决。

正要击掌喊阿缟来时，简直就像被揣摩透了这一心思似的，隔扇一开，阿缟进了屋子。阿缟面现惊慌之色。

“实在对不住，让您等了这么久。”阿缟连连道歉。

“成濑先生来了？”

“这……”阿缟轻轻挪动身子，凑到清左卫门身边耳语道，“请您多包涵，能上二楼来？”

“……”

“请您看点儿东西。”阿缟道。

阿缟领清左卫门进了一个楼梯口旁面向主街的空房间。一进屋阿缟就迅速拉合隔扇，屋子里漆黑一片。

不过清左卫门马上注意到有光亮从别处透过拉窗照了进来。小鹿町并非红梅町那样的茶屋町，只在町的一个小角落里集中开设了一处料理茶屋和几家小料理屋。

即便这样，这里比一般的町民住家地带也是热闹得多，檐下灯笼直到深夜仍光华如初照亮街道。染亮拉窗的，正是从外面照射过来的灯笼之光。

阿缟蹑手蹑脚地穿过房间，将拉窗一点一点地拉开。冷冷的夜气袭进屋来。阿缟从拉开了约有一寸的拉窗边凝神向下窥望，不一会儿，打了个手势，示意清左卫门也来看一看。

清左卫门将眼贴上拉窗缝隙，被灯笼照亮的前街映入眼帘。视野中格外明亮的地方，可以推断是“茅草花屋”的灯笼发出的亮光，而灯笼本身因被房檐遮挡住并不在视线之内。

灯光中，偶尔有人影缓缓走过。走过去的有成帮结伙的汉子、商人打扮的家伙，还有一对中年男女。那之后突然就没了行人的踪影，显然，阿缟并非要在这儿观望行人。

清左卫门也发现了那些人影。就在“茅草花屋”的灯笼勉强能照射到的街道对面一侧，有间挂着一个大招牌的店子，名曰“松前昆布”。当然，店子早已打烊，店头放置的雨水桶旁，站立着两名武士，两人面向“茅草花屋”，身子一动不动。

“看见了。”清左卫门回头说道。

凑近前来的阿缟小心翼翼地合上拉窗。清左卫门嗅到了浓烈的脂粉香味。

返回楼下房间，阿缟端来热酒，说成濑喜兵卫今晚不来了。

“成濑先生说因为被人监视，不能进店里来，要向三屋先生道歉，请三屋先生稍安勿躁，喝尽兴后请自行回府。成濑先生就算来过此处，恐怕现在也该回去了。”

“说的是。”

“酒菜钱算在成濑隐居先生账上，请您莫要挂怀。”

“噢，这倒不必多虑，刚才那些家伙是什么人？”

“哎呀，这可不清楚。”阿缟像是没被告知详情。

“这种事，时有发生？”

“是啊，从夏天开始。”

清左卫门合计起来。这与佐伯熊太说的“成濑痴了”可有关联？

“你去通禀的成濑先生？”

“是。”

“看来你们关系相当亲近啊！”

“直到五年前，小女子还在成濑先生家做佣工。”

“原来如此，那是该亲近。”清左卫门端起阿缟斟满的酒。从一开始就自斟自饮，感觉稍有些醉意了。不知不觉间语气已经舒缓下来，“那接着又来小料理屋做工的可真不多见。”

“嫁过一次。”阿缟脸一红，接过清左卫门递来的酒杯，面露羞赧之色笑道，“可是您瞧小女子这粗人粗相，离婚啦。后来为见点世面来了这里，这店子是姑母家的。”

阿缟的话让清左卫门弄明白了成濑为何要托付这女子及这

家店子。若不能再用这店，对成濑肯定是个沉重打击。

“有点儿事跟你商量，”清左卫门问阿缟，“知道花房町的‘涌井’？”

四

清左卫门走进“涌井”时，成濑喜兵卫早已在座。好久不见的成濑两腮塌陷头发稀疏，看起来完全就是一位耄耋老人了，这让清左卫门震惊不已。两人久违久违地唏嘘了一番。

“上次贸然惊扰，给您添了诸多不便，实在对不住。”成濑郑重其事地道歉，木讷的语调跟从前一模一样，“因无其他可托之人只得纠缠于您，在您眼中老朽想必已是肆意妄为之辈了。”

“哪里哪里。”清左卫门连连摆手。

因为成濑的家禄、身份都在清左卫门之上，虽说他言辞谦和，可细瞧面前的这位老者，那眼神那腔调分明就是曾经的代理教头、货真价实的成濑喜之助。清左卫门听他说话，总觉得心里七上八下。

“吾辈眼下皆为隐居之身，以后说些什么都算作原中根道场同门闲聊罢，请您有话直说就好。”

“说得是啊！”

“即便说到中根道场，您是魔鬼喜之助，小老弟我一直只有挨揍的份儿，感觉甚是心虚……”

成濑苦笑一声。好在僵硬的表情已松缓下来，看样子心情舒畅了不少。

“今夜可顺利？”清左卫门用面对前辈的口气问。

成濑点点头，道：

“多亏有你安排，得以平安至此。”

清左卫门对“茅草花屋”的阿缟及这边的老板娘千叮咛万嘱咐，成濑一进“茅草花屋”，马上就让他从后门出来，沿花房町后街从“涌井”的厨房门进来。如此这般地布置了一番。

一切顺利的话，就算有人尾随成濑，也应该还盯在“茅草花屋”附近。

“‘尾巴’呢？”

“在‘茅草花屋’门口。”

“是些什么人？”

“朝田派的小年轻。”

成濑说到这里时，老板娘美樱跟陪酒女一起端来了酒菜。不过她们看屋里情形似乎觉察到要有密谈，摆好酒菜后，两人只斟了一杯就退了出去。

“这里头一次来……”成濑喝口酒，四下打量屋内，“店子蛮漂亮嘛！跟‘茅草花屋’简直是天壤之别。”

“这店鱼好吃。请您也多来捧场。”

“唉，怎么说都是隐居之身，不可能常来小料理屋吃喝了。”

“都一样。”清左卫门也笑了，“虽说儿媳妇照顾得周全，给足了在外头吃喝的花费，却也不便三天两头地来……”

“那……”成濑突然搁下酒杯正了正身子，“先说说托你之事。”

“请，有话尽管讲……”清左卫门说着也放下杯子，不过因为不知成濑所托为何，感觉心里紧张得要命。

“远藤派的头面人物中，哪位都行，有跟你关系亲近的合适人的话，想请你引见引见。”

“哦？”

“也盘算过直接冲进不管哪位的宅门里如何，可前辈我是众所周知的朝田派，不管说什么，都担心对方未必相信，故此想到拜托你，怎样？能否接受？”

“朝田派的成濑先生要见远藤派的头面人物，能让后辈我听听因何事由？”

“一言难尽。”

“可是连事情的大体轮廓都不得而知，传起话来会有困难。”

“事态实在紧急。”见说到这份儿上清左卫门仍一声不吭，成濑低头沉思起来，随后抬起头压低声音道，“简单一句话，主公家里要出大事。”

“……”

“此事切不可声张。”像是看到清左卫门还没回过味来，成濑用犀利的目光盯着清左卫门接着说，梅雨时节，在番头冈安茂太夫府举行的聚会上，听到了一段不容置之不理的密谈。

“密谈双方是宅主茂太夫跟朝田家老。前辈我当时着凉闹肚子，那天因借用宅主家的茅厕，熟门熟路地跑进了里面，回来路上偶然听到了两人的密谈。当然并非有意要听才去听的。”

“……”

“可真不走运，偏偏在听到密谈那一刻给人发现了。就算不能断定确切地听到了什么，他们也怀疑前辈我听到了，至今仍在怀疑。”

“哈哈，难怪派人盯梢。”

“没白没黑地盯。”成濑抬手揉揉鼻根处，看来已相当疲倦，“外出有人跟着；出门办事，各个重要地段都布置了眼线。”

“……”

“前辈我觉得有必要把听到的事情跟什么人说说，起初根本不知道该对谁说。本应直接禀告主公，却又没那门路。好容易意识到跟反对派的什么人说说也不错时，四下看看，又是刚才说的这种状况。也想过比如直接闯进远藤先生府上如何，可没等闯进去就得打起来，而且如刚才所言，人家到底能不能相信前辈我的话也很是疑问。”

“于是就想到后辈同门了？”清左卫门道，“后辈我也以为这是个好主意。那，密谈说的是……”

“为保自身安全，还是不知为妙。”

“唉，早已骑虎难下，或多或少一定要知道点什么！”

“说要下毒。”

“对谁？”清左卫门惊愕地盯着成濑，“主公？还是御世子？”

成濑喜兵卫摇摇头，塌陷的双颊上很明显地现出一道道深深的皱痕，从脸色上看得出，他不会再吐露一字一句了。

清左卫门端起铫子，给成濑斟满酒。

“请放宽心。明天就去转告间岛先生。”

“拜托你酌情处置。”

“想必受了不少苦吧！”清左卫门喝了一小口滑菇汤，酒和滑菇汤都凉透了，“装痴卖傻就因为这？”

“一败涂地！”成濑道，“倒是骗过了家人，那帮家伙可能根本不信。”

“放心！没什么可担心的啦！”清左卫门下了保证。

“酒和滑菇汤都换热的上来吧！”清左卫门提议道。

五

将成濑喜兵卫留在间岛家老府内，清左卫门和平松与五郎来到外面。这是个暖煦煦的夜晚。尽管已至初冬时节，萦绕路面之上的白雾此时仍看得清清楚楚。大概是黄昏时分那场骤雨的留痕吧。

“什么人也没露头哩！”清左卫门道，“本以为肯定有人出来……”

“不出来最好。”平松道。

联系上间岛弥兵卫后，清左卫门让平松与五郎做成濑喜兵卫的护卫。因为预想到一定会有人出来找麻烦，阻碍成濑进间岛府。

可从跟平松同道去接成濑，直到三人抵达间岛家老的宅前，竟然一个有这意思的人也没出现。不对，一个人也没出现这说法不太恰当。

成濑家附近有人监视，是个小伙子。不过这小子在两人叫成濑来到院外时已不见了踪影，之后再也没有什么人跟踪而来的迹象，仅此而已。

“看见平松在场，害怕了吧。”

“不像，不会那么简单。”

两人穿过昏暗的宅邸町向河边走去。在快要走上沿河路时，清左卫门被平松拽着衣袖拐进了中途一条小巷。平松将手中灯笼吹灭。

“怎么啦？”清左卫门吓了一跳。平松“嘘”了一声示意低声。

“有埋伏。”

“哦？哪里？”

“牧原先生府旁。”

“没注意啊。”

“回去。”平松道。

两人折回原路，贴着有埋伏一侧对面的墙根轻手轻脚地摸回间岛家老府近处。就地藏身巷口等待时机。等眼睛逐渐适应了黑暗，看清楚匍匐路面的雾气正缓缓蠕动。

不过四半刻（三十分钟）工夫，间岛府院墙内有灯光闪动。随即小门打开，提着灯笼的成濑喜兵卫走了出来。可能是夜色映衬之故，成濑嶙峋的肩背更显瘦削了。

成濑快步奔向沿河路。隔开相当远的距离，清左卫门和平松也紧随其后。

半路上，三条黑影突然插进了成濑和清左卫门他们之间。黑影似乎并没意识到螳螂捕蝉黄雀在后，仍沿墙下如爬行般向成濑追去。

“不该稍微靠近些？”清左卫门低语。

平松说：“这样就好，这样就好，”随后又加了一句，“不成问题。成濑隐居先生早已察觉。”

成濑喜兵卫上了沿河路。好像就为等着走上这条宽路似的，后面的人影一齐冲向成濑，追到身边劈头就砍。

成濑扔掉的灯笼燃起火光间，白刃翻飞寒光闪闪，无声的激战如火如荼。清左卫门看得一清二楚，成濑喜兵卫的身姿上一时擦着地皮儿左冲右突，下一刻又高高跃起前劈后斩。

发动袭击的家伙们已有两人倒地，剩下一人拖着腿好歹逃命而去。

“真开了眼，全用刀背！”平松轻声道。

“无须出手了？”

“啊，无须出手。”

“真没想到，竟是这般身手的痴呆老汉！”

清左卫门想起一脸严肃地宣称“成濑痴了”的佐伯熊太，勉强忍住笑声。不明就里的平松奇怪地问：

“哎？说谁哪？”

河岸一角的船坞上有盏长明灯。迷雾从河底涌起，低低地攀上了沿河路。仿佛要将这白雾踢散似的，隐约可见成濑喜兵卫的背影快步走向远方。

梦

一

三屋清左卫门醒来后半天没动，躺在床榻上静听自己沉重的心跳声。压迫胸口的高速心悸，正是直到刚才还身在其中的梦境的余韵。

天像是刚蒙蒙亮，从木板套窗间隙透射进来的青白色的晓光映照在隐居间的拉窗上，屋里弥漫着一股寒气。眼下灯节刚过，外面还堆着积雪，天当然冷。看样子今晨天亮时雪又冻上了。

在想象照耀冻雪的晨曦的当儿，清左卫门的心跳渐渐平复下来，思绪又回到了刚才的梦境中。

并非头一回做这梦，此前梦见过多次。虽说如此，梦里的场景却不是相同情节的重复出现，梦到的情景每次都不一样，出场人物也迥异。

不同归不同，这些梦却组成了一连串事件。其中有个雷打不动的共同点。首先，梦的主角似乎是年轻时的清左卫门与同僚小木庆三郎。即便看不清对方面容时，也有很深的印象感觉那就是小木。而梦里的清左卫门老是为什么事跟庆三郎一再辩解。这才是梦的最紧要部分。有时梦醒后清晰记得，不知辩白了些什么，只是迫不得已地一味辩解而已。

今晨令清左卫门胸闷难耐的还是梦里的辩解。到底因为欺骗了他还是背叛了他，总之清左卫门对庆三郎拼命地解释。尽管只是梦境，却也觉得自己真可谓低声下气了。至于辩解的内容及小木庆三郎对此回应了什么，总是在梦醒之时，一切言语顷刻间烟消云散，永远毫无头绪。

——哎呀呀……

清左卫门像被解除了咒语的束缚，在床榻上伸展开手脚。心里嘀咕，为什么老是做这么个梦呢？

严格说来，做这梦的理由大致有点眉目，估计就为那事。年轻时有段时间清左卫门确实因为某件事对小木庆三郎深感歉疚。

不过，那件事可以说只算是清左卫门情感上的问题，并非梦中感受到的欺骗或背叛小木那种强烈而又具体的事件。平日里基本上忘掉了的发生在遥远过去的这件事，至今还在梦里出现并让自己紧张得冒汗究竟是什么呢？清左卫门呆呆地思索着。

那件事发生时，正值清左卫门从御小纳户调入御近习组后过了四五年的那个时期，年龄在二十五六岁上。

一天，清左卫门正在位于表御殿[1]的藩主公务间陪侍藩主批

---

1. 表御殿：处理公务、举行仪式的正殿。

阅值月班的家老呈递上来的文书。

呈递上来的文书不一定要藩主裁决，公务几乎都已在月班家老那里得到解决。为给藩主省去劳烦，处理这类文书时，习惯上由主管的小姓将文书内容做个简略说明后再请藩主过目。另外，文书中有几份应该加盖藩主的花押，陪侍的小姓必须对此有所提示。

清左卫门对这类陪侍事务轻车熟路，不到一刻（两个小时）工夫，藩主就看完了文书。时辰尚早，还没过七时（下午四点），在拉门敞开的廊子尽头，开满庭院的杜鹃花映入眼帘。

日头西斜，杜鹃花丛的一半都掩入了房屋的阴影，剩下的花儿沐浴着夕阳，火一般红彤彤一片。庭院那边，时不时有甚至连风都称不上的空气微微吹拂过来。

“您辛苦了。”将阅毕文书收拢到文书箱内后，清左卫门道，“这就去安排沏茶，请您稍事休息。”

“是啊，沏杯热茶来！”藩主说完却又叫住了提着文书箱正要站起的清左卫门，“三屋，慢着。”

“稍稍近前来。”公务间里并无他人，藩主却这样吩咐道。对近前至距书案约三米处的清左卫门，藩主仍抬手示意清左卫门再近点，然后说有事要问。

“小木庆三郎呈上了再婚许可申请，你们也听说了？”

“是，有所耳闻。”

“这次要娶的是宫内外记家的女儿。”藩主道。

清左卫门注意到，说这话时，藩主温和的长圆脸上隐约现出一丝不快。

宫内外记官居组头。家禄虽不足四百五十石，却也是时常出头执掌藩政的名门。而小木庆三郎则是深受藩主器重的御近习组老手，被认定将来必会发达的才子，不过家禄只有一百石。藩主大概因这一点而不快。

果然，藩主道："宫内之女也是离婚回了娘家的人，表面看来婚事门当户对，其实身份差异太大。三屋你最好也记下这点，身份问题决不该草率对待。"

"铭记在心。"

"没听说小木休掉前一位妻子的缘由？"

"诸说纷纭。"清左卫门小心地答道，"小木庆三郎本人说妻子对母亲不孝。"

"原来是跟婆婆合不来啊。"

"正是如此。"

"常有的事。近来年轻人的教养看来也不够周全。"藩主面带愁容地说道，接着又问"诸说"还有哪些说法，"其他人都怎么说？"

清左卫门垂眼盯着自己的膝头。小姓组同僚们私下里传的话，尤其是御小纳户铃村武四郎说的那件事，很有跟藩主说一说的冲动。

可此时此地说出此事，必然会像在背后诋毁小木庆三郎那般于心不安。清左卫门正犹豫，藩主开口道，没有旁人在此，无须顾虑。

"已准了他们的婚事，不会因为你说了什么就收回许可。放心说来……"

“……”

“快说！其他人怎么讲？”

“既然如此……”清左卫门抬起头，“也有人说小木想与上士身份的宫内先生结亲，才把原来的妻子休回了家。”

“嗯？”

“只是……”清左卫门赶紧补充道，“每每言及此事，叫得最响的是御小纳户铃村武四郎，而铃村武四郎又是被休了的小木之妻的亲戚，因此这话不可完全相信。”

有关小木庆三郎的情况，清左卫门与藩主间的问答仅限于此。

不过在那之后，清左卫门到底因为背地里说了庆三郎的小话而在心里留下郁结，怎么也去除不掉。清左卫门心情沉重，怪自己多嘴多舌，然而这种精神上的郁闷，相比背后所说小话的内容，更像是源自自己出于怎样的心情说那番话的。

御近习组中，格外受藩主恩宠的有三人。小木庆三郎、高村光弥，再就是由藩主特别关照，从御小纳户转至御近习组的清左卫门。

虽说同样受宠，但这位小木在其中是公认的才智过人出类拔萃的优秀人才。小木仪表堂堂能言善辩，处事冷静沉着，集这般优势于一身已不只是单纯的才子了。位居藩之要职的显贵中，认为家禄百石的小木迟早会晋升至藩政枢要地位的人也不在少数。

唤起清左卫门心中将有关小木新婚的不利传闻密告给藩主这一冲动的，应该就是这种对小木庆三郎的强烈的竞争之心。

就算没有故意陷害的意思，动了对实在太出色的小木稍稍挑点小毛病的念头却也是事实。

这件事的确令清左卫门心情沉重，不过心中的悔意很快就淡薄了下来。虽说算是背后密告，可那也是在藩主的一再追问下才不得不答的啊。小姓组同僚们之间还有比铃村更露骨地在私下里议论小木的，只不过风言风语没传到藩主耳中罢了。

——没什么大不了的。

清左卫门放下心来。接着，正如藩主所保证的，小木的婚事顺利进行。杜鹃花盛开时节与藩主的那番对话也渐渐被忘到了脑后。

可在两年后，清左卫门被深深的悔意煎熬着，又想起了这段有关小木的问答。

两年后的秋天，小木庆三郎突然被从御近习组解职，调至郡奉行下属的乡巡当差。而且没有任何官职，只是个乡村巡察。当然这样说并非看不起乡村巡察，只是从小木的为人、经历来看，这明显就是遭了贬。这意味着小木被从出人头地的路上踢了出去。从乡巡小吏跃升到藩政要职的门路并非没有，然而对已经三十岁的小木来说，这条路应该漫长得令其眩晕。

清左卫门在藩江户官邸听到这个消息时惊愕不已。一瞬间涌上心头的，便是有关小木再婚与藩主的问答以及当时目睹的藩主不快的表情。清左卫门暗暗祷告但愿与此无关。

清左卫门询问带来消息的人，小木有没有导致被贬的失误，信使说，此事在采邑也成了街谈巷议，至于确切的被贬缘由则谁也不清楚。并且又补充说，听说只是御令上依据思召的一句话而已。

思召当然是指表明藩主意向的用辞。感觉藩主到底还是打乱了小木准备以与上士联姻做发迹靠山的如意算盘。如果真是这样，那到头来，清左卫门仍成了致使小木左迁的主要推手。

自消息发布以来，这想法就犹如一个恶疾，在清左卫门心底深处潜藏下来，时不时爬上心头，令他痛苦不堪，尤其是被提拔为御供头后，在攀上从相当于藩外交官的御留守居[1]转职为近侍这条意想不到的飞黄腾达之路时，清左卫门自然多次想起降职为乡巡小吏的小木庆三郎。

任职近侍前的那个时期，这心思最令清左卫门备受折磨。那之后再次渐渐遗忘，甚至都很少想起小木这个人了。近侍之职，公务极为繁忙，基本上无暇跟陈年悔意再纠缠了。

——代之而来的……是开始做梦了。

冬日的清晨，躺在床榻上的清左卫门回忆着往事。梦境隔三岔五造访清左卫门，来一次揭一次隐藏在疮痂下的旧日伤痛。而且在梦中，后悔之意愈发强烈，感觉这似乎也与日渐衰老有关。

——直到老死……

这梦一直做下去可吃不消，清左卫门心里一动。这才意识到，说起来，自己还一次也没追查小木庆三郎降职的真正原因呢！降职果真是因为自己的告密吗？

厨房那边传来女人们干活发出的低低响动。染透拉窗的晨

1. 留守居：江户时代各藩设于江户的办事机构的职衔。

光在清左卫门长时间思考的过程中已变成了太阳的颜色。今天的太阳升起来了。

——去见一次小木庆三郎……如何？清左卫门打定主意。

二

“小木确实做了代官？”清左卫门问，“没再往上升升？”

“升不过代官。本以为有宫内先生的提携至少能做到郡代[1]，没想到，就是没发达起来。”町奉行佐伯熊太道。

町奉行所的里屋内，有点感冒的佐伯正在一个大青铜火盆里烧炭，炭火旺得几乎冒起火苗，清左卫门感觉烧得太热。

“家住鸟羽町？”

“非也，做代官后搬到了与力町。小木庆三郎虽已隐居，住处应该没挪。”

“是嘛，也隐居啦？”

“怎么，小木的情况你好像一点儿也不知道？”佐伯道，“这不显得有点儿薄情？说起小木庆三郎，在近习组的时候，和你一样都是不得了的知名人物。”

---

1. 郡代：江户幕府的职名，与代官基本相同。

“我这样的跟小木比，根本就是望尘莫及。”清左卫门内心苦涩地说道。

这时，佐伯突然咳嗽起来，脸涨得通红使劲咳了一阵后，佐伯声音嘶哑地问：

“要去小木那里？”

“嗯，好久没见了，想去看看。”

“路上当心别摔跟头。”佐伯道，“雪道可难走！”

“嗯，会当心！”清左卫门抬起屁股，心想这屋子实在太热了。身子直起一半忽地想起一事，随即问，“前些日子说去了江户的那两个人回来了？”

“黑田跟村井？”

佐伯这会儿又掏出擤鼻涕纸，很响亮地擤起鼻涕。擤完说了句“还没回来”，话声比刚才请清左卫门进屋时带上了更重的鼻音。看样子町奉行患上感冒不是闹着玩儿的。

“还没回来？”

“还没回来。真怪！”

“黑田不是因公被派去江户？”

“非也非也！”鼻涕擤得太重，鼻头都变红了的町奉行摇摇头，“的确是受朝田家老差遣出府，此行使命为何却不得而知。”

“还没回来……”清左卫门一皱眉，心里紧张起来，“是因为吩咐下来的事还没完？”

“是啊，还没完。”佐伯也说道。清左卫门突然问佐伯。

“没听说朝田派那之后有何动静？”

“有何动静你不是更清楚？”佐伯道。

“唉，最近没怎么参加聚会。”

“嗯——”佐伯盯着清左卫门，压低声音道:“那就把知道的情况跟你说说。听说朝田派近来突然不再去茶屋町的那个播磨屋聚会了，而且也没听说像以前那样聚在家老府里。”

“哦?”

“也就是说感觉像偃旗息鼓了，这阵子。”

“肯定有事！这说明。”清左卫门话音没落，佐伯就当即赞同。两人四目相视。

清左卫门旋即起身托付说有什么异常动向要马上相告。见小木庆三郎前，还有另外一人也得见见，再绕去那里，时间当然就不怎么宽裕了。比起秋天，冬季天更短了。

“快治好感冒！”清左卫门对送出门外的佐伯说道。

佐伯则鼻音浓重地应说感冒好了再去喝一杯。“还去前些日子有红芜菁吃的那家店！”

三

离开清左卫门他们的上司——原御近习头目金桥弥太夫的宅院时，不知何时起，天上下起了鹅毛大雪。看着从昏暗的天空中不断飘落的漫天雪片，视线被雪花的动态所牵引，清左卫门忽地感觉头晕目眩起来。

三屋清左卫门将目光从黄昏将近的飞雪的天空移向脚下思忖道。

——这该如何是好？

本打算从这儿经与力町小木庆三郎宅回家，但因时隔已久的拜访让金桥欢喜异常，往事聊起来没头，耽搁了不少时间。到小木家时，天该全黑了。

再就是这场雪，今天打清早起就像要下，一整天严寒刺骨。清左卫门清楚，这种天色大多会等来一场大雪。披斗篷戴上斗笠，脚蹬草编雪鞋，清左卫门穿戴好全套防雪装备出了门。可按眼下这势头下个没完的话，回家路上大雪边下边积，说不定雪鞋也不顶用了。

——可是……

好容易赶到这里，清左卫门心有不甘。去小木住的与力町，需要穿过隔在中间的两个商人町。就算路上有积雪，也绝非远得去不了的距离。

清左卫门压低帽檐迈开脚步。主街上行人很多，其中也有穿高齿木屐的武士，看起来人们似乎并没有因为下雪觉得多苦恼。观望了一会儿眼前这景象，清左卫门打定主意，沿商户林立的主街，向小木住的町街走去。

喋喋不休地聊了许久陈芝麻烂谷子，金桥却对最要紧的小木庆三郎左迁一事没有一丁点儿印象了。

“那件事大概是主公的吩咐吧。”金桥没什么把握地说道。这位原御近习头目脸上倒是挺有光泽，头发却只剩一把，牙也掉了不少，以前的大块头，现在看起来身子像是小了一圈。想必年近七旬了。

因为缺牙少齿，金桥语音含混地说道:“缘由什么的，说了还是没说？”

“哎呀，这不是要问金桥先生您嘛！该有什么秘密指令下给当头儿的您吧……”

“说的也是。”金桥沉思起来，不一会儿像是终于断了念想似的露出笑脸，“想不起来啦，当差时的日记多半还搁在什么地方，回头找找看。”

原御近习头目说道，但清左卫门对这些话根本不抱希望，更无心再等下去。姑且去会一会小木！见了面，视小木所言情况，哪怕干脆向他道个歉赔个罪也好，清左卫门甚至想到了这一层。

既然下了决心，就一定要把多年来心里的疙瘩彻底解开。如果能永远告别三天前夜里做的那样的梦，心里该有多敞亮啊！

话虽如此，与小木的见面决不会轻松。清左卫门做好精神准备，就算见面可能会像走在脚下不稳的雪道上这般充满痛苦与不堪，也决不能把那份难以忍受的愧疚带进坟墓至死不得安宁。

隐居的小木庆三郎在家。迎出玄关的小木一脸怪异地盯着满身是雪摸索上门的清左卫门，等认清是谁后满脸堆笑：

“真是稀客！来，里面请！”

“来得不是时候，打扰了，见谅见谅。”

“哪里，下雪天黑得早，不晚不晚，快请先进来！”

“嗬，来了位贵客！”小木乐呵呵地说道，对一起迎出来的家人简短地吩咐了句什么后，头前带路将清左卫门领进了里面。

这儿像是小木的隐居间，书桌上摊放着汉籍，屋子收拾得干干净净。小木亲手挪了挪灯和火桶，将清左卫门请进了屋子的正中央。

对久别重逢感慨一番寒暄之后，清左卫门与小木无声地相互打量着。这使清左卫门深受震撼。

任职御近习组时的小木，双颊饱满近乎鼓胀，刮过胡须后下巴乌青，完全是一副自信满满神采奕奕的模样。而眼前的小木庆三郎，目光依旧锐利，面相却简直像换了个人。年轻时不曾见过的高颧骨及颧骨下俨然被削掉一块的凹陷两腮赫然在目。而且小木整张脸上印刻着长年当值乡村巡察遭受风吹日晒留下的烙痕，面皮如鞣过的皮子般又黑又亮。

小木脸上显示出从御近习组被贬至乡巡后饱尝过怎样的心酸。

——大概……是我给了此人这张脸吧，清左卫门暗想，却又装作没事人似的问：

“分别之后过得怎样？”

“一晃二十年过去，职责不同，见次面也不易。”

“都上年纪啦！”

“是啊是啊！”小木很快活地点着头，“不过，三屋先生您可发达啦！”

“什么话……”清左卫门摇摇头道，“以前都在近习组，讲话切勿如此见外。夫人可安康？”

“回您，安康。”尽管清左卫门说了不必见外，小木以原代官的身份对原近侍回话的措辞还是没变，“今天娘家有喜事，去了那边。”

“令郎在小姓组？”这是听町奉行佐伯说的。

小木喜滋滋地说当差四年了。

“极平常的人。”

“这是和以前的老爹爹相比吧。”

清左卫门说话间，小木家人端来了茶水和点心，还问清左卫门喝不喝酒要不要用点夜宵。看起来才二十岁的女子，想必是小木的儿媳妇。清左卫门对酒饭坚辞不受，说看样子要积雪，不能耽搁太久。

闲谈聊到了小木的乡巡差事、聊到了清左卫门长期任职的江户公务，话头一开就没完没了。当清左卫门总算觉得该聊聊那事的时候，夜都有些深了。

“提件旧事……”清左卫门使劲掩饰住内心的紧张，“你因何由近习组调往乡巡？”

“哎呀，这个嘛……”小木看似被削尖的脸上，意外地现出茫然的神情，像是有点儿摸不着头脑，“不清楚啊。肯定有什么失误，可失误在哪儿也没被明确告知。”

“就那么心甘情愿地给调走了？”

“不，当然不情愿，可那是主公的意思，小人已……”小木盯着屋里横梁近旁的一点，仿佛远去的往昔在那里重现似的说道。

清左卫门又问：“或是被什么人诬陷了？”

“怎么会！莫非您听到了什么相关传闻？”

“去江户前，风闻过一些奇言怪语。”

说这话时，清左卫门感觉心里像疾槌儿打鼓似的怦怦直跳。

不过他脸上竭力保持着平静，又道，当时有人说小木为出人头地才跟前妻离异与宫内家联姻的。

“这些话，小人也隐约听说过。”小木说着苦笑起来，“那只是不知内情之人毫无根据的臆测。是啊，说说那件事应该没什么了，差不多是时候了。可能会烦扰到您，就请三屋先生您听小人说说吧！”

小木问：“休妻两年前，小人有一年时间在江户公干一直不在家，这事您还记得吧？”

清左卫门说记得。

小木道：“回乡后不久妻子跟人私通的丑事就败露了。”

“丑事按某位上司的命令被极隐秘地处理掉，并以与母亲脾气合不来的名义休了妻。那位前妻也又嫁了人，因几年前已病死，现在说说也无妨了。”

“……”

“跟现在的妻子的婚事，是了解内情的宫内可怜小人才一手撮合的。”

四

在小木家的时候，时不时听到风声大作，刮得房屋发出咯吱咯吱的震响。雪还在下，狂风卷着大雪，不断向清左卫门猛袭过来。

清左卫门踉踉跄跄地好歹来到主街。宽敞的路面上不见一个人影，只有下个不停的鹅毛大雪和令雪片横冲直撞的凛冽疾风。各家各户都已沉睡，夜深人静的街上看不到一点儿灯光，黑魆魆的屋檐鳞次栉比向左右延伸。

担心的事情到底发生了。雪越积越深，现在每迈出一步雪鞋都会被完全埋住，而且雪水已渗进鞋里。只是清左卫门的心神已被别的东西夺走，感觉不到脚的冰冷了。

——懦夫！

他心中暗骂。骂的正是自己。明知自己一脸得意密告藩主的是无凭无据的风言风语，可话像被严严实实地堵死的出口，赔礼道歉的话，一句也说不出来。

——那次告密……

肯定让主公对小木生出了恶劣的印象。使小木后来陷入那般境遇的正是我啊！清左卫门一遍遍痛骂自己。看到小木那张农夫般晒得黝黑的脸，就忍不住要自责。

清左卫门不时被袭来的强风吹得东倒西歪，同时还要护住从小木那里借来的灯笼。好在降下大雪的云层上面，月亮似乎现身某处，街道被朦朦胧胧的微光包拢着，几乎不需要灯笼。

清左卫门深一脚浅一脚醉汉般拖着绵软的步子到了商人町的雉子町。突然感觉自己被一股非同寻常的寒气击中。脚被雪水浸湿，简直跟赤脚走在雪中无异，斗篷领口处也有雪水渗入。从心底涌起又蔓延至全身的战栗，令手脚丧失了对寒冷的感知。

这里是雉子町的十字路口。清左卫门浑身颤抖地估算着回家的里程。才走了三分之一。路口的哪个方向，都见不到一盏灯笼。清左卫门意识到，到家前很有死在中途的危险。

清左卫门护住灯笼，免得被猛刮过来的狂风吹灭，又将双手手指交替凑近灯火取暖。去花房町倒是近一些，清左卫门烤着火慌乱地左思右想时想到了这一点，随后拖着丧失了一半知觉的双腿迈开脚步。

到底是花房町，仍有稀稀落落的几家店亮着灯笼。步履蹒跚、脑袋进入半麻木状态的清左卫门忽地听到一个恰好出来摘门帘的女子喊自己：

“这时辰了，您要去哪儿呀？三屋先生？”

回头一看，“涌井”老板娘美樱正一脸吃惊地望过来。

“奔这儿来的，差点儿走过头。”清左卫门道。麻木感甚至蔓延进了嘴里，舌头都不听使唤了。

清左卫门套上男式缊袍[1]，像老板娘的情夫似的被安置进了茶间的被炉里。本来今晚“涌井”就没来一个客人，店子也已打烊，因此没人瞧见清左卫门这副模样。

“酒烫热了，喝一杯吧，这样能暖和起来。”匆忙备好小菜端上酒来的美樱说道，像要款待款待这冒雪登门的唯一的客人，“哟，您穿这缊袍还挺合身嘛！”

美樱哧哧地笑着，边向清左卫门敬酒边说：“待会儿让六助送您，放心喝吧。”六助两口子都在“涌井”做佣工，老汉身子

1. 缊袍：长宽袖的棉和服。

结实得很。

“哎呀，真是救了老夫一命！今晚险些就死在路上。”清左卫门道。稍喝了些酒下肚，总算缓过气来了。

那天夜里，清左卫门喝得酩酊大醉，留宿在了“涌井”。清左卫门还记得自己钻进美樱铺好的被窝，听美樱说让六助去您家里送个信，您就安心歇着吧，之后就熟睡如泥了。

不过清左卫门夜间还是醒了一次。感觉有阵凉风拂过脸上，隐约听到拉合隔扇的声响，俄顷，一个暖暖的重重的什么摸进床榻。这暖暖的重重的什么轻轻搂住清左卫门，顺势静静地贴近怀里。

嗅到一缕极好闻的味儿。

——一定是个梦。

清左卫门心中一动，又跌入梦乡。

虽然还有零星积雪没化，院子里已洒满早春的阳光，春光中桃花盛开了。清左卫门晒着太阳正发呆，从门口进来一人。是金桥弥太夫。

金桥看到清左卫门，毫不客气地闯到近前来，招呼也不打，张嘴就嚷嚷“找到啦”，一边嚷嚷一边挥舞攥在手里的账本。

“这儿记着先主他老人家的话。”

金桥言罢翻开账本，戳到清左卫门面前。清左卫门接过细读，日期下面写着“解除小木庆三郎御近习组之职，应交由郡奉行管制”，又补记道，“小木三次诬陷高村光弥，另追究其转达要员意见时之越权行为”。

“这下放心啦？”

“太谢谢您了，头儿！”清左卫门道。这声道谢发自心底。小木的遭遇不怪我！清左卫门感觉一下子放下心来的轻松感瞬间传遍了身体的每个角落。

“内情就是这些，多半不敢对外公开，这才没想起来……”

听到金桥的叫嚷，儿媳里江来到屋外，请他进屋喝杯茶，金桥摆手谢绝：

“哎呀，可没那闲工夫！今天家里人都出去了，要我老头子看门哪！”

金桥身子都转过去一半了又道：“三屋家的媳妇，不给老头子我折枝桃花？”

目送金桥弥太夫拿着里江给他折下的桃枝出了门，清左卫门深吸一口气又长吁一声。多年的疑问解开，心情极为舒畅。再也不会做噩梦啦！

“为父也该带枝桃花去？”清左卫门道。

里江奇怪地问：“您要去哪儿？”

“去‘涌井’，那次之后就没再去过。”

“天快黑了您还要出去？”

“对！”

“那就再准备个点心盒什么的吧，光拿枝桃花不合适。”里江道。

清左卫门听说里江在自己遇雪留宿的第二天，派婢女给“涌井”送去了点心盒。

里江像是突然看出清左卫门神情异样，意味深长地笑道：

“听说‘涌井’老板娘是个大美人？”

“还说得过去。”

“可不会再下雪了，真可惜。”

“没什么可惜的，你要说什么？”清左卫门道，语气稍显慌张。

清晨醒来细看，什么痕迹也没留下，但那天夜里有人钻进被窝终归不是梦境，一定是美樱。清左卫门断定。美樱是要为冻僵了的自己暖暖身子吧。

由此像是又生出了一桩小小的心事。好在这桩心事跟小木庆三郎的那桩不同，清左卫门感觉竟有甜蜜的欢愉包含其中。

见证人

一

七时半（下午五点）前后，三屋清左卫门回到了自己住的町街。看望中风病倒的大塚平八回来，心情多少有些阴郁。

病情比清左卫门预想的要轻，平八已能在床榻上坐起来了。按大夫的说法，最好能早些到外面走走，无奈平八右手右脚麻木无力，想走也用不上劲儿。好在说话毫无障碍，嘴角也不歪斜。

见平八这种状况，清左卫门姑且松了口气，当然并非因此就高枕无忧了。心里还是有些郁闷。诉诸言语，就是心里在打鼓：真到这个年纪了吗？

平八跟清左卫门从小就是朋友，两人还同岁。同龄人的交往，另有一番特别之处。

比如，继承家业后，两人的发展方向实际上可谓迥异。相比平八励精恪勤小心翼翼地在家传右笔役一职上埋头苦干、为守住家禄几乎拼上性命，清左卫门中途被起用为近侍，高居君侧要职，家禄也大幅增加，实现了世俗所言的飞黄腾达。

一般说来，人生境遇有如此大的差距，就算发小，关系也难免渐渐疏远，然而他们两人间没出现这种状况。每每经历了一段劳碌繁忙，或是长期在江户公干后回乡见到平八时，清左卫门常常有种解放了的感觉，很是不可思议。对平八可以发发对其他人无论如何都不敢发的牢骚。在这一点上，同龄发小可以说有倾诉难言之隐的用处。

发小平八突然病倒，清左卫门一点儿不觉与己无关，并非因为自己有了中风的征兆。其实听说平八也毫无前兆，中风来得猝不及防。

不得不承认已经临近这年纪了。平八的病状是场灾难，说不定哪天就会降临到自己身上。快到家时，这念头仍盘踞在清左卫门心底。

过了七时半，天光依然大亮。低垂的阳光斜斜地照耀着耸立在家家户户院墙内生出新叶的树木，没风，树枝纹丝不动地承受着斜阳的浸染。树木之间，李子花与梨花混杂一处，同样沐浴在无力的夕阳中。

回到家，迎出门来的儿媳里江说有客人要见父亲大人。来访的是纸漉町道场主中根弥三郎。真是稀客。

“说了有什么事？”

“没呢，这……”

里江答说，来人说要当面拜托清左卫门，就没问有什么事，请他等在里面。歇班在家的又四郎似乎正陪着中根，起居间那边传来两人低低的交谈声。

清左卫门没去起居间，直接走向隐居间。清左卫门对儿媳说：“那边聊完了，就请客人到隐居间来。”

里江像是从清左卫门的神态上觉察到了什么，跟在身后问：

“大塚先生病情怎样？”

“比预想的有精神。”清左卫门道。

可就在这一问一答间，清左卫门不知为何觉得被极度的疲惫感攫住了，就连儿媳的关心也感到不胜其烦。

只是应付这么一句未免太冷淡，清左卫门进了隐居间后又道：

“在床榻上坐起来了，看样子还不能走。”

里江跪坐在门口，一动不动地盯着清左卫门。接着又无声地点点头，将置于玄关的短刀放回壁龛刀架上，说声“这就领客人来”便转身走开了。

二

工夫不大，中根就从那边过来了。中根不是头一回进隐居间，以前来过两三次，所以一副熟门熟路的样子，进屋就在榻榻米上坐下。

“哎呀！贸然打扰请多包涵，有件事一定要请您帮个忙！”

寒暄已毕，中根以他那惯有的豁达语调开门见山道。中根面色白皙不高不矮，可能与日常锻炼有关吧，身材匀称根本看不出他已年过半百。

“你有事要帮忙可真不多见。”清左卫门道。说起来与中根也是从小一起玩大的，这样郑重的口气听来很是奇怪，“不管什么事，先说来听听！”

“要请您做个见证人。”中根道。这话让清左卫门暗吃一惊。

“见证人？什么见证人？”

“还记得纳谷甚之丞？”中根问。

中根的话慢慢唤醒了湮没在清左卫门记忆深处的这个名字。“记得。”清左卫门道。纳谷甚之丞在少年时代与中根弥三郎并称为天才剑士，而且还是道场上的美少年。只是后来成了中根道场的异端分子。

“传言挑战上辈告负后被逐出师门的那位甚之丞？”

“正是。”

“这家伙怎么啦？”

“提出要比武，这次说不定要搞得像场决斗了。”

“哦？决斗？”

清左卫门皱起眉。从大塚平八的病榻旁带回来的压抑心情与疲惫感一扫而光。感觉中根说的事不容轻视，对方若是甚之丞，比武演变成决斗不是不可能。

“突然说起这些，恐怕您一时理不出头绪，我慢慢跟您聊。”中根道。

跟上辈比武落败被逐出师门一说，是上辈中根与一右卫门对外宣称的，事实并非如此。比武的真相是为争夺中根道场接班人之位，跟甚之丞比武的是弥三郎，当时的渊上弥三郎。

那场比武，弥三郎战胜甚之丞，一年后跟与一右卫门的女儿衫乃喜结连理，成为中根道场继承人。甚之丞则在比武败北后不久，以剑术修行的名义向藩里提交了离藩申请，得到许可后出走领外，就此去向不明。

“昨天这位甚之丞派人送来了书信。听说眼下住在初雁驿站，信里写得很简单，大意是经过修行终于练成了不输于我的绝技，想要比试比试云云。”

初雁是个邻国的宿驿。看样子甚之丞到了翻过一座山就能回来的地方。

“多少年没音信了？”

“大概三十年了。”

“三十年……”清左卫门有点不寒而栗的感觉，这份痴心执念被视为变态亦不为过，“这期间，那家伙一次也没回乡？”

“好像是。”

“藩里竟然默许了？”

“当然不能，听说叱责过纳谷的家人一次。不过，甚之丞只是个吃冷饭的四子，藩里也没深究。”

“即便如此，这执念也够可怕。”清左卫门道，“对三十年前的比武记恨到了这般地步？”

“心情不是不能理解。”中根说完，似乎拿不定主意该不该说下去，犹豫了一会儿又道，“不瞒您说，那次比武也算是争夺现在我这婆娘的较量，嗯，不全是，痴心的是甚之丞，可上辈说对甚之丞的为人有点不放心，便命他与我比武。”

“原来如此。”

这才是纳谷甚之丞执念的根源，清左卫门明白了。清左卫门年轻时继承家业早早离开了道场，现在刚知道中根所言之事，不过事情既然如此，也能想象得出纳谷甚之丞因为那场比武，一下子恋人与剑士尊严尽失的落寞。

清左卫门脑海里浮现出中根之妻文静端庄的鹅蛋脸儿。年轻时的娇美至今依然余晖般残留在面容上的中根夫人，又是怎样看待两位剑士当年的刀剑之争呢？清左卫门忽地想到这一点，又急忙将此念想赶出脑袋。

“那你打算接受挑战？”

“是啊，不得已而为之。”

“话说回来，这要求说不讲理也不讲理，不想比的话，我跟藩里说说让他们酌情处置也未尝不可！”

“别，您千万别那样……”中根突然目光锐利地盯住清左卫门，缓缓摇头道，“拜托请您务必做个见证。”

“见证人嘛……”清左卫门道，“是不是另有比我适合的？比如平松与五郎、土桥谦助，更会看比武的门道吧……”

“不……”中根抬手打断清左卫门，随后保持着这姿势像是思考了一会儿，“这次跟甚之丞动手，不一定会使出什么意想不到的招法，因此见证无论如何都要请三屋先生出马。”

三

町奉行佐伯熊太打发跑腿的来送口信说要私下谈谈，于是，清左卫门指定了花房町的“涌井”。

刚到“涌井”，老板娘美樱立刻上前问：“今天您一个人？”

“不是一人，稍后奉行大人要来。”

听了清左卫门的答话，美樱闪身头前带路。领清左卫门进了可以密谈的里屋后，又道：

“下次请您一个人来。”

“一个人来有什么好事儿？”清左卫门调侃道。

美樱并没接口这句玩笑话，只是摇摇头说声“不是”。

“有点儿事想跟您商量。”

“麻烦事儿？”

“不麻烦，不是什么难事儿。”

美樱笑了笑，那笑脸在清左卫门看来稍显不自然。感觉“涌井”老板娘心里似乎有什么愁事。

美樱像是重又打起了精神，问：“刚进了新鲜的小鲷鱼，下酒菜做个加盐烤小鲷怎样？”清左卫门说声“好”，美樱撂下一句“马上上茶来”便退出了房间。

嚼着年轻的陪酒女阿惠端来的鸣户小豆点心品茶时，清左卫门感到心里开始轻松畅快起来。倒也不是在家里就不能轻松畅快，只是隐居过日子，在家人面前总觉得有些拘束。

——喜和还在的话……则另当别论吧！清左卫门啜着热茶

又发起了呆。能对老伴发的脾气，在儿子夫妇跟前无论如何都得压下来。虽说心里明白儿媳里江也在留意着避免那种拘束的出现，可毕竟不能像对亡妻喜和说话那般随便。

来“涌井”感觉心情舒畅，恐怕多半因为这些小小的拘束已在不知不觉中郁积起来了吧。

——平八……虽说病倒了，不过有身子骨硬朗的老伴照顾也真算幸运。清左卫门正胡思乱想时，佐伯熊太扯着大嗓门进了屋子。

“怎么啦？愁眉苦脸的？”佐伯看起来粗枝大叶，町奉行的职业洞察力却相当敏锐，一坐下来马上就看出了端倪，问完便紧盯着清左卫门。

“嗯，刚才在想大塚平八。”

“平八怎么啦？”

“中风病倒了。”

“哎呀……”佐伯惊叹一声，一时间也陷入沉默，大概是因为“我也这岁数了”的念想掠过心头吧。佐伯熊太应该比清左卫门他们还年长两岁。

“噢——平八不能走了？”

“倒不是，下这定论为时尚早。”清左卫门道，“听大夫说，坚持锻炼别松懈就能慢慢走了，而且也看不出中风的迹象，病状本身并不重。”

“那已经走开了？”

“没有，还没走。已经在床上坐起来了。”

“这就是那家伙的怯弱之处！”佐伯道，“遇事太谨慎！说起来好听，其实就是胆小！心虚胆怯过之，勇猛刚强不足！换作我，大夫叫我走，我就是找面墙扶着也要走起来！”

“不能都像你那样，人各有各的活法。”清左卫门道，“把自己的做法强加给平八可不成！什么时候来着，平八还唠叨小时候净给你欺负。”

“平八唠叨？哈哈！”佐伯大笑，这时老板娘跟陪酒女阿惠端了酒菜进来。

下酒菜就是刚才说的盐烤小鲷鱼，另外还有挂卤豆腐、凉拌山野菜嫩叶、与切成小四方块的轻炸豆腐一起煮过的竹笋味噌汤、味噌腌山牛蒡等，齐齐摆上了饭桌。

在竹笋味噌汤里加酒糟是当地的习惯做法。

“我最中意这竹笋汤。”佐伯道。鉴于前些日子嚷嚷过最爱那一口腌红芜菁，看来“涌井”的饭菜很合佐伯口味。“本以为今年吃不到了，又见着啦！”

“不过，很快就要下市了。”

“盐烤小鲷？看来也不错嘛！”

“往后小鲷就是当季的啦。”美樱道。听清左卫门说两人要单独聊会儿不必陪酒后，美樱只给两人各斟了一杯就催着阿惠出了房间。

“来，慢慢喝！”佐伯道，两人先干了一杯。接着，佐伯马上又给清左卫门斟满，斟满后动作敏捷地起身闪到门口。

清左卫门注视着佐伯的一举一动。只见后者拉开拉门探头出去，神色紧张地查看着走廊上的动静。

“是不是小心过头了？”清左卫门给回到桌边的佐伯斟着酒

说道。

佐伯却不以为然，稍显不悦地把酒喝光后，又端起木碗啜了口笋汤。

“慎重起见。”搁下汤碗，佐伯又道，“来这儿的路上，给人盯梢啦！”

“欸？”

“净是些无耻之辈！”

“就是说……”清左卫门抬起头，“知道对方是什么人？”

“朝田派呗！”

“朝田派？”清左卫门目不转睛地盯着佐伯，“因什么事由被人盯梢？”

“没事儿，并非有事才被盯梢。”佐伯给清左卫门斟满酒，又自斟自饮一杯，“最近有传言说，朝田派对夜间外出的在职官差都派人盯梢打探行踪。起初不信，不承想竟确凿无疑！一帮无礼之徒！”

“真是岂有此理！”清左卫门表示赞同，“因何出此下策？”

“这个嘛，我也不清楚。”佐伯一歪脑袋表示不解，可马上又断言道，“总之，心里有鬼吧！所以才会惦记着他人的动向！”

“说是朝田家老的授意，当真？”

“大目付说是。”佐伯嘿嘿地笑起来，“山内为人沉稳公正秉直，抓到两三起确凿事件马上就去找朝田家老。若有谣言风传可实在不妥，要是因传言引发恶性事件，必然会追究家老大人罪责，故此必然叮嘱家老要三思而后行。”

“山内确是清正廉洁。”清左卫门道，“这些话说得出。可惜能对家老那样说话的人少之又少。”

“喂！听起来我好像不清正廉洁？”

“哎呀，你不是好赖不分的那一类嘛！什么时候变成清正廉洁的啦？”清左卫门又给佐伯斟酒，自己扒拉着小鲷鱼肉问，“你说要私下谈谈的是什么事？”

“黑田欣之助回来啦！”佐伯压低了声音道，“村井寅太也一道。”

“哦？”

“看来使命完成归乡而来了，可事情并不这么简单。”

佐伯又飞快地起身拉开拉门查看走廊上的动静，跟刚才如出一辙。两人所在的房间面冲小院的水池，只有一个出窗[1]，其他三面墙都像涂笼[2]似的用泥封住，因此只要提防走廊一侧便万无一失。

清左卫门睁大眼睛看着町奉行小心谨慎的举动。佐伯似乎要透露相当机密的消息，当然内容尚不得而知。

“两人在江户官邸滞留期间……”回到桌边的佐伯依然压低声音道，“本奉行查了查那里有没有发生什么异常情况。”

“嗯，结果如何？”

“江户官邸没什么特别状况。包括主公在内，内室诸位及世子刚之助少爷都平安无事。”

“这就最好。”

---

1. 出窗：向外凸出的窗户。
2. 涂笼：将建筑内部的一部分间隔开，周围用厚厚的墙壁封住的房间。

“可发生了一件意想不到的不幸之事，别家[1]的石见守先生病故了。”

“什么?!”清左卫门惊道，感觉有种比佐伯的话更加不祥的预感倏地滑进心底。

“没听说？”

“没听说，闻所未闻！”

“是啊，我也是直到三天前才听说。”

“可石见守先生……”清左卫门脑中浮现出野盐村农妇美代说起的两年前的初秋之夜在野盐村现身的石见守，“尚且年轻吧？”

“问题就在这儿！”佐伯道，“石见守先生才三十四岁，平日里常习射术，身体极为强健。有人认为很难认同石见守突然病死这一说法。这就足够了……”佐伯的声音更低了，“有证据证明石见守先生是被毒死的，而且与刚才说的当时在那里的黑田与村井两人有牵连。对了，这样说的当然是远藤派喽……”

“且慢！”

清左卫门打断佐伯。脑中浮现出来的是成濑喜兵卫透露的有关下毒的那段话，这段话在清左卫门脑袋里渐渐膨胀起来。

然而石见守是与朝田家老分享着什么秘密的同盟关系，说起来应该是一伙的。有对同伙下毒的吗？

“若乃实情……”清左卫门也压低声音，“切莫等闲视之。

1. 别家：另立门户。

石见守先生可是德川的直参[1]，将军家的旗本哪！”

“所以才这么偷偷摸摸地告诉你嘛！”佐伯道，“就算是远藤派，也不可大意，决不能搞得世人皆知。可即便事件属实，朝田派又是何用意呢？”

“摸不着头脑……”清左卫门此时觉得有必要将之前未对任何人言说的事情对佐伯和盘托出了，“我说，还记得去年年底也是在这里喝酒时说的成濑喜兵卫‘痴了’的事吗？”

四

过了约一刻，两人分头出了“涌井”。佐伯叮嘱说小心为上。不过清左卫门在花房町出口附近不动声色地四下查看一番后，并没发现被跟踪的迹象。

——拐个弯去趟纸漉町？

清左卫门突发奇想，半路上转了向。“时辰相当晚了。那就此告辞吧！”佐伯道。两人停下脚步时，记得高林寺的钟声宣告已至四时（晚上十点）。

走在路上，虽说偶尔看得到远处灯笼的光亮，却没遇见一

1. 直参：主君的直属家臣。

个行人。夜很黑。清左卫门又拐过一个街角，暗自庆幸好在跟“涌井”借了灯笼，不然在这种天色下行路之难可想而知。目的地纸漉町已在脚下。

忽地发现黑暗潮湿的夜气中，有个地方香气四溢。充斥路上的气息，像是牡丹花香。夜深人静的町街上，清左卫门在一家住户的围墙外驻足嗅了一会儿牡丹花香，又迈开脚步。

——中根睡下了？

清左卫门心里嘀咕。这个点儿，睡下了也不足为奇。深夜探访道场，清左卫门觉得自己这次醉酒厉害得不同以往。

醉得厉害，应该与佐伯所言非同寻常有关。毒杀石见守若属实，感觉实在难以估量今后藩中内乱会恶化到何种程度。然而醉意阑珊中，深层次的思考只在脑袋里一闪而过。清左卫门的心思又回到了眼前这件事上。

纳谷甚之丞后天来中根道场。要是中根还没睡，得问问他那天什么时辰来道场合适。另外……

——见证人……

由自己来担当是不是稳妥，这也要再确认一次。相比自己，刚才与佐伯聊到的成濑喜兵卫岂不是更合适的人选？

清左卫门在中根道场前站住。主屋与道场都一片漆黑，不见一丝光亮。

——果然睡下了。

清左卫门点点头刚要动身，忽地感觉周身被一种异样的气场包拢，而且这气场转眼间越来越重越来越浓，几乎当场将清左卫门全身锁定动弹不得。在强烈的戒心的驱使下，清左卫门吹灭了灯笼。

这时突然传来一声骇人的气合[1]。喊声从黑洞洞的道场深处发出。被捆住了手脚般，清左卫门僵立当街侧耳倾听，可之后再无声息。

过了一会儿，道场中突然亮起灯光。看见摇曳的灯光透过格子窗照到外面，清左卫门感觉手脚恢复了气力，他悄无声息地快步离开了道场墙下。

五

纳谷甚之丞夜里五时半（晚上九点）才到道场，清左卫门已等得心烦意乱。

甚之丞在门口脱掉草鞋卸下干粮口袋，就像昨天也曾来过似的，脚步轻快地进入道场，关上了入口厚重的杉板门。关门后才回身看了看清左卫门与中根弥三郎。

甚之丞容貌变化大得惊人。头发半白、身体瘦削、眼窝深陷，双颊像是被剜去了一大块肉。大概是旅途中风吹日晒的缘故，皮肤经受日光洗礼已是乌黑。裹在身上的衣服污迹斑斑破

1. 气合：运气时发出的喊叫声。

破烂烂，与乞丐无异。

本与中根同龄的甚之丞看起来至少要老五岁，再也找不到当年美少年的面影。唯有一样没变，令人记起往昔的唯有甚之丞锐利的目光，这双眼正紧紧盯着两人。

“甚之丞？别来无恙！”中根招呼道，“身子结实再好不过！”

“你也一向可好……”

甚之丞应答冷漠，声音如老人般嘶哑。只说了这一句便将双刀从腰间摘下置于地上，解开拎在手里的袋子取出焦糖色木刀道：

“开始？”

“用木刀？”

“不可？”

“无不可。”中根走到教头席旁取下挂在墙上的木刀，空抡了两三下后回到道场中央。

“引见一下。”中根道，“这位是我等前辈三屋清左卫门大人，担当本次比武见证人。”

甚之丞只是瞟了清左卫门一眼，也没行礼。手持木刀缓缓来到道场正中。

“开始！”

清左卫门照中根说的，喊过“开始”后便赶紧退回教头席。中根说往下只需看清谁胜谁负即可。

教头席的两侧放置着四个烛台，燃烧的百钱[1]蜡烛喷吐着油

1. 钱：日本固有的度量衡制中的重量单位之一，贯的千分之一。

烟。烛光中，中根与纳谷持木刀相向而立。

对峙不足片刻，地板在脚下发出声响，两人不约而同地撤身后退，间距拉大至大约十米时，双方停稳脚步，摆定架势。中根正眼[1]招式不改，纳谷甚之丞退后站稳时改为八双[2]架势。身材瘦高的甚之丞的八双木刀相当有威慑力。

双方保持着当前架势，这会儿又疾步前冲，间距缩小至五米多时，再次驻足对峙。两人四目相视，不知过了多久，清左卫门已不堪忍受这紧张时，甚之丞开始向右挪步移身。中根只是微微蜷动脚趾转动身躯应对着甚之丞的步法，看上去腰部与上身微丝不动。

大约移步半周，两人停身再次对视。最终，甚之丞发动了突袭。甚之丞瞬间前冲，同时中根也飞身跃起，两人发出喝叫打在一处。甚之丞的木刀刺向中根腰腹，中根的木刀劈至甚之丞眉间，随后旋即响起木刀相撞咔咔的震响。

因为用的是木刀，比武时当然不能让木刀触碰身体。两人刀力刚猛，擦身而过后，仍势头不减地前冲数步。

更令人震惊的是，转过身来的两人又同时飞速拉近距离，再次激烈纠斗起来。甚之丞刀快一招，劈出的木刀看似要击碎中根的头盖骨。

——胜负已决！

感受着两人投射到昏暗的顶棚上的跳跃纠缠的身影，清左卫门不由得闭上了双眼。就在此时，清左卫门听到一个异样的

1. 正眼：刀尖对准对方眼睛的姿势。
2. 八双：将刀垂直立于右前方的姿势。

声响。

清左卫门睁开眼，几乎在道场正中央，甚之丞手握只剩半截的木刀呆立不动，在其前方三米多处，中根正眼而立。只见中根脸上汗水不断滴落，显然刚刚经历了死里逃生的险境。

“输了……”甚之丞喃喃道。说着像从梦中惊醒似的，后退一步低头一躬，扔掉半截木刀，缓缓走向门口。

甚之丞将刀挂回腰间时一度失手，刀落地板上发出声响。不知为何似乎不能麻利地插刀了。中根对动作缓慢地将干粮口袋背到身上正要推开杉板门的甚之丞喊道：

“甚之丞，不去疗伤？”

纳谷甚之丞应声回头，目光如剑，最终一言不发地在地板框处穿好草鞋走了出去。

“赢了？”清左卫门问。

中根弥三郎皱起眉头道：“唉，怎么说呢。”

“快瞧这里。”

中根脱掉练功服的一只袖子，亮出右胸给清左卫门看。借着蜡烛的光亮，见肋骨往上部分已又红又肿。

“第一个回合即被打中，弄不好骨头已经裂了。”

“真要命！”清左卫门道，“好在赶紧治疗应无大碍。就算无大碍，故意出手伤人，甚之丞这厮也太不像话！”

“唉，甚之丞像是从一开始就有心要我的命。最后劈头盖顶那一招，其实无论如何都躲他不过。不得已，我也只好以攻为守，击中甚之丞手腕勉强活命。”

“哈——”清左卫门眼前现出想插刀刀却落地的甚之丞的模

样，“所以才问他要不要去疗伤？”

“正是。虽说心里清楚甚之丞此行即为决斗而来，没能充分防范实属自身之过。”

“很想看看折断木刀击伤手腕那一招啊！那当儿不自觉地闭了眼！唉，真是……”清左卫门苦笑道，“百无一用的见证人哪！”

说话间，中根之妻不知何时从主屋出来走到两人身边，静静地从身后为中根穿上了那只脱下的衣袖。

穿好后，中根之妻向清左卫门道了辛苦，请他上主屋坐。

“那边备好了茶。”

“不啦不啦，少夫人。给弥三郎疗伤优先，我这就告辞。”清左卫门道。

到了外面，潮湿凝重的夜气迎面包裹住清左卫门。这冷冷的夜气让清左卫门又想起经历了三十年修行后再次输给中根，悲凉而去的纳谷甚之丞，夜路上已人迹皆无。

迈开脚步的一瞬间，清左卫门忽地心中一动。

躲过甚之丞的致命一击时，中根一定施展出了什么绝技。不过，能想象得出这绝技很可能是中根不愿让道场高徒们看去的。中根所言不一定会使出什么意想不到的招法，想必就是这个意思。

——那么……

或许中根本就希望自己那一刻闭上眼睛，或者即便睁大眼睛自己也未必能看得清那绝招的全貌，中根莫非早就料到了这些？清左卫门暗中思忖。恐怕这才是选清左卫门做见证人的理由吧。

清左卫门又苦笑一声。不过，这样惊心动魄的决斗一辈子能不能见识一次都难说，观赏比武后的兴奋劲儿仍聚积体内久久不散，清左卫门并没生中根的气。

前方暗处飘来牡丹花香。清左卫门又踏上了前天夜里经过的那条小巷。

黑夜密谈

一

屋外黑夜里突然响起响亮的雨声，紧接着吹来一阵温湿的热风，转眼间外面已是雨密风疾风雨交加。炸雷也来凑热闹，轰鸣的雷声从屋顶上呼啸而过，震得房屋咯吱作响。

听到吧嗒吧嗒的关窗声。当然了，就在刚才还是空气沉闷的酷热之夜，家家户户自然会在入睡前的这点儿时间里将能称作窗户的窗户都四敞大开，哪怕透进一丁点儿凉风也好。

三屋清左卫门也不例外，急忙起身关紧隐居间套廊上的窗。就在这当儿，裹挟着雨星的疾风已呜呜叫着涌进屋子，灯火摇曳起来险些熄灭。目睹着从庭院到围墙，再到更远处的邻家的树丛与屋顶在一道闪电下白昼般浮现眼前，清左卫门刚关好窗，又一个响雷在头上炸开。

大雨哗哗从天而降，雨借风势时不时敲打着屋顶跟关闭的门窗，震响不断。

——这么一来……

天会稍稍凉快些了吧，清左卫门边嘀咕边回到刚才看书的座位上。

虽说并非天热就读不得书，但清左卫门近来感觉到自己抗冷抗热的耐性有些不比从前了。意志倒是坚强，身体却不听话了。清左卫门曾思考过，莫非这也是衰老的征兆？

在书桌前坐定，清左卫门的心思却并没马上回到书里，一会儿听听下个不停的雨声，一会儿又透过套廊窗户的缝隙瞧瞧划过天际的闪电的光亮。清左卫门眼前像是现出了被暑热折磨得发蔫的树木与庭草沐浴甘露后重新焕发出生机的样子。此情此景好像引发了清左卫门的联想，一派孩提时代见过的光景浮上心头。

那时节比眼下要稍晚点儿，刚刚入秋。一天夜里，清左卫门被打发去邻居家跑趟腿儿。感觉那个时辰让一个孩子外出，多少有些晚。

不管怎么说，那天夜里只身出门的清左卫门目睹了不曾见过的闪电。天空西南一角有块云彩，闪电就是从那里蹿出来的。电光一闪，天地霎时都染上了亮紫色。由此，放出闪电的云朵所在的位置也看得一清二楚。只是在这一瞬间后，天地又都被呆板单调的黑夜完全笼罩，继而万籁无声。

又一道强光闪过，四周的树木房屋也都染上了亮紫色。这是清左卫门头次得见的壮观夜景。回到家后，清左卫门觉得就这么进屋实在可惜，便一直在门前欣赏闪电不断划破夜空的奇景。

这时，身后传来母亲的声音。似乎觉察到儿子回家太晚而来到屋外的母亲，像也马上被闪电吸引。

母亲凝望夜空走近清左卫门身边并肩而立，“多美的闪电啊！”妈妈轻声道，接着又说，“稻子就是因为有了这光才结穗的呀！所以说闪电多的年景会大丰收的，好好记住。”[1]

——那时……

清左卫门还在回想。自己约莫十岁，母亲也还年轻，家院比起现在来也小得多。正浮想联翩，听到拉门外儿媳里江的声音。

“怎么啦？快进来！”

清左卫门招呼道，心想怕是骤降风雨，里江放心不下过来查看情况吧。里江应声拉开拉门，果然，用查点什么的目光扫视屋子确认了一番窗子是不是已经关牢。不过，她好像不是为此事而来，检查完屋子后即刻说有客人。

“客人？”清左卫门惊问，“这会儿？哪位？”

“船越喜四郎先生。”

“船越？噢——”清左卫门又是一惊。船越喜四郎官居近侍，理应陪侍在府的藩主驻守江户官邸才对。“船越何时回来的？来，快请！”

“像是被雨淋透了……”里江道，雨声太大，里江抬高了嗓门，“怎么办呀，先请他换换衣服吗？”

“说的是。”清左卫门略一思量，又道，“不必，姑且见见。淋透了的话，不妨在这儿换。”

---

1. 日本民间的说法，日文中“闪电”写作汉字“稻妻”或“稻光”。

里江道声遵命，出去不大工夫，走廊上传来脚步声，船越现身门前。

“哎呀，三屋先生，别来无恙啊……”

圆脸，双颊散发着少年般光彩的船越喜四郎站在门外，头伸进屋来不失礼数地问候道，之后就在走廊上磨蹭起来。

“身上有些湿，先容在下在此脱下外裤。就这么进去，弄湿了屋子可对不住您。哈哈，失礼了，请您多包涵，不过……”

船越边脱衣服边又探身进门瞧一眼屋里的清左卫门。雨声嘈杂，不这样，有些话可能就听不清楚。

“想想也算一桩幸事，本不愿被人看到在下来此……好在雨大，附近不见一个人影。”

船越说着，在昏暗的走廊里单腿跳跳蹦蹦。等得不耐烦的清左卫门来到屋门口。

“没事？”

“啊，没事没事，莫担心。就是裤子淋湿粘身上了。没事了没事了。”

总算进屋子正式见过礼，船越却并没有马上说出因何事来访。谢绝了清左卫门拿干衣服来换换的提议后，没等清左卫门问，船越就喋喋不休地聊起了藩江户官邸的近况。

虽说船越话多得让人有些理不出头绪，但清左卫门知道这正是船越喜四郎这家伙的一个标志性特点。与清左卫门交接成为新藩主近侍的船越，可是聚焦了众人注目的有才之士。他出身名门，不到四十岁。此人的本领体现在别处。

端来茶水点心的里江出去后，船越终于闭上了嘴巴。优雅地喝完一盏茶，船越盯着清左卫门说道："来此……实不相瞒，来此有求于您。"

"求老夫这隐居之人？"

"正是。主公的吩咐。"

船越表情严肃与方才判若两人。雷声渐远，船越低沉的声音仍难听清。

船越缄口不言凝视清左卫门片刻后又道：

"您听说别家的石见守先生突然病故一事了？"

"无意中听说过。"

"现已查明，先生系遭朝田派毒杀。"

二

别家的石见守信弘在深川[1]的小名木川[2]南面有座别墅，因生性喜好热闹又爱讲排场，据说石见守有时在这里偷偷叫来帮闲、舞女等宴饮，这些风言风语常常传进江户官邸，令要职们大为不快。

---

1. 深川：现东京都江东区西部地区。
2. 小名木川：横断东京都江东区北部东西方向，连接隅田川与旧中川的运河。江户初期修成，全长约五公里。

今年樱花时节的某个夜晚，下屋敷来了两位客人，都是头巾掩面的武士。接待他们的是早了约莫半刻单人独骑前来的石见守。石见守吩咐仆人备酒，之后三人就关门进了里间。

两位客人来后大约过了一刻，外出办事回来的小婢女在灯光全熄的屋里发现了倒在地上的主人及同伴的尸体。石见守口吐污血倒在里间，厨房里，帮佣的一对夫妻被斩杀。

事件发生后，当夜就通知了筑地[1]的本宅及本家的藩江户官邸。本宅遵从本家意见，将石见守遇害说成"猝亡于本宅"呈报至幕府。所幸，别家长子光五郎信正拜谒过将军家后，平安无阻地继承了三千石的家业。

不过，据江户官邸派出的医官密报显示，石见守死于中毒。别家的家业继承事宜顺利完成后，船越被藩主传去，奉命对石见守死于非命一案秘密彻查。经过一番周密计划，船越召来徒目付樋口孙右卫门下达了密令。樋口对调查此类案件经验老道颇有手段。

樋口当即展开搜查行动，结果实在令人震惊。船越道。

"毒害石见守先生的竟是同乡之人！"

"……"

清左卫门点点头。虽说事情大体预想得到，清左卫门还是不出声地细听着船越的讲述。

"听说到访别家别墅的两个男子操本乡口音。那个名叫阿英的小婢女在被打发出去办事前听到了他们的说话声。"

---

1. 筑地：现东京都中央区隅田川河口西岸一带。

被斩杀的仆人两口子是藩属同乡，而阿英则是距下屋敷相当近的深川一带町街生人。尽管如此，她还是听出了两人说话时声音像是含在嘴里那样的乡下口音。

两人肯定有意将阿英与夫妻俩一并杀掉灭口，算是那时恰好被派出去买东西的阿英侥幸，好歹捡回一条命。樋口由此断定犯人是藩江户官邸人员或者近期从采邑出府而来的同乡。别家的府邸里并没有从本乡带来的佣工。

樋口不声不响地不断查访，不久便查明那夜的刺客既不是江户官邸的人，也并非因公出府滞留江户官邸的本乡藩士，而是疑似住在下谷[1]的一间什么长乐寺里的两个男子，长乐寺又是朝田弓之助家老出府时经常投宿的寺院。

两人的名字是黑田欣之助和村井寅太，已查明他们隶属在采邑被称作朝田派的家老一方的派阀。黑田与村井去年临近冬季时出府直到春天一直滞留在长乐寺。据说两人对寺里宣称因公而来，经常身着礼装威严地外出活动。

而樋口的调查结果却是，黑田与村井滞留江户的近半年时间里，一次也没去藩江户官邸露过面。而且声称归乡离寺之时，正是石见守遭毒杀那天的早晨。仅那一天住在市内，深夜去见石见守的嫌疑极大。

接到这份报告，船越喜四郎偕同樋口登门拜访了筑地的石见守府邸。

黑田与村井在府期间似乎时常与石见守会面。然而就此在

1. 下谷：现东京都台东区的地名。

石见守府邸一查访，结果却是两人从未在这里出现过，看来果然行事谨慎。不过，船越与樋口却歪打正着地查获了证明石见守与朝田派有关联的极有力的物证；即，石见守与朝田弓之助间相互来往的大量书信。

信中的词句令人极为怀疑两人之间存在着什么密约。只是密约的内容不得而知。继承人光五郎信正很痛快地答应了船越的要求，毫无保留地打开文卷匣供后者查看，因此得以读到这些信件。书信里混有一封家住野盐村、在采邑算是首屈一指的富农多田扫部的来信，仅此一封。多田的信里出现了石见守次子有次郎信成的名字，另外，信件内容使人怀疑石见守与多田之间也保持着某种秘密约定。

“至此，调查方向分明无误地指向了采邑的朝田家老。于是在下向主公禀报了查办经过，并恳请主公派樋口到采邑来。”船越道。

樋口回到采邑。因樋口是大目付山内勘解由的部下，暂时归乡自然要去打声招呼，但身负绝密任务一事却在上司面前只字未提，抵乡后立即着手调查。樋口被赋予在某些特殊情况下可向调查对象出示奉令密查意旨的权限。

樋口在朝田派跟远藤派都有熟人。借助这层关系潜入两派之中，一方面收集打探身居高位之人的言论，一方面带着船越的引见信，深夜秘密探访了野盐村扫部宅院。结果，樋口终于摸清了纠缠在朝田家老与石见守、多田扫部这三者间所谓密约的详情。

事情要追溯到几年前。据说石见守来拜访当时出府中的朝田弓之助，拿出一个提案，提案内容大约是能否让次子有次郎信成做藩主家的养子。

这样一份提案，石见守的用意昭然若揭。当时藩江户官邸内，世子刚之助的体弱多病是众人的一块心病，而藩主又没有再生孩子的迹象。由此，无论江户官邸还是乡下采邑，官居要职的每位重臣那时期都在忧心忡忡地窃窃私语，万一世子有个不测，主公打算如何应对？

石见守一定说过，若将有次郎收为养子则万事无忧矣。在藩主家注入自己的血脉，如果得手，岂不可能让他登上下任藩主的宝座？石见守肯定有过这番考虑。

石见守年轻时被认为才干在其兄之上。平庸的兄长当上了藩主，人物见识都胜一筹的自己却不得不屈居三千石家禄旗本身份，这份无奈，是不是就隐藏于那份提案中呢？

朝田弓之助是怎样应答这提案的呢？樋口探查一番后仍没弄清楚，至少朝田无意马上就将提案呈至藩主面前。因为藩主与石见守虽为一奶同胞，关系却势同水火。朝田派的某位干事说，对石见守的提案有所耳闻，不过朝田家老应当已将其束之高阁。

大约过了两年，朝田弓之助突然携同石见守出现在野盐村扫部宅院。朝田说为确保藩内安宁，要推荐有次郎少爷做藩主养子，为统一藩内意见前来筹措资金，并承诺养子计划实现之时，多田扫部提出的黑尻野百町步的开垦承包申请将被准许。

“这一时期，恰逢远藤派批评藩政突然严厉之际，相比过继养子，朝田家老更需要用钱来稳固派阀，多田这样看待此事。

多田也有多田的耳目，想必大人物们的动向大致也摸得清。不管怎么说，假设这看法正确，那就是朝田家老打着石见守的旗号从多田那里圈钱，而多田二话没说就提供了资金。”

船越说调查到这里，樋口返回了江户。

基本掌握了密约详情，但石见守被毒杀的原因仍不明就里。船越与樋口再访筑地别家，得到新当家人的许可后，将石见守的书斋重又查了个底朝天。书信全部再审，从备案录之类的文件到尚在保存中的废纸、纸片，无所不包，逐字逐句遍读一番后，终于有新的证据浮出水面。

其中之一是从朝田弓之助的来信中发现的。朝田在那封信中措辞虽然极其暧昧，却对石见守提议的什么新提案发出严厉警告。“此想极可能置尊驾于陷阱”“切忌鲁莽行事”“独断专行，必招杀身之祸”等言辞在数封信件中被发现，时间集中在去年夏季到秋天。

新查出的另一个证据是写在备忘便条上的一个医官的姓名。这医官是被藩江户官邸雇用的一位医官，获七人扶持。医官并非本乡人，而且相比百石、二百石的御医，身份极其卑微，不过因诊治儿科疾病极为拿手而小有名气，就住在江户官邸的长屋里。

船越与樋口当然不会放过在江户官邸当差的大夫的名字，两人仔细地询问了别家的每一个佣工，终于有人供出记得去年秋天石见守在外面与那位大夫密会过。

“名叫鸟羽玄朴的这个郎中，对石见守提出的给刚之助少爷下毒一事供认不讳。不过当时仅与石见守见过一次面，他说被这要求吓得全身打战没敢应承。据说石见守出示的礼金相当丰厚……”

“……”

“总之就是这样。”船越喜四郎道，御世子刚之助少爷近来颇为健壮，加之去年春天妾女阿桐小姐产下一子，完全没必要再过继什么别家的有次郎少爷。朝田家老以为石见守先生看清形势变化自然会放弃养子提案。然而并非如此……”

船越啜了一口已经凉透的茶水。

“石见守先生已踏上不归路，为实现养子计划，不惜毒杀刚之助少爷。顽冥不化到这份儿上，不能不让人怀疑他是不是已丧失了心智。一起密谋的朝田家老也该受惊非小。置之不理的话，极可能造成全族溃灭、派阀解体的凶险局面，于是命黑田、村井出府尝试劝服石见守。当然，劝服的内容中必然也包含这样的命令，一旦后者听不进忠告，便秘密除之。”

三

船越喜四郎的长话结束了。外面已是雷停雨歇，两人不约而同地端起碗喝了口凉茶。

“哎呀，诸多迹象甚是怪异，也并非没有觉察……”清左卫门道，心中的震惊仍难消弭，“不过，您查得可真周详，佩服佩服！这么说，朝田家老恶贯满盈，该算总账了。”

“的确是时候算总账了……”船越道。

“此事已是势在必行，今夜便是为此前来。”

“哈哈！”

“在下明晚要去会会朝田家老，届时能否请您同往朝田府邸？并非在下强求，其实此乃主公之意……”

“要老夫同行？”

“正是。完全不清楚朝田家老会如何应对在下提出的问题……”说着，船越苦笑一声，“此事若不中他意，归途上遭其暗算的危险也相当之大，但这也绝非跟随便什么人都能商量得来。如此说起时，主公讲可与三屋商量，别无他人可指望。”

“老夫诚惶诚恐……”清左卫门双手扶膝低头一躬道，同时也多少有些不知所措，“您要与朝田家老商谈何事？即刻报知大目付山内大人岂不一了百了？”

“难就难在这里。主公发话石见守先生一案不可公之于众。”

清左卫门一下子回过味来。

“亡者石见守先生乃德川家的直参，案件公开必令本藩遭受责罚，是这么回事？”

“正是。主公对此很是忧虑。”

“即便如此，也不能任朝田家老逍遥法外。”

“主公的意思是将真相摆在家老面前，令其彻底交出政权。也就是逼朝田家老将手中权力老老实实地移交远藤治郎助大人后即刻引退。当然这还不算完，交出政权后还要接受主公降下的处分。必须讲明，接受此条件，藩主便下达指令，由远藤派执行可以视为对朝田派全面压制的极端处分。”

“如何处分朝田家老？”

“闭门五十日、减禄二百石，本人隐居。”

“太轻。”

“主公与石见守先生关系之恶可见一斑。”船越道。

清左卫门低头沉思起来。很清楚身处江户的藩主的心思。对朝田家老犯下的罪行不可能不予过问，但处罚又要尽可能以避免公开的形式从轻发落。

“明白啦，不过有言在先。”

“何事？”

“虽说并没特别热心，老夫形式上加入了远藤派。此事朝田家老当然也知情。小民以这般身份参与说服家老，对方心存不满该如何是好？”

“这也跟主公商议过。主公已从相关渠道获取了采邑朝远两派人员一览，知晓三屋先生属远藤派。不过主公这样讲。”船越道，“近侍本应无派别。三屋原为近侍，阐明利害想必能够脱离派阀助君一臂之力。让朝田心服口服后，还必须说服远藤那边，那时候便要请您出马，至于您加入远藤派，在主公看来，亦算是无巧不成书罢。”

“原来如此。”

“哎呀，主公对三屋先生的绝对信任令在下叹服不已，同担此职的在下也甚期待能获得如此恩宠哪！”

清左卫门默默一躬。看得出船越极欲自己参与此事，不过藩主肯定也讲过类似的话。

最后的效命这一说法在脑中划过。清左卫门再次轻轻俯首一礼，说声遵命。这时才注意到，全身已大汗淋漓。清左卫门起身敞开套廊窗户，雨后凉风与虫鸣旋即涌进屋子。

“何时前去说服家老？”重新坐下后，清左卫门问。

船越认为事不宜迟明晚就去。接着脸上又稍现阴沉之色问：“可有危险？”

“不敢说没有。”清左卫门想象着双目吊起两颊瘦削的朝田弓之助的面目答道，“老夫也要适当做些准备。”

四

“在下已知家老大人自野盐村筹得资金总额不低于一万两，即便用做派阀经费，数额也颇为巨大……”

船越最后一句话刚说完，朝田家老颧骨高高突出的长脸突然涨得通红。清左卫门默默望着他脸上那令人毛骨悚然的血潮渐渐褪去，最后变得苍白。因事先说明此番密谈不得有外人参与，家老府邸里间内仅有三人。

朝田弓之助脸色苍白，低头闭上双眼。双眼再张开时，嘴角竟露出一丝冷笑。“乡巴佬！自毁誓约信口胡言！”朝田低声骂道。

然后直视着船越道：

“那主公意欲何为？要朝田切腹不成？”

“主公当然以为此乃足以切腹之罪。”船越语气尖利地反唇相讥道。船越态度沉稳言辞犀利，与家老互不相让针锋相对。“不过主公没有下达此番指令的用意想必家老大人也心知肚明。”

“自然不会令本官切腹。”朝田冷笑得更厉害了，“那么一来，一切公开，不单朝田，本藩也将自取灭亡。”

“不错！”船越坦言。

“那要怎样？”朝田目光锐利地扫视船越与清左卫门，“不切腹又如何？主公有何高见？”

“执政之职自不待言，家老大人一派所有人员都要从藩政要职上撤下。也就是命令家老大人将政权交与远藤派。”

“还有？”

“让权告一段落后，以主公之御名宣布家老大人闭门五十日、减禄二百石、就此隐居。名义是藩政管理不周，此令必须无条件服从！”

“……”

“藩令如上！在下以为称得上从宽处置……”

朝田家老抱臂胸前思索起来，不一会儿，双手置于膝头问：

“主公虽有此意，政权让出后，远藤又要说出什么却不得而知。”

“此事不必担心。”清左卫门插道，“远藤派那边在下负责解决。确定以不过问一切事由为条件移交政权。本来……”

“远藤派本来对此事也隐约有所了解，只是作为远藤派自然也没胆量去追查一位死因不明又身为藩主亲戚的直参。互不为难，就此说定！”清左卫门进一步保证道，“政权移交完成之际，主公自会向远藤派下达禁止弹压的指令，少许赏罚在所难免，却无需忧虑会造成人心惶惶的局面。”

朝田家老又陷入沉思。清左卫门正揣摩他心里是在估量所犯罪行还是对权力恋恋不舍时，家老抬起头。盘踞他心头的像是后者，那张脸上又现出冷笑。

“假如……”家老道，“假如本官不听从主公之言又当如何？”

“不会如何。”船越马上接道。如此滴水不漏的谈判策略，正是高手船越要显示的才能。“在下回去原原本本向主公复命。估计主公会当即派兵追剿家老大人吧。神不知鬼不觉，暗中行事。虽说主公性情温良，可在如此大是大非面前可不是糊涂的主儿。”

“小视主公，当心身败名裂！”言罢，船越注视着家老僵住的冷笑，乘胜追击道，“另外，提醒家老大人，杀害我等隐瞒真相的念头也打消为妙，证据于江户处明明白白，杀了我等也徒劳无益！”

“好吧！就按您刚才说的下令吧。”朝田家老突然开口道，脸上现出颓丧疲惫之色，“敝派今夜也要召集众头领商议执行。哎呀，有劳两位来此代言，请转告主公本官必将遵令行事。现敬上粗茶，请两位稍事休息。”

家老到走廊上唤人来，吩咐上茶又回头对屋中两人道：“因近日夜路凶险，归途派人与两位同行。”

约四半刻后，船越与清左卫门来到玄关，见土间处站立一人。似乎就是陪行人员。清左卫门一见此人面目，猛觉全身血液沸腾起来，村井寅太！

仅在町奉行所旁见过这家伙一面。“那位就是直心流的村井寅太。”当时在身边的町奉行佐伯道。

清左卫门脑中回闪出平日对朝田家老的评价——冷酷无情的阴谋家。认为已说服家老实在太天真！要降罪就降降看吧！家老莫非早就打定主意要将我等斩尽杀绝并对远在天边的藩主施压，最终将事件彻底扼杀在黑暗之中？

刚才长时间的沉思，可以看作是困兽犹斗的家老在寻觅最后的逃生途径。并非不可能。接受这条件，即意味着家老有生之年别指望朝田派再翻身。

“谢谢您一番好意……”清左卫门道，“无需陪同。我二人结伴，又有灯笼。路上不必担心。”

“不妥不妥，不必客套。”家老粗声粗气道。灯火在家老瘦削的双颊上投下黑黑的影子，两鬓的白发像要倒立起来。“您看到普请组在町入口一带路上挖沟了吧？前些日子附近有人夜晚掉进坑里受了重伤。为避免此类事件再发，一定要派人陪同。”

“哎呀，真让您费心啦！”不明就里的船越道。无奈，清左卫门只好闭嘴。不过在出门前，清左卫门悄悄解开了刀鞘。

漆黑浓重的夜色像要紧贴到人身上。夜空中阴云密布，不见一丝光亮。手提灯笼的村井走在前头，后面跟着清左卫门和船越。村井一言不发。

时辰大概过了五时半（晚上九点）吧。穿过宅邸町期间，没遇上一个路人便到了家老所言普请组挖沟的地方。穿过这里，前面就是沿河路。沿河路路面宽敞，夜里大多无人。

到那里怕有危险，清左卫门正盘算，村井回头招呼道：

“请当心脚下。”

三人穿过了路面坑坑洼洼土堆随处可见的这一地段后上了沿河路。这时，后面冲上来一人，风一般与村井并肩而行。是中根道场的平松与五郎。

“晚辈前来迎接！”平松对清左卫门打过招呼后，扭头对村井道，“村井寅太，辛苦啦！后面由在下陪同，足下请回！”

村井停下脚。肤色浅黑稍嫌丑陋的脸上没有任何表情，村井反复打量平松片刻嘟囔道：

“可家老大人吩咐过……”

“无妨！一人同行足矣！”

平松都说到这份儿上了，村井仍一动不动，良久，才微微点头，递过灯笼。平松不错眼珠地盯着对方接过灯笼，村井像要拉开间隔似的一点点向后退去。

如同与之呼应般，平松也缓缓移动身形，几乎挡在清左卫门他们身前。高举灯笼，锐利的目光追踪着村井的动向。灯笼光下，村井突然稍施一礼转过身去，瞬间消失得无影无踪。

“兵具方平松。”平松对船越自报家门后，对清左卫门道，“从门口一直跟在后面，感觉要搞什么名堂肯定会在这一带。借灯光看见村井脸色时，吓了一跳。”

“哎呀，还以为你没来哪，急出一身汗！”

“什么事儿?”船越插话进来。

“刚才同行的正是村井寅太。”

“村井?”船越像是也意识到危险了，一时间张口结舌，旋即又道，“在深川别墅，有杀害佣工夫妇嫌疑的那家伙?”

“正是。”

“嗯——”船越轻声笑起来，喃喃自语道，“朝田家老！奸猾的老东西！难道要干掉我等不成?”

“哈，不好说啊!”清左卫门道，这时才留意到，全身已被汗水浸透，又湿又冷。

早春之光

一

秋意渐浓的九月初，藩执政府[1]悄无声息地更迭完毕。

四位家老、两位中老中，只留下了间岛弥兵卫家老，朝田派一人不剩，全从执政要职上消失。取而代之的远藤派随即到位，占据了各个职位，即便间岛家老留任，事实上也是不折不扣的全员大换血。

长年隐身于藩政舞台幕后的原家老远藤治郎助重返首席家老之位。远藤为巩固藩政中枢，除自己与间岛外，大刀阔斧地起用年轻有为的新人。这一决定英明果断，新执政阵营可谓焕然一新。

新晋升至家老之位的是组头细谷孙三郎、吉冈主膳两人，另外，被提拔为中老的乃官居番头的中野峰记、原中老桑田小左卫门嫡子伦之助。虽说桑田伦之助年纪轻轻才三十二岁，却老早就是个公认的有能之士，从江户藩邸御小姓头目要职上转

1. 执政府：执政部门。

职而来。

尽管规模如此巨大的藩首脑调整只在藩主名义的一纸通告下进行，家臣间却没出现什么特别的人心惶惑。历来伴随藩首脑更替而出现的混乱状况，譬如拿不上台面的流血事件，或是吵吵嚷嚷的口舌之争，这次却听不到任何声息，甚至可以说就在静得瘆人的气氛中，执政更替结束。

三屋家的隐居，三屋清左卫门在能看到荒野那边的小樽川河堤及野盐村树林的地方停下脚步，接着掉头往回走。

刚刚迎着夕阳一路走来，现在一回身，清左卫门感觉眼前一下子变得漆黑。这是刚才阳光太刺眼的缘故吧。不过，眼睛马上就适应了这光线，面前再次展现出笼罩在透明的夕阳下的晚秋风景。

遍布远近的旱田里，只剩下一排排粗大的萝卜和枯立的豆茎，地里的庄稼基本上收割已毕。由道边延伸出去的水田也同样，虽然还有从稻茬里畏首畏尾地露出头来的新茬的嫩绿，以及田埂上芒草的白穗沐浴夕阳散发出的那点可怜的光彩，剩下的就只是完全曝露在天光下的一片片黑土地了。

与旱田交界处的水田一角，有两个黑色人影在收集稻杭[1]并堆积起来，除此之外再看不到他人。一派昭示季节终结的光景。

不过，在连续几天的夹霰冷雨后，加上又没风，今天这个晴朗的日子对深秋时节来说，实在太温暖。被这暖意吸引，清

---

1. 稻杭：棒状，可使稻草呈圆形挂于其上自然干燥。

左卫门盘算着到野盐村一带散散步，可时间稍稍有些晚了。

近来天黑得很突然，就这么奔野盐村去的话，还没进村日头就会落山，归途必会陷入被卷土重来的寒气冻得瑟瑟发抖的境地，清左卫门边合计边缓步沿来路折回。

眼下正前方，国境那边的远山历历在目。从小樽川的水源地——南方从山中分隔出来的国境线上的连绵群山，宛如一道道屏障，由东向北斜斜地将天空隔断开来。群山中，当下季节多隐匿于云层后极少露面的弥勒山山顶清晰可见。

矛枪枪头般尖尖的弥勒山山顶上，在这几天的冷雨间隙像是还下过雪，山头正闪着雪白的亮光。山顶下，俨然鸟翼的起伏的群峰自东往北绵延伸展，白雪倒是不得而见。山峰上树叶凋落后的寒枝变成了萧索的灰色，仅在接近山脚三合目[1]往下地带留下了些许红叶的色彩。迟暮的斜阳照耀着群山，群山在这无力的斜阳的照耀下反而更显朦胧了。

——就像今日这大好天气……

藩里也能就此平安无事的话该有多好，清左卫门默默念叨。

心中突发这一感慨是因为有块隐忧始终盘绕于胸：藩政更迭虽已过去一个月，但对下了台的朝田弓之助的处分还迟迟没有执行；假如执行了这一处分，以此为发端，藩属各个职位人员大换班，藩内难免会陷入一片混乱。

派阀更替本来就这样。出人头地者得意，倒台落魄者则跌入失意的深渊，就是这么一个简单残酷地展示着人生明暗两面

1. 合目：一合目表示从山脚到山顶的登山路程的十分之一。本文中三合目即从山脚向上十分之三的里程。

景致的时期。而且在这期间，注定会冒出宣称对变革不满并掀起暴乱的人。

迄今为止，政权更迭一直在悄然进行。清左卫门预测，问题会爆发在更迭之后。

清左卫门一族因这次并没深入参与派阀之争而得保平安。清左卫门与长子又四郎虽说言行倾向于远藤派，却也并没多么积极抢眼；另外，次子入赘的秋吉家、长女嫁入的市村家分属远藤派与朝田派，可这也算是硬性区别开来的，当然都不是派阀里特别能打头阵的角色。因此清左卫门估摸，既得不到褒奖，也不会遭什么责罚。

例外的是幺女奈津嫁过去的杉村家，奈津之夫要助素日里毫不起眼，却不知怎的一时心血来潮，在派阀之争初期曾为远藤派承担过一次相当危险的任务。可能对要助早晚会有点什么奖赏。

——那时最好规劝要助……

切勿恃功傲人树敌太多，这可是一片好心啊，清左卫门思前想后。

不管怎么说，能够安然无事地守住家禄平平稳稳生活下去，没有比这更幸福的了。清左卫门为自家一族的平安前思后想时，日头早已在背后落下，道路前方已披上暮色的城下入口处的房屋现出了身姿。

回到家，儿媳里江转达了佐伯熊太的留言："今夜方便的话，请到'涌井'来。"

"找您有什么特别的事儿？"

“什么事儿！哪有什么事儿！”清左卫门道，“突然想喝酒了呗！”

二

虽是对儿媳这么说，但那夜的酒清左卫门喝得还是挺香。酒当然就不用说了，另与不冷不热的夜晚及美味可口的下酒菜也绝对有关。

下酒菜有烤鳟鱼、涮雷鱼，蘑菇选用了丛生口蘑，另有炖大萝卜，菜品搭配可谓绝妙无比。此外，还有简简单单盛在小碟里的梅醋腌阳荷。

“红芜菁好吃，这阳荷也好！”町奉行佐伯道。佐伯的鬓发不知不觉间已斑白了许多，想必町奉行一职太过劳心吧。

瞅着白发增多醉意上脸的佐伯熊太，清左卫门又发现了另一个觉得美酒香醇的原因。没有什么酒能比跟心无隔阂的老朋友一起喝的酒更香了。

“今晚的酒真香！”清左卫门道。佐伯搁下伸向涮雷鱼的筷子，用不怎么听使唤了的手抓起铫子给清左卫门斟酒。

“这大冷天，不喝点儿酒什么的，在世上简直没法混！三屋。”

“说什么哪！胡言乱语！醉啦？”

“什么醉啦，才刚开喝呢！”

町奉行给自己斟满酒，又将手伸向雷鱼。

雷鱼做酱串鱼片烤着吃好吃，像今晚这样水煮一大锅后蘸着拌进萝卜泥的酱油吃也备受推崇。町奉行大嚼着被叫作“鰤子”的雷鱼子儿，发出清脆的声响。在海边能捕到雷鱼时，就入冬了。

“我说……”町奉行将盛雷鱼的大盘撤到桌底一旁说，“听到件怪事。”

“怪事？”清左卫门也放下筷子，给佐伯的杯子斟满酒。

“听说黑田欣之助调任大阪藏屋敷[1]了？”

“没有。”清左卫门警觉地凝神盯着佐伯，“什么时候？最近的事？”

“问题就在这儿！”佐伯说着，将酒气熏天的脸凑近清左卫门，压低声音道，“原执政府得到江户主公的批准调任黑田是在大换班的差不多十天前，千钧一发之际啊！而且黑田动身去大阪就在五天前。”

“这期间，大约过了四十天……”清左卫门道，“火药味十足啊！将黑田支到远处是朝田要搞什么名堂？”

“不止如此。”佐伯说着又拖过铫子斟酒，“知道马回组的犬井彦之丞？”

“啊！山根大人的手下……”

1. 藏屋敷：储藏兼出售粮食等的栈房。

“以前想对你动粗的那位。”

“这家伙怎么?”

“黑田出藩时，似乎有这犬井同行。”

“哦?”清左卫门停下快要端到嘴边的杯子。

犬井彦之丞乃隶属朝田派领袖人物组头山根备中组的藩士，是一刀流小泷道场的高徒，脾气暴躁。

“送狼[1]的味道啊！黑田性命危矣。”

“英雄所见略同!”佐伯说完，一口气喝干了杯中酒，“毕竟，黑田是石见守先生一案的知情人。光是支到大阪难以安心，那家伙这么打算不足为怪。”

“不足为怪!”清左卫门赞同道。两人都在想象倒台后的朝田弓之助的模样。“犬井也去大阪?”

“非也，按勘解由的说法……”佐伯端出了大目付的名号，“犬井的目的地是江户官邸。不过，一旦出藩，往后的事就不晓得了。”

“言之有理。”清左卫门抱臂胸前沉默片刻后，道出了心中的担忧，“你我如若担心黑田欣之助的大阪之行，那村井寅太也凶多吉少。”

“这个，勘解由也清楚。”佐伯道。佐伯不住嘴地喝酒吃菜，灵巧地从口中吐出鳟鱼鱼刺后又道，“这可是机密……”

佐伯说出了清左卫门甚至没对佐伯透露过的涉及远藤、朝田两派密谈核心的一段话。

---

1. 送狼：假托护送之名，实则居心不良。

"最近像是要从江户传来处分朝田家老的指令。大目付判断，莫非原家老为销毁那桩案子的证据，在指令到达前已开始行动了？"

"……"

清左卫门默默地自斟自饮。从何处走漏了风声不得而知，本想守住这天大的秘密的。

清左卫门抬起头："那这次政权更迭是不是能就此平稳解决，尚属未知喽？"

"尚属未知，尚属未知。"佐伯熊太道，"往后肯定波折不断！"

"真会这样？"

"想想看，"佐伯搁下酒杯，一收下巴，露出仿佛对清左卫门怒目而视的表情道，"处分指令如若属实，到时候朝田派肯定会爆出不满。政权更迭引出的赏罚跟调任还没进行，今后所有这些都是大问题！"

三

两人醉醺醺地道声"要回去了"，老板娘美樱将其送至店外。尽管清左卫门在店门前再三说送到这儿就行，美樱还是随两人到了花房町小路与主街交界的地方。

“老板娘扔下店子，不耽误生意？”酩酊大醉的佐伯声音含混地问。不光嘴里嚷嚷，佐伯身体歪歪斜斜简直要偎在老板娘身上。

老板娘美樱撑着他那宽厚的肩膀说：“请您不用担心。”

“只剩一位客人啦。”

“哇哈，是——嘛！呀！很晚啦！”

见佐伯回身，清左卫门也向后张望。天刚黑来此地时，灯光明亮如白昼般热闹非凡的花房町小路上，林立的店铺已有半数以上熄了行灯，灯下行人也寥寥无几。时辰肯定过了四时（晚上十点）。

“奉行喝到这么晚可不成！”走到主街上，佐伯自言自语着停下脚步。像是突然意识到了自己本来的职责，佐伯将肩膀离开老板娘，上身站得笔直。“我说老板娘，今晚的酒菜特别醉人啊！”

“请您再次光临！下次为您准备鳕鱼汤。”

“鳕鱼汤！那又忍不住要来了，对吧三屋？”

“不必着急。”三屋道，“等霰雪和雨夹雪都下了，再稍冷些后最好。那鳕鱼怎么叫的来着？哎——”

“寒鳕吧！三屋，你有点醉了！”数落清左卫门的佐伯自己脚下却踉跄起来，“下次等下雨夹雪的冷天再来，就着热鳕鱼汤喝一杯！”

说完，佐伯猛地转身拔腿就走。他家方向与清左卫门相反。町奉行又突然回头道：

“老板娘，三屋有些喝过头了，能不能送他半程？”

“瞧这家伙的坏毛病，一喝醉就好乱使唤人！”

清左卫门说这话时，美樱笑着向渐行渐远的佐伯欠身一躬，又扬了扬手。在空中银色月光的闪耀下，那手异样苍白。

“很冷吧！快，赶紧回店！”清左卫门扭头说道，美樱点点头，却随着清左卫门的步子跟在后面。

“喂喂，佐伯开玩笑哪！老夫没醉！”

“有点事儿想说给您听。”美樱道，“可以边走边说吗？”

“老夫没问题，你不冷？”清左卫门道。有太阳晒着的白天不怎么冷，一到晚上，夜气就冰冷刺骨，这寒气与三九天几乎没什么分别。

“不冷，”美樱摇摇头，微微一笑，露出雪白的牙齿，“还年轻哪！这点儿寒气不算什么。”

“说来也是。”清左卫门苦笑道，“唠叨‘冷啊冷啊’的正说明上了年纪，想想也是，老夫在你这个岁数的时候，根本不怕冷！”

“请不要再说得自己好像是个老年人！”美樱出人意料地轻佻地说道。不光言语轻佻，美樱还用胳膊肘轻轻捅了捅清左卫门侧腹并现出媚态。“您还没到那年纪嘛。”

“哎呀，已经老啦！”清左卫门嘴上虽这么说，这时却感觉有个意想不到的念头在脑袋里微微一动。

心里动的这念头，是一瞬间的快乐记忆。记住这一瞬间的不是清左卫门的心，而是他衰老的身体，不用说，这记忆肯定跟今年初春那个下起不合时令的大雪的夜晚有关。那天夜里，清左卫门留宿在“涌井”，度过了似梦非梦的一夜。

——本想让这女子暖暖自己冻僵的身体……

似乎不止如此，清左卫门有点儿心慌。引出此前深藏于心的这段记忆的，无疑就是美樱刚刚显露出的过于亲昵的媚态。

这愉快美好的记忆，虽已急剧地划过清左卫门的身体消失殆尽，留下的感觉却依然生动鲜明。清左卫门不由得涨红了脸。不过这记忆非但没有不快之感，反倒像是带来了令人身心愉悦的惊喜。

——这是真的？

如果不是，这女人怎么可能如此亲昵地偎上身来？清左卫门正左思右想，美樱抬头问：

“您不冷？”

“不冷，无妨。那听听你要说的事儿。”

听清左卫门问话，美樱垂头默默向前走了几步。

看着她的身影，清左卫门胸间生出了一丝隐忧。感觉美樱莫不是要提出什么棘手之事？本以为通过长期交往已十分了解“涌井”老板娘美樱的心性了，可如果刚才复苏的记忆属实，她将要挑明的事儿就不是客人与老板娘之间的问题，而极有可能是男女之间的问题了。

——哎呀……

清左卫门暗暗叫苦。

这种情况，年龄不般配是一个方面，同时也该充分听听女方的想法。固然没有纳了妾的小沼惣兵卫那般胆量，可甩下女方自顾自逃避岂不可耻？清左卫门正胡思乱想，美樱驻足回过身来，冷不丁开口道：

“跟您说这事有些突然，定下要回老家了。”

“回老家？噢——”清左卫门呆呆地望着美樱。既然特意告知自己要回老家，那就是意味着一去不返了？但说法上是不是有点夸张？

“你老家不是松原？”

“不是，其实是邻国的狭沼。”

“什么?! 那要远得多！”清左卫门道。

狭沼领属邻国支藩，是个被北部群山环绕着的盆地，借此盆地建起城下町的这个小藩，总共不足三万石。这与以前从佐伯那里听说的大相径庭。

清左卫门曾有两三次注意到美樱口音里带着本地话没有的腔调，当时由此料定她确实打老远的地方来。

“什么时候走？”

“盘算着趁路上还没积雪……”

“那也马上就在眼前了。”清左卫门道。

刚才还沉浸于与自身年龄极不相称的色彩绚丽的温柔梦乡，现在却猝不及防地被拖进灰蒙蒙的残酷现实，清左卫门感觉一下子跌入了冷冰冰的心境中。

清左卫门再次确认：“不再回这里了？”

“是啊，是这么打算。”

“‘涌井’怎么办？”

“以后托付给奈美，仍要请您多多关照。”

“嗯——”

奈美是“涌井”的佣工头，比美樱年长两三岁，泼辣能干。清左卫门在路上抱臂胸前。两条短影线条分明地投射在地面上。

“能说说因何回去？”

“事情很复杂。”美樱道。

美樱娘家开油坊，店子虽说不大，却也雇有佣工，生意一直很平稳。因只有美樱和妹妹两个孩子，美樱在十七岁时就招了女婿。

女婿是同居狭沼城下的一个盐商的四子。此人宣称一直在江户学做生意，二十五岁，长相也不赖，言行举止令人称道，人们都说油坊招了门乘龙快婿。但在过了将近一年时，这家伙露出了马脚。美樱的丈夫是个连亲生父母都瞒着的酒鬼！

长期禁戒一旦打破，女婿便没完没了地酗开了酒。大白天起就一身酒气，生意也荒废了。夜里醉醺醺地在外面打架，回家时常常浑身是血。尽管这样倒是没不去店里，不过以为他在店里忙，结果不知什么时候他却蹲进厨房角落又咕嘟咕嘟地喝开大碗酒了。

观察了约半年光景，忍无可忍的美樱父亲决定让女婿离婚，赶他回婆家。不料女婿把岳父打了个半死。从那时起，对女婿来说，这个世上就没有他怕的人了。实际上，婆家也好、亲戚也罢，没人能收拾得了这个名叫稻二郎的女婿了。

稻二郎基本上不干活。而且酒劲一消，光天白日也脸色煞白地蒙头大睡。可到了夜里一喝上酒，就开始找美樱的碴，到处追着美樱拳打脚踢，甚至在父母面前施暴，场面如地狱图一般。

美樱跟爹娘商量，先送妹妹去别国做了佣工，其后自己也逃离狭沼来到这个城下，并在红梅町的料理茶屋安顿下来开始做佣工。

两个女儿远走他乡后，老两口决意将稻二郎告上町官府，好歹离了婚。可这稻二郎在往后的三年里根本没离开油坊，简直如同丧失了人性的魔怪赖在油坊不走。

好容易等稻二郎离家，过了大约半年，美樱的父亲突然病死了。人们都说这是长年操劳带来的恶果。美樱没敢回去参加父亲的葬礼，因为母亲来信说稻二郎还常来家里窥探，切切不可回来。就这样，时光飞逝，后来美樱巧遇一个意想不到的机缘，成了油坊三海屋家的儿媳妇。之后，又在本就体弱多病的丈夫死后，接受公公的好意，做了“涌井”的老板娘。公公清楚自己儿子的病况，对嫁进三海屋的儿媳甚是同情。不知不觉间，美樱习惯了这里的生活，有时甚至忘记了故乡。

今年春天美樱得知了稻二郎的死讯。听说这家伙在最后的一两年里酒精中毒形同废人。消息传来后美樱决定回老家，美樱说有十五年没回家了。这就意味着美樱已三十三岁了。

“有佣工们在，店子倒是不担心，只是母亲年事已高……”美樱垂着头说道，“真不知该怎么办才好。临时的欠债也都还清了，‘涌井’两三年前就开始挣钱了……”

“这么说来，你以前提过有事要商量。”清左卫门追悔莫及道，“却老是匆匆忙忙，没正儿八经地听你讲，实在对不住。”

“别这么说，都过去了。只是……”美樱的语声忽然低沉下来，“要跟大家告别了，心里难过。蒙您一直关照，真是开心。”

“什么忙也没帮上。”

“别说了。”美樱摇摇头突然依偎到清左卫门胸前，低声道，“能抱我一会儿？”

脂粉香气包拢住了清左卫门的面庞，美樱泪涟涟的双眼眨也不眨地盯着清左卫门。

“这样？”

清左卫门没有迟疑，扳过美樱肩头紧紧抱住了她。美樱的身体烫得让人吃惊。她闭目合眼一动不动，随着一声喘息，又把脸埋进清左卫门胸前。

美樱静静地哭泣起来，肩头不住地颤抖。清左卫门任由她哭着，过了良久。

“请您原谅。”美樱挣脱开身子，飞快地用衣袖拭了拭面颊，对清左卫门笑道，“一定让您为难了吧。”

“哪里。”

“一直想一定要跟三屋先生单独告别。”

“送你回门口吧！”

清左卫门言罢折回来时的路，美樱顺从地一路跟来。不见人迹的街道泛着白光在脚下延伸，两人的身影在路面上并排移动着。

“估计……”清左卫门说着转向美樱，“老夫跟你死去的父亲很像，对吧？”

“唉，怎么说呢。”美樱轻声笑起来。

回到花房町入口时，美樱抬手挽住清左卫门胳膊道：“到这儿就好，谢谢您。”走了几步，美樱又一次回头，“这样，就没什么遗憾了。”

清左卫门也对转过身去的美樱道:“回了老家，这次可要招个好女婿。”

美樱回过头来没有应答，月光下，只看到了她的笑脸。

四

清左卫门从金井奥之助的葬礼上送殡回来，正走在沿河路上。两天前下的雪还堆积在路边，但成为越冬雪尚为时过早，这些雪还会化吧。

真是多事之秋，清左卫门缓缓走在阴沉沉的天空下，一边留意着别让双脚陷进闪着雪光的泥泞里拔不出来，一边回顾着这半个来月发生的诸多事件。

首先，执政府按事先告知，对已退位的原家老朝田弓之助下达了闭门五十日及减禄二百石的指令，法不容情严厉执行。接下来，就像在等待这一时机似的，藩内要职的大幅度调整也随之展开，并以人事变动的形式公开了对两派的赏罚。

也就是说，隶属远藤派的人获得提拔官升新职，其中也不乏家禄增加者。可谓“风水轮转，今到我家”，这期间远藤派上下无不志得意满心想事成。反观朝田派那边，革职的革职，减禄的减禄。减幅虽说不大，众人却也不免对不同以往的境遇之变怨声连天。固然领会藩主之意行事谨慎并留有余地，但伴随派阀更替的变革仍不免使藩内人心惶惶。

就在藩内陷入一片混乱时，“涌井”老板娘美樱归乡而去。这件事给隐居的清左卫门带来的感慨之深，不亚于藩内面目全非的变动。还没来得及从这感慨中缓过劲来，这次又传来金井奥之助病亡的噩耗。此前并没听说金井患病，所以他的猝死令清左卫门震惊不已。

清左卫门年轻时跟金井奥之助是同僚关系，算不上亲密。尤其前几年因奥之助心里始终放不下过往的怨恨，企图将清左卫门推下海的事件发生后，两人更彻底断绝了来往。

尽管可以因此认为这纯属与己无关的他人之死，袖手旁观亦不为过，可清左卫门还是加入了送葬行列。曾与自己密切交往的同龄人离世，毕竟不能视而不见。

只是去送了殡，心情也仍难轻松。从简陋的草葺笠门里抬出的棺柩深留眼底。

——往后，一个接一个，都得落得这般下场。

说起来，很久没去看望平八了，应该去看看！清左卫门正在心中念叨中风病倒的大塚平八时，忽见有人沿对面河岸跑动起来。

奔跑的并非一人两人，不分武士町民无论大人小孩都在跑。观望期间，人也越来越多。人群在河对岸朝与清左卫门回家相反的方向跑去。

清左卫门驻足张望了一会儿，决定也向后折回。于是过桥到了对岸。对岸不断有人从清左卫门身前跑过。

“喂！”清左卫门叫住一个歇班的步卒模样的汉子。

“出什么事了？”

“听说打起来啦！”步卒说完才停脚又给清左卫门行了个礼，“就在前面的长柄町。”

“知道了，去吧！”

清左卫门让步卒走后，自己也向长柄町小跑过去。

长柄町是步卒长屋与买卖铺面交织混杂的地段，倒是有两三家贩卖青菜和种子的店铺，却算不上商人町，是条后街。

挤满了人的长柄町街道上已是水泄不通。人们不停地指着町街一角的一间仓房嚷嚷，那儿，就在里面！看得出，奉行所已经部署官差提醒看热闹的人群不要接近出事地点了。

清左卫门分开人群走向前，町奉行佐伯熊太已在场。围在熊太身边的，不单是奉行所的差役，大目付麾下的徒目付似乎也来了。

“什么事？”

清左卫门走近佐伯身旁问，后者一脸惊讶地扭过头来，神色紧张地答道：

“你都看见啦，突发事件，追拿逃犯哪！”

“逃犯是？”

“喂！把对面那家伙赶走，决不能伤着人！”佐伯高声对手下发号施令后，将脸凑近清左卫门，压低声音道，“村井寅太！担心的事儿到底来啦！”

“村井干什么了?”

“偷袭了离城的安富忠兵卫,就在刚才!”

“哦?那安富大人?”

“万幸只受了点儿伤。”

“因何偷袭?”

“不明所以!听当时在场的人说,村井大叫‘叛徒’。”

“叛徒?”清左卫门疑惑道。

原中老安富忠兵卫近年来应该跟朝田派走得很近。既然被骂作叛徒,那说明围绕这次政权更迭,安富与朝田派之间发生了什么争执。

“那村井呢?”

“被追进了那里。”佐伯指指仓房。面向街道的仓房入口处的板门关得严严实实,这仓房想是归在主街上有店面的木材屋所有。“不敢贸然闯进去,已向城里要求增派援兵。”

“援兵?”清左卫门朝佐伯转过脸来,“要击毙村井?”

“先劝降,不投降就只得如此了。两手准备。大目付不在,现场指挥全权在我,作为我首先要考虑良民的安全。”

“慢着!佐伯!”清左卫门说着一拽町奉行衣袖,离开众人两三步后,清左卫门说出刚才脑中闪出的念头,“不可击毙村井!”

“有何不可?”

“那将重蹈黑田欣之助覆辙。”

清左卫门的话似乎令佐伯顿时恍然大悟,不禁叫声:“怎会?!”

调职到大阪藩御藏屋敷的黑田欣之助在行至大津[1]一带时遭盗贼伏击死于非命。藩里接到了地方主管官员的报告，报告上说，不单钱袋子没了，所有值钱的东西都被抢劫一空，不过清左卫门和佐伯马上就看出来这是朝田家老在杀人灭口。犯人想必就是名义上去了江户官邸的犬井彦之丞。

只因传来这个消息时，恰逢十天前的人事大调整，藩内沸反盈天，应当没引起多少人的注意。但清左卫门确信，村井一案，便是那消息的后续事件。

“怎么不会?! 村井可是石见守先生一案最后一个活着的证人！这一定是朝田设下圈套借藩之手剿杀人证！”

“混账！”

“杀了村井，以后你可要被人小瞧了！”

“谁会上那当?!”佐伯嚷嚷道，“可又该如何是好？”

“无论如何都要劝降，让村井活着从仓房里出来。正式录份口书，那时暗中以饶他不死为条件令其将杀害石见守先生的事供出并录成口书。”

“主意不错。这份口书就成远藤派的宝贝了！”

“最好给村井一个流放的处分。留他在领地内，早晚难逃给朝田派灭口的命运。”清左卫门断言道。

这时，清左卫门也认识的徒目付浅井作十郎走近前来，说声“打扰两位”。

“好说，怎样了？”佐伯问。

---

1. 大津：现滋贺县西南部，位于琵琶湖西南岸。

浅井随即开始汇报，像是去了趟城里。

“月班家老细谷先生随后就到，三名援兵一起前来。”

“知道援兵姓名？”

听清左卫门发问，浅井当即用他那特有的粗声粗气的嗓音报了上来：

“马回组峰冈兵助、普请组江坂常之进、御兵具方平松与五郎。”

“好！让平松去劝降！我会给平松说仔细，无需担心！”

清左卫门正与佐伯熊太低声私语，突然间聚拢的人群中爆出喧嚷之声。

只见骑马而来的新任家老细谷孙三郎与三位白布束袖、手巾缠头的援兵出现在路上。确认过平松身在其中后，清左卫门后退一步对佐伯道：

“隐居之人不便抛头露面，刚才那事儿由你跟细谷大人商量着办！”

五

年终开始下的那场雪比往年多得多，直至听到二月之声，采邑都被厚厚的积雪覆盖着。这期间，天光放晴的日子虽然并不多见，但漫长的冬日似乎行将终结，最近几天，甚至能感到融掉积雪照耀大地的阳光愈加炫目有力了。

清左卫门走在从箭引町通往河边的路上，眼中满是积在街道两侧的雪堆。今早收到远藤家老派人送来的信，中午到濠端的家老府邸赴宴来了。

家老谈了有关处分村井寅太的事。年底发生的村井寅太袭击原中老一案，按清左卫门对佐伯的提议进行审理得到圆满解决，十天前村井领外流放事宜也办妥，家老为向清左卫门表达谢意而将他请来了府邸。

村井对袭击原中老安富忠兵卫一事矢口否认是朝田原家老的唆使，一口咬定是自己的个人行为，而对杀害石见守的事实则出人意料地供认不讳。

可能他已意识到隐瞒真相也于事无补，不过当被提醒朝田原家老派你袭击安富是要借藩里的力量除掉你时，村井脸色大变，尽管依然否认唆使，但也能看出村井已流露出对原家老的抗拒情绪，从而引出对杀害石见守一案的详尽供述。

“有这份口书在手，姑且可保我派天下十年安泰……”远藤治郎助说着沉静地笑了。笑脸虽是沉静，说出的话却血腥气十足。“佐伯也这么说了，一切皆拜你谋略所赐。你也好，你家小子也罢，决不会受了亏待！”

“万分感谢！”

“本家老嘛，三屋，不像朝田，只给喜好名利的死人们一点蝇头小利，只要对藩里有益，不分老少，本家老都会为其铺平道路！”

中间加上午饭，在大约一刻的时间里，耳朵里灌满了远藤家老饱含激情的藩政改革议论。终于踏上归途时，清左卫门心里所谓功劳得到家老认可的兴奋劲儿已经很淡薄了。与其说原本就要为远藤派效力，倒不如说实在不忍心眼睁睁地看着黑田、村井这帮年轻人因为政治角逐白白丢了性命才涉身其中吧。

而且，说起与首席家老面对面共进午餐，在过去或许被视为自家的荣耀，而如今，清左卫门感觉早已心不在此了。

——因自己身为隐居？

清左卫门思绪万千。

佐伯熊太依然忙着町奉行的差事。政权再怎么更迭，佐伯这样的町奉行也缺少不得，因此自然留住原职。一个人如果没有佐伯这般不顾一切地面对现实的劲头，很难这么自始至终地应付得来政治的肮脏与血腥。

当然，清左卫门怀揣这样一份心情隐士般深居简出，也与冬天里患了重到需要叫大夫的伤风多少有关。这伤风让清左卫门痛感到自己不再年轻的事实。

感觉当时那伤风至今仍给腰啊腿啊的留下了隐约的记忆。道路已经很干爽，只是有不少从随处可见的雪堆下流出的雪水形成的大水洼。清左卫门小心翼翼地绕开这些反射着阳光耀眼夺目的水洼。

——伤风什么的……

以前咕嘟一声喝口蛋酒[1]再睡一觉就大致痊愈了，清左卫门感慨，而现在久治不愈的异常状况，正是自己上了年纪的佐证。

---

1. 蛋酒：鸡蛋里加入砂糖与热酒混合而成的饮料，感冒时可用作发汗剂。

而且，心气也弱了，清左卫门继续审视自己。比如当时觉得不需要认真思考的金井奥之助之死，仍盘踞心头久久不散。有天早晨醒来在床榻上甚至突发奇想，想能再恢复这老交情该有多好。

金井奥之助的儿子在这次政变中应随朝田派调动。虽不知详情，但因政权交替被排挤到难见天日的境地是肯定的了。也就是说，金井父子两次将靠山赌在派阀上，两次却都输得精光。

失意之人恐怕是死在失意之中吧！这一念头更让清左卫门心情阴郁，而“能再恢复这老交情该有多好”的突发奇想就出现在这心灰意冷的时刻。

也时常没来由地想起回了老家的“涌井”老板娘美樱。美樱走后，清左卫门也还去“涌井”，接替美樱的奈美性情直爽跟男人无异，虽无妩媚动人之处，倒也能让人畅畅快快地喝顿酒。

再就是下酒菜，尽管说不出哪儿变了怎么变了，感觉却与美樱做老板娘时有了微妙的差异，就连这点儿琐事都能成为清左卫门猛地想起美樱的诱因。清左卫门深感寂寞孤单。跟佐伯或大塚平八对饮，旁边有美樱陪伴的日子，是多么幸福而又难得的光景啊！这光景在跟佐伯带着饯别礼去“涌井”喝得烂醉的那夜彻底完结了。

——这婆娘……真是夫运不佳啊！

今天早晨也净想美樱了。

今晨，野盐村的美代送来了蔬菜。怎么说冬天的青菜都不太够吃，因此儿媳里江欢天喜地将美代迎进门来，这时又听说美代不久要再婚了。用当地话讲，美代将迎来御起立[1]。

里江过来报信，清左卫门也跑到玄关来道喜。

“恭喜恭喜！应该送点什么贺礼过去！”

“哎呀，您别张罗啦！只搞个简单仪式罢了。”

“男方人不错吧？”

“啊，借您吉言……”美代说着，白皙的双颊已是一片绯红。

清左卫门此刻猛又想起美樱，不走夫运的美樱，是不是也会招到一门佳婿呢？

清左卫门意识到，自己的心思老是如此这般沉湎于已经过去的事情上，岂不就是心气衰竭的表现？精神的时候，根本没有闲暇回顾过去。

——不出意料……

清左卫门一边小心移步避开又出现在脚下的水洼一边琢磨，美樱那边说不定早就把我这老头子忘到九霄云外啦……

思来想去一大通，禁不住又惦念，狭沼那一带积雪还厚吧。清左卫门抬起头，淡蓝色的天空一望无际，只在天边一角有少许云朵。没风，天暖暖的。

清左卫门过了桥，忽地想到何不去探望探望平八。顺沿河路稍稍南下，就抄到了去大塚平八家的近道上。

清左卫门想起年末去看望他时，平八的儿媳妇唉声叹气地数落说，其实郎中说可以适当走几步了，可公公就是打不起精

1. 御起立：再婚的丈夫。

神。不巧又赶上今冬这场大雪，即便有心走几步，也根本出不了门。

清左卫门想象着苍白浮肿少言寡语的平八，心里冷飕飕的。

穿过几条小巷，清左卫门来到大塚平八家所在的街道。走了没多会儿，发现在洒满早春之光的那条路的远处，有个移动的人影。清左卫门停下脚步。

背朝这边，拄着拐杖慢慢地挪步的正是平八。每挪一步，平八的身体就像要摔倒似的向前倾斜。看得出，其中一条腿根本用不上劲儿。身体一前倾，平八就将全身气力都集中在粗拐杖上，然后缓缓向前迈出另一条腿，身体又前倾；这样的动作周而复始。这场面光是看看，就让人要冒汗了。

清左卫门忙返回了小巷，心中激动不已。他没回头，快步离开了现场。心中激动是因为感觉自己被平八的身影打动了。

——好样的，平八！果真开始练习走路了！

清左卫门感到无比欣慰。

人就应该这样！身心衰老大限将至时，对此前给予自己生命的世间万物奉上由衷的谢意，坦然面对死亡就好！但只要还有一口气在，就必须珍惜来之不易的生命，竭尽全力顽强活下去！清左卫门觉得自己正是从平八身上悟到了这一点。

到家前的一路上，清左卫门眼底满是大塚平八那在明媚的早春之光下虫子般蠕动，却又极其坚韧不拔地反复练习的身影，挥之不去。今天的日记就写写平八！清左卫门打定主意。

进了门，束袖带斜挂肩上，正在将今晨美代送来的葱往地里栽的里江直起身子，拍打着手上的泥土走近前来。

“家老先生那边怎样？”

“嗯，去吃了顿午饭。”

“真不错！”

“事情嘛，”清左卫门有心跟她聊聊，“就是前些日子跟又四郎也讲过的村井寅太那事儿。家老大人很是赞赏为父当时出的主意，说往后也不会亏待又四郎。”

“那太好了！净沾父亲大人的光啦！”

“啊，里江。”往屋里走着，清左卫门道，“不从仓库里拿鱼竿出来？”

“知道啦！”里江哧哧地笑起来，“您今年下手真早。”

“还有啊，”清左卫门开心地补充道，“平八总算练开走路啦！”

图书在版编目（CIP）数据
三屋清左卫门残日录 /（日）藤泽周平著；纪鑫译.
—南京：译林出版社，2019.9
（藤泽周平作品）
ISBN 978-7-5447-7516-8

I.①三… II.①藤… ②纪… III.①长篇小说－日本－现代 IV.①I313.45

中国版本图书馆 CIP 数据核字（2018）第 210178 号

著作权合同登记号　图字：10-2014-369 号

三屋清左卫门残日录　[日本] 藤泽周平 / 著　纪　鑫 / 译

责任编辑　王　玥
装帧设计　金　泉　沈长磊
校　　对　蒋　燕
责任印制　颜　亮

原文出版　文艺春秋，1992
出版发行　译林出版社
地　　址　南京市湖南路 1 号 A 楼
邮　　箱　yilin@yilin.com
网　　址　www.yilin.com
市场热线　025-86633278
排　　版　南京展望文化发展有限公司
印　　刷　苏州市越洋印刷有限公司
开　　本　850 毫米 × 1168 毫米　1/32
印　　张　11.125
插　　页　4
版　　次　2019 年 9 月第 1 版　2019 年 9 月第 1 次印刷
书　　号　ISBN 978-7-5447-7516-8
定　　价　58.00 元